和一水

―生き抜いた戦争孤児の直筆の記録―

和睦・著
康上賢淑・監訳
山下千尋 濵川郁子・訳

http://jp.duan.jp

著者（日本での職場の新年会の際に撮影）

中国の母　李振清

日本の母と幼い筆者

1944年冬の家族写真。後列に実父と実母。子供たちは左から上の弟、筆者、下の弟の順。

実父とその部下の趙国権

冬のハルビン日本人小学校。
左が実母。

春のハルビン日本人小学校。
右が実母。

敦化市林政科の職員たち

敦化市林業局林政科の職員。左から于偉民科長、李広義科長、筆者、王建国科長

大石頭鎮林業センターで開かれた筆者の送別会

敦化市林業局の幹部と筆者（送別会）

戦後七十周年の節目にあたり、戦争の悲惨さを
語り継き、平和の大切さを次世代に伝え、
私の二つの祖国である日本と中国が共存共栄し、
永遠に最良の隣国であることを祈ります。

二〇一五年八月十五日
和睦（鬼塚建一郎）

中国人養父母感謝之碑

まえがき

いよいよ二〇一五年八月に『和一水』が出版されることが決定した。

『和一水』という書名は「一滴の水はひとつの命」という意味を表している。

遺華孤児「鄧鎖子」の名前の由来

著者の中国人としての名前は鄧洪徳（ペンネームは「和睦」）であり、日本人としての名前は鬼塚建一郎である。日本の母が産んでくれ、中国の母が育ててくれた。

著者は四年半の小学校教育しか受けていなかった。しかし、七十歳近くになった時、自らの努力によって中国での四十年間の経歴を二十万字以上の原稿に仕上げた。それは何故だろう？

戦後七十周年を迎える今日、二番目の「大地の子」とも言われる著者、和睦が書いた本書は、日中両国国民が再び戦争の共通被害者にならないように祈願して書いたものであり、愛の結晶でもある。

ひとつひとつの文字には、著者の生みの母と養父母への深い愛が染み込んでおり、さらに、中国と日本の若者には、戦争の悲惨さを正直に伝えている。

著者鄧洪徳の幼名「鄧鎖子」（日本人）は、養父母が子供に鍵をかけて失わない、長生きするようにという祈願を込めて付けた名前である。

「鄧鎖子」の日本人の母と兄弟の命は残酷な戦争によって奪われた。だが、彼は幸運にも、中国の優しくて素朴な養父母に引き取られ、生き残っている。

「鄧鎖子」と「孫鎖子」の物語

吉林省敦化県の「太平村」には、彼と同年齢の中国人と日本人の孤児が三人ずついた。その中に「孫鎖子」という同じ名を持つ中国人孤児がいた。

皮肉にも、同じ村で同じ孤児の日本と中国の「鎖子」は、戦争の中から自分の生み親の命をロック（锁住）してこの世に留めることはできなかった。

二人とも親は戦争に殺害され、幼い心の中には憎しみの種が撒かれていた。しかし、この憎しみの種は、太平村の土壌では芽生えることなく、実も結ばなかった。

それは善良な養父母と村の人々に恵まれたからである。村の人々の無償の献身的な愛は「鎖子」達の冷たい心を温め、彼らの憎しみを溶かし、心から新たな愛の芽を育んだ。

両「鎖子」の最初の敵意から親しい友人になるまでの物語は、本書の感動的な一番の見どころである。

「鄧鎖子」の追い立ち

鄧鎖子は成長し思春期に入った時、中国の文化大革命に遭遇した。日本の「鬼子」の血筋を持つ彼は、普通なら、懐疑、虐めと批判、打倒される対象であった。しかし、彼の養父母と村の人々は、彼を決して悪人扱いしていなかった事を鄧鎖子はすべて覚えている。

鄧鎖子は小さい時から勉強に一生懸命であり、勤勉に働き、積極的に友人をつくり、人々に好かれる大人へと成長していく。

ここで彼の人格をGAN三文字にまとめたい。

「感恩／GAN EN、敢説／GAN SHUO、敢干／GAN GAN」（感謝する、勇敢に言う、果敢に実行する）。

鄧鎖子が社会に出てから、その人格は周りの人々に受け入れられ、生産隊の隊長など、たくさんの指導的の職務に就いた。疑問と問題があれば北京にまで行き、中央国務院に問合わせ、異議を出し、そして返答を得たり、解決したりしていた。

著者の５人の子供たち

著者の和睦氏

しかし、鄧鎖子は「鎖」の名前を持ちながら、生みの母に鍵を掛けて自分の元に留めることはできなかった。そこで、彼は並外れた努力を重ね、血縁関係のない異国で養父母の善良な伝統的美徳を、心にしっかり錠を掛けて守り、また清らかな無限の愛を人々に与えてきた。彼はこう誓った。「養母の優れた人格を私は彼女の一人息子として受け継いでいきたい」（一二二頁より）。

鄧鎖子は現在五人の子供と十一人の可愛い孫がいる。

長男は二十歳の時日本にきて、独学で懸命に日本語と英語を覚え、国際ビジネスに励んでおり、次男は東京農工大学卒後、現在プロフェッショナルな仕事に従事している。三男は有名な貿易会社国際部でリーダーとして務めている。長女は障害者だが、結婚して四人の子供を産み、次女は看護師で二人の子供の母親になっている。

「鄧鎖子」の恩返し

しかし、一万人以上の遺華孤児の平均年齢は現在既に七十五歳と

左から三番目が著者

養父母之慈心
天驚地惨戦悲沈
孤幼三千哭泣音
亘古文明華夏徳
施音養育展慈心
二〇一三年十月吉日
戦時一孤児
敬献

感謝之碑に刻まれた筆者の漢詩

なり、だんだん数は減少している。その危機感を感じた鄧鎖子は、二〇一四年一月日本では初めて自分のポケット・マネーと鹿児島市・県の日中友好協会海江田順三郎会長を中心とした援助で、鹿児島市の天保山町の公園内に中国養父母への感謝の記念碑を立てた。その旨は、日本の若者に中国の伝統的な真・善・美の道徳を伝えることである。

　日本遺華孤児鄧鎖子の中国での経験は、まさに世の暖かい愛こそ、人々の命の源であることを示唆している。

公平な一滴の水はひとつの命を救える

この本は私達にとても良いインプリケーションを与えてくれた。

感謝之碑除幕式での中国駐福岡総領事館李天然総領事の挨拶

メディアのインタビューを受ける筆者

人類の生きる最大の美徳は互いに対抗して戦争を起こすのではなくて、互いに理解しあい、寛容な心で支え合うことである。
ところが、二十世紀の第一次、第二次世界大戦が残した負の遺産、残酷な戦争はいまだに終っていない。宗教と領土の紛争は依然と存在し、民族間の敵意や憎悪の循環も依然として引き続き人々を苦しめている。戦争からは戦争しか生まれてこない。終戦七十年になった今日も、遺棄爆弾の被害者は未だに続出している。戦争は人間を尊厳の失った動物以下の生き物にさせていたが、その教訓を忘れてはいけない。

著者は自分の遺華孤児の経歴が、若者の戦争と平和への正しい理解を深め、そして、中国の伝統的倫理・道徳・歴史・文化と日本との関係を知り、両国の友好交流に力を注ぐように望んでいる。
平和な社会の実現は容易ではないが、守ることも努力なしには守れない！

「一滴の水の恩を涌き出る泉をもって報いる」

この哲学色に染まった鄧鎖子は、中国での四十年間の波乱万丈な物語と戦争の醜悪をここで語っただけではない。彼は様々な市民活動にも積極的に参加し、そして戦勝国と敗戦国の国民は共通の被害者であり、その中で命を救った中国の養父母の恩を繰り返して語っている。私達は近いうちに彼の日本での三十年間の物語と出会えることを、とても期待している！

鹿児島国際大学経済学研究科　康上《こうじょう》　賢淑《しおん》

目次

プロローグ

『上善は水の若《ごと》し。水は善《よ》く万物を利して而《しか》も争わず。善《よ》く凝聚《ぎょうしゅう》するも分散せず、生死相依《よ》り、栄辱《えいじょく》を共に与《あずか》る、善く包容するも驕《おご》らず、万物を滋潤《じじゅん》し、広く天下を済《すく》い、善く公平にして物に斜《たく》たず。水は正《まさ》に一視同仁にして、善く難《かた》きに克《か》つも懈《おこた》らず、百折《ひゃくせつ》たりとも回《かえ》らず、水滴《したた》り石を穿《うが》つ』

水は集まりやすく分散しない。生きる時も死ぬ時も寄りそいあい、名誉も恥辱も共にする。水は寛容でおごり高ぶらない。万物をうるおわせ、広く天下を救う。水は公平で一方に偏らない。水は公正ですべてのものを同等に見る。水は困難を乗り越えることに長け、怠ることがない。何度困難に遭っても屈しない。したたる水は石をも貫く。

宇宙に水があればそこに生物・生命が存在しうる。水は生命の源で、清く透明で、比類ない、その美しさは天然にあり、その性質は広大で、まわりを清めながら循環し、大海はては銀河に集まる。水は溝をつくり、古今をまたいで、全力で再生を促す。本著は、一人の日本人の中国における人生物語である。

第一章　母

一　記憶の始まり

昭和十五年（一九四〇年）七月三十日、牡丹江《ムータンジャン》市の市立病院で私は生まれた。当時の我が家の住所は、牡丹江市西康街満州国第六軍管区司令部官舎で、父はいわゆる司令部警備隊中隊長（騎兵連隊長）だった。母は、結婚前、ハルビン市花園小学校（日本人の小学校）の教員をしていた。

私の記憶の始まりは、ある町の普通の家の一室である。父は軍人で、母は優しく善良な家庭婦人で、私の下に弟が二人いた。一日三食で、米を食べ味噌汁を飲みいろいろな野菜を食べていた。毎日牛乳または羊の乳を飲んでいた。肉・魚類はあまり多くなかったようだ。母はまた、栄養があるからと私に生卵、納豆を食べさせていた。人の記憶というものは、飲食から始まるのかもしれない。

三歳の年に引っ越しをし、初めて列車に乗り、とても面白いと感じたことを覚えている。列車の中でキャンデーを食べ牛乳を飲んだことも記憶にある。後年知ったことだが、父の転勤で牡丹江市から東京《ドンジン》城《チョン》（現在の寧安県渤海鎮）に引っ越したときのようだ。東京城には、三年間（三歳から五歳まで）住んでいた。幼い私が、この三年間はとても楽しく遊んで過ごした時代だった。私と弟二人が一緒に遊んだ友だちは、日本人だけでなく中国人もたくさんいた。とても楽しかったことを覚えている。遊びの中で、ときに言葉が通じないことはあっても遊ぶ意味はお互いに理解できていたので、当時の私の心中には人は皆同じだ、日本人、中国人、何の区別もないという考えがあった。当時は、どんな国家や民族があり、どんな違いがあるのかもまったく知らずにいた。同年齢の子どもたちと遊べたことは幸せだったと感じている。

母は、一九四五年六月ころ、中国の東京城から日本の鹿児島県郡山町の親戚と友人に宛てた手紙の中で次のように書いている。「建一郎と国郎は一日中外で思いっきり遊んでいます。日本人、中国人の区別はありません。私たち大人も、どの子が日本人なのか、どの子が満州人なのか分かりません。一緒に、遊ぶのは良いことです」。家の後ろの庭に、父母は、私と弟のために小さなブランコと二つの椅子を作ってくれた。兄弟一緒に遊び、喧嘩することがないようにと。私はいつも友だちをここに連れてきて、当然どこの国の人だとか言うことなくブランコで遊んだ。私たちの遊びは他にいろいろあり、汽車ぽっぽをしたり、木馬に乗ったり、ままごとをしたり、割れた瓦や陶器のかけらでご飯を作る真似をしたり、また雨上がりは、全身どろんこになり服も真っ黒に汚して遊んだ。しかし母は、面倒がることもなく体を洗ってくれて洗濯もしていた。

我が家には、よく軍人の客があった。日本語を話す人もいたが、硬くて流暢でなく、幼い私は、それを奇妙に感じた。後年、これらの人は当時の満州国軍の人で、父の同僚であり、また部下であり、警備の人であり、また運転手および満州国系の軍人（すべて中国人）だったと知った。あるとき、父が私も連れて満州国系軍人の家へ行ったことがあった。当然、中国料理で母の作る料理と同じものでないと感じたがおいしかった。

幼いころの私は、わがままできききわけがない面があった。初めて中国の幼児用の揺り籠を見たときのことである。それは、まだ歩けない子ども用で、あやして寝かせるものであった。当時、三、四歳だった私は、どうしても乗りたがったが、父は許さなかった。しかし、その家の人は、私のわがままを聞き入れて揺り籠に乗せてくれた。

父は、出勤するときは黄緑色の軍服を着、腰には軍刀を一本差し、軍の小さな車が送り迎えをしていた。天気の良い日曜日には、灰色の和服を着て私を連れ河のほとりで魚釣りをした。私が三歳のころ、母は、一から十、十から百と数字の数え方を教え始めた。さらに、鉛筆やノートを準備し、数字の書き方、また、あいうえおを教え、書かせながら読ませた。私は五歳でまだ入学していなかったが、五十音を読み書きできた。母は私に、学校の先生であったことを話していた。善良で愛すべき母よ、あなたは私を生み心血を注いで育ててくれた。どうして忘れることなどできようか。

私の家の裏庭は北の方へ通りを一つ隔てると、そこは東京城の表通りだった。我が家の東側にも大きな庭があり、この庭の南は裏庭になっていて、その裏門は黒い大きな鉄の門だった。黒い鉄の門というのは禁足（軍隊では営倉）のことで開かれるのは一度も見たことがなかった。しかし、開かれなかったために、私と弟、友だちはこの門の下あたりで心ゆくまで遊んだ。三十四年後、東京城を再訪したとき幼年時代の故郷に立ち寄った。私たち一家が住んだ家も依然としてそこにあり、東側のその庭もなお存在していた。大鉄門はやはり大きく変わらなかったが、門の上の建物はなくなっていた。

幼い頃、この庭は謎であり、何に使われるのか知らず、また、この門を出入りする人を見たこともなかった。三十四年後、この庭は、「偽満州国（中国東北部に日本により建国された傀儡国家。当時の中国ではこう呼ばれた）東京城の警察署」だったと知った。当時の警察官たちは、出退勤のときいつも正門を通っていたので、裏門は常に閉められており、私たち子どもの遊び場であった。以上は我が家の裏庭の北の通りのことである。また我が家のすぐ近くには、有名な中国料理の店、「一品香《イーピンシャン》」料理店があった。料理店の前に二本の香椿の木があり、そこに二つのピンク色の房のついた（飾り）がかかっていた。そばを通ると中国料理のいい香りがただよってきた。しかし、私たち子どもは一度もそこに足を踏み入れたことはなかった。父は、ときどき、この料理店に招かれて行ったが食事をすることはなかった。父は、焼き餃子が好きで、料理店で買って店の主人に家まで届けさせ、家で中国の焼き餃子を食べた。三十四年後、私が再び東京城に行ったとき、この料理店の主人はまだ健在で、名前が石品三《シーピンサン》という人だった。彼は「あなたのお父さんは、私が作った焼餃子が好きで、しょっちゅうお家に届けていました」と語った。さらに、「あなたのお父さんは、よく招かれてここに来たが、ここでは飲まず食べず、ただ自分のたばこを取り出して一本吸うだけでした。一部の満軍は、規律を守らず、私の店に来て飲食しトラブルを起こしたりしたが、あなたのお父さんが、あるときここに来て注意をしたら、その後、騒ぎを起こす人はなくなりました」とも話した。家の裏の南側にあったあの小さな料理店は、東西に伸びる大通りの南側にあり、朝鮮族が米を加工するのに使う石のひき臼があって、私は、弟、友だちと米ぬかや高粱ぬかを持ち帰り家の庭でままごとをして遊んだものだ。

牡丹江市に住んでいたときは、私と弟はわずか一歳三か月しか離れていなかったので、保母さんを一人雇っていた。この人は中国人で、善良でよく働き優しい人だった。私と弟の国郎はこの人になついて、一緒に食事したり遊んだり歌を歌ったりした。しかし、この人の名前は覚えていない。本当に残念だ。今もし健在だったら九十歳を過ぎていることだろう。

また、東京城に引っ越してからは、朝鮮族の娘さんを保母さんとして雇っていた。私たち子どもと仲がよくまた母の家事を手伝っていた。聡明で機智に富み、よく働く娘さんだった。今はもう八十歳を越えた老人だろう。私の幼いころの最初の記憶はここまでとする。

二　敗戦後、南下して行ったときの記憶

一九四五年八月のある夕方、遠くでどんどんと鳴る音が聞こえた。それは雷鳴に似ていた。私は幼くて、それが戦争の始まりだとは分からなかった。大砲の音も銃の音もまったく知らなかった。私と弟は遠くで鳴る雷の音だと思い、ぼんやりと聞いていた。しかし当然のことだろう、母の顔から尋常でない事情が起こったらしいことを見てとっていた。

遠くで「雷鳴」即ち砲声を聞いた日の、恐らく、その翌日の夕暮れどきだろう、私たち一家は、父を除き、皆軍用車に乗った。別の軍人家族も一緒だった。どの程度の遠い道のりになるかも分からなかった。母は子ども三人を連れていた。その後、また軍用車を乗り換えずっと南下して行った。運転手は満軍、即ち中国人で、本当に忠実で善良で素朴な軍人で、優秀な人でもあった。ある事件が起こった。それは今になっても鮮明に思い出される。

私たちの乗った車がまっすぐに南を目指していたとき、ある路上の左側に日本陸軍の大隊が休息し、多くの軍用トラックも附近に止まっていたのに出会った。一台のトラックのドアが開いていてそのドアは道の中央に向いて開いていた。私たちの車はゆっくりと進んでいたが、道幅が狭くそのトラックのドアに少しぶつかってしまった。日本軍の幹部らしい人が飛ぶようにやって来て、私たちの車の踏板のペダルに乗ってドアを開け、有無を言わせず運転手の横つらを張り、すぐ飛び降りて行った。私は初めて

日本軍の野蛮で狂ったような暴行を見た。幼い私の心に深い傷を残した、今でも、あの事件を思い出すと平常心を失ってしまう。残虐非道、人間性をなくした日本国軍は、戦争中はひどい事件を起こし結局敗れたが、古今東西、あらゆる残虐な軍隊はすべて退場するしかない。ただ、仁義の師、道徳正義の軍隊だけは人民を愛し自国他国を分かつことなく自分の父母兄弟姉妹のように優しくしてくれる。このような軍人軍隊があればこそどんな戦争であっても最後には勝利を得ることができるだろう。その後の年月の中で、私が繰り返し日本の軍隊を思い出すとき、父もまた一人の軍人であったことを考える。しかしまさか、有無を言わせずに訳もなく人をなぐったりしただろうか、父がそんな人間ではなく、そんなトラブルもなかっただろう、父は善良で親しむべき人だったと深く信じているが。

私たちの乗った車は南下し続けたが、突然、ソ連の軍隊と遭遇しソ連人に取られてしまった。私が初めてソ連人を見たときは、私たち家族は皆まだ車の中にいた。黄色い髪の毛に白い顔、眉も黄色い一人のソ連の軍人は、大きなつばの帽子をかぶった人で、私たちの車の踏み台に乗り運転手に指差して、車を彼が指定する場所に向かわせた。車が停車した後、私たちは皆、車から降ろされ車は彼らの戦利品になってしまった。下車後しばらくして多くの避難民と一緒になり、一つの難民集団ができあがった。放浪生活が始まったのだ。

夜、初めて野外の空き地に寝たとき、私たちの体の下にはただ一枚の毛布があるきりだった。朝早く目覚めたとき、霧がかかっていて体中がじとじとと濡れていた。幸い太陽が出て来て体中の冷たい感覚を拭い去ってくれた。太陽の光は私たち難民に少しばかりの温かさを与えてくれたように感じた。難民集団は日の出とともに行動を開始したが、私には、どこへ向かっているのか分からなかった。その後、これが「南下」というものであり、黒竜江《ヘイロンジャン》から吉林《ジーリン》の方へ移動するためだと知った。途中、休息するときは、私たち難民集団の臨時の責任者は地元の中国農民と連絡をとり、善良素朴な農民たちは、バケツに一杯のご飯とバケツ一杯のおかずを入れて天秤棒でかついで私たちに届けてくれた。私たちが飢えていたとき食事を提供してくれたのだ。どんなに感動したことだろう。心から感謝している。一生忘れ得ぬことだ。

今思うことは、中国人および中国農民のふところの広さである。彼らは、凶悪な日本軍国主義が中国東北を十四年の長きにわたって侵略したことを知っており、自ら体験しているのである。いかに多くの愛国的中国人が迫害されたか、さらに欺瞞に満ちたいわゆる「五族協和（満・漢・蒙・朝・日の五民族が協力すること）」「王道楽土」「大東亜共栄圏（中国・東南アジアの欧米支配を排除し日本を中心に共存する政策）」という当時の日本政府が植民地に行っていた宣伝が実際に推し進められていく中で、中国人の人格の尊厳を大きく損ない、必要なときには強制連行して働かせ、その家庭の状況など構うことなく捕まえて苦しい労働をさせたことを知っているのだ。工場や鉱山の労働は厳しいのに労働力は十分ではない。毎日餓死者があり、病気になっても治療を受けられず死んだ。しかし、日本敗戦後、あわてて撤退する日本難民が飢えと寒さの交錯する中にあったとき、日本の罪悪と憎しみを言い争うことなく、逆に友情と友好の手をさし伸べて難民に食事を出してくれた中国人がいた。なんと高尚な人道主義であろうか。ひるがえって、仮に、中国が日本に侵略し中国が敗戦ということになったら、日本にいる中国難民に、日本人は寛大になれるだろうか、疑問である。

例えば、日本のオウム真理教の事件で、オウム真理教の反社会性を多くの人がはっきりと認識した。しかし、これらの人にどのように対応するかという問題については多くの人はあまり分からない。オウム真理教という宗教団体を凶悪の象徴、罪悪の団体とみなしている。しかし実際は、オウムの少数の幹部が悪人であって、その計画と指示により、殺人・毒のばらまきなどの事件が起こったのだ。多数の信者は決して悪事を行わなかった。ただ宗教を信仰しただけだった。一部の日本人はオウムを一つの暗黒とみなし、ひどいことにはオウムの子どもたちを学校に入れず就学の機会さえ奪ってしまった。このように日本人は今でも厳しいいじめと差別をしている。こんな状況でいかに人道を語るというのか。子どもの父母がオウム信者であることは必ずしも悪いことではない。また例え大人が悪事を働いても子どもは関係ない。なぜ子どもを就学させないのか。学校は人を教育するところである。まさか、オウムの子どもが学校を破壊するとして恐れているのか。逆に、オウムの子どもがいない学校でいじめ事件が後を絶たず、不登校、退学、窃盗、殺人事件も絶えず起こっている。つまるところ、原因は何か。深く考える必要がある。回想を書いているとき、また現実のことも考えて少し述べてみた。

さきほど話した中国農民が食事を提供した件について、その食物がすべての日本人難民の胃袋を満足させた訳ではない。が、あの純朴な農民たちの寛大な心、無私の心には深く感服し感動させられた。中国人が日本人に食べ物をくれるのをよく目にしたが、それらの中国人は名誉や利益のためにするのか、いや、決してそうではない。ただ、日本人の悲惨さを見るに堪えなかっただけである。当時、普通の中国人の生活は極めて困難であったが、それでも無理をして日本人を支援したのであり、中国人の善良さを証明するものであり、その人道主義は高尚なものである。

南下を始めて幾日幾晩経ったか分からないが、ある荒れた山腹で夜を明かしたときのことだった。朝起きると母は男性用の服に着替えていて、黄色の上着と古い軍服の黄色いズボンを着ていた。そして母の長い髪はなくなっていた。バリカンで切ったようで、ほとんど坊主頭だった。私たち子どもは、母が何のため長い髪を切り男装したのか、母ばかりでなく難民の中のほとんどすべての女性も同様であったので驚いた。後で知ったことだが、当時いわゆる中国を支援していたソ連軍は極めて非人道的で、婦女に乱暴し畜生と同様であった。中国人、日本人の見境がなく、中国の婦女で被害を受けた人も少なくなかった（ソ連軍の中の少数者が行った悪事であったことは当然のことだが）。

ある日の夕暮れどき、日本軍隊の営倉のような所を通りかかったとき、奥の方はシーンと静まり返っていた。その正面に小さな橋があり橋の上に二人の日本軍人が立っていた。営房の周囲には鉄条網が張られていた。思いがけないことに、母はこの二人の軍人を知っていて父の様子を尋ねると、彼らは、父は遠方へ仕事に行ったが、もう二、三日すればここへ戻ってくるはずと答えた。二人が本当のことを言ったのか、嘘をついて私たちを慰めたのか分からない。銃を持ったソ連兵は、母と二人の日本兵が長時間話をすることを許さず、私たちが早く難民と一緒に道を急ぐよう促した。しかし、このソ連兵は、二人の日本兵にも難民と一緒に行くように命令することはなかった。今に到るまで、その理由は分からない。その営倉は戦争が終わったばかりでソ連兵は勝手に入ることはできないはずだ。二名の日本兵は門口の橋の上に立って微動だにしなかった。

恐らくその日の夜だったと思うが、南下を続け、雨が降っていて一つの小川にさしかかった。橋はなく、ただ二本の丸太がかかっていた。川幅は二、三メートルあっただろう。難民たちは二本の丸太で作られた臨時の橋を渡ったが、私たち子どもは足がすくみ、大人の男たちに背負われて橋を渡った。おもしろいことに、ソ連兵は橋を渡るとき足が滑って水に落ちずぶ濡れになり、日本人男性に助けられて岸に上がった。この情景を私はかなりはっきり覚えている。

何日歩いたか分からないが、ある飛行場に着いた。あとで敦化《トンホア》の沙河《サーフー》沿いの飛行場と知った。日本難民はさらに多くなっていた。私は初めてたくさんの飛行機が停まっているのを見た。飛行機に乗って日本へ帰るかもしれないと思ったが、これはまったくの幻想で、三十八年後になってやっと実現することになるのだが。当時は、私たち子どもだけでなく多くの大人も同じように夢を見ていた。結局、私の母は夢を実現することなくこの世を去って行った。私より少し大きい多くの子どもや青年、大人たちは皆、飛行機に上って行ったが、ただ飛行機の上や羽根に乗っただけで当然操縦席には入れなかった。多くの人は、（当然分かっていたのだが）この飛行機は既にソ連軍の戦利品になっており、機体に赤い日本の国旗があったけれども日本人のものではなくなっていたので、乗って日本に帰れるはずがなかった。

避難生活は続き、難民たちは歩き続けて沙河沿いから敦化県の大橋駅、八家子《バーチャーズ》、沙河掌溝《サーフーザンゴー》（現在の大石頭鎮正義村）を通過した。大石頭鎮《ダーシートウ》（鎮は行政区域）のある中隊開拓団の家で一夜を過ごしたことを覚えている。夜になり大人たちは座って眠った。各部屋は人でいっぱいだった。私たち子どもがやっと横になれただけで、母は私たちのそばに座って守ってくれた。ただ座って眠るだけで母はどうして疲れがとれようか。ちゃんと食べることもなく、ちゃんと眠ることもなく、毎日私たち子どものために苦労していた。そこにいた時間は長くなかったが印象は鮮明で、多くの男女、大人たちは皆座ったままで眠った。その後、また大石頭鎮で数日過ごし、また八家子に移って行った。このころの記憶は、あいまいではっきりしていない。沙河掌溝は、黄水小駅南側の坂の上にあったようで、伐採労働者が住んでいた家であったようだ。私たち八家子難民所の一部が沙河掌溝に移り住んだ。季節は秋の末となり、天気は暑いときもあり寒いときもあった。緑色の木の葉はだんだん黄変していった。難民所の中では数日おきに死ぬ人があり、大人子どもを問わず皆火葬にした。死人を坂の上に運びだし薪で燃やした。燃やして燃やして灰になれば家族は少しばかりの遺灰を拾って身につけた。当時あのような環境にあって、人々は食物にこと欠き栄養不足であった。病人は医者も薬もなく医療技術もなく、ただ死を待つだけだった。ほかに道はなかった。私の下の弟は、わずか一歳余りで日一日と痩せていった。母も同様だった。母乳はとっくに出なくなっていた。母はすべてを尽くして、なにがなんでも弟の健康を回復させようとした。薄いお粥、野菜のスープを与えたが、弟は何も飲み込まなくなった。水だけは少しばかり飲んだので、母はスプーンで少しづつ少しづつ弟の口に入れてやった。どんなに願っても水だけで生命を永らえることができるはずもなく、何日後か分からないが、かわいそうなことに弟は一口の水も飲めなくなった。弟よ、母の苦労を知っているか。母の懇願を知っているか。母にどれほどの困難があったかを知っているか。母の心は辛くて辛くて、どんなに耐え難い辛さであったことか。弟は、最後は一口の水も飲めなくなり、青白い小さな痩せた顔は呼吸がだんだんと弱くなり目は閉じられていた。呼吸が止まり心臓も動きを止めた。母の両眼からは涙があふれて流れ落ちた。私たちは弟の死を知った。私と国郎は泣き始めた。

私たち一行の中の一部の難民が、八家子から沙河掌労働者住宅へ移って行った後、部屋の中は少し広々となり、ほかの場所ほど窮屈ではなくなった。難民が眠るところは大小のいろいろな木の板を並べたベッドだった。弟が重病のとき、母は弟と一緒に寝ていた。私と上の弟の国郎は、二、三メートル離れた板のベッドで寝ていた。下の弟は死んだ後、山の上で火葬され、母は少しばかりの骨灰を紙に包んで持って来た。白い花のついた黒い布を針で縫い、小さな袋を作りその中に遺灰を入れた。弟の死後も母はその板のベッドの上で寝起きしていた。数日後、母はやっと私たちのベッドに移って来た。私たち家族四人の避難生活は、今は三人になった。下の弟の病死は母に精神的に大きな打撃を与え、以前にも増して痩せ細っていった。

難民所の生活は静かではなかった。ある日、二人のソ連兵が部屋に入って来た。人数を調査しに来たようだったが、長い間話をし、また部屋の中で人数を数えている。意味が分からなかった。突然、母はロシア語で二人の兵士に話し始めた。難民所の簡単な状況、今の総人数およびこの部屋での生活の厳しさ、病気や飢えで死んだ人数など。そのとき二人のソ連兵は驚き、真面目に記録しまた母に何かを質問した。母は皆に通訳していた。二人のソ連兵は、すぐ出て行った。後で知ったことだが、ソ連兵は日本の難民が山の中に住むことを許さず、大石頭鎮方面へ移動するよう指示したということだった。

母はロシア語ができた。簡単な生活用語、日常用語にすぎなかったが、大事なときに、用が足せたのである。三十八年後、私は日本に帰り父を探し出し、私が記憶していた戦前の生活状況を一つひとつ話した。父は否定しなかった。さらに、私の、その幼いときの記憶に感心した。私が、母はロシア語ができると話したときは、父は全面的に否定した。お前の母は日本でロシア語を勉強したことはなかったし、日本にロシア語を教える学校もなかった。ロシア語を話せるはずがないと。違う、まったく間違っている、あり得ないことだと。父は、私のこの話を不思議に思い、私の沙河掌難民所とソ連兵とのやりとりを詳しく書き留めたが、やはり、信じなかった。父が死んだ今では、もう母がどのようにしてロシア語を学んだか明らかにする術はなくなった。

一九九六年六月、従姉妹の雪元友子のところで、母が若いころハルビンで写した写真を見せてもらったとき、彼女は「これらの写真はあなたが保管すべきです、とても大切なものだから」と言った。その写真は、母がハルビンで働いていたときのもので、その中の一枚には三人が写っている。写真の裏には母自身の筆跡で、「真ん中にいるのはロシア人でした」とある。これは、母が、ハルビンの花園小学校で働いていたとき、ロシア人の女友だちができ、かつロシア語の日常会話を学び得たこと、母にかなり学歴があり外国語を学ぼうという熱意があったこと、真面目に学習し一人のロシア人の女友だちの助けにより、初歩的なロシア語の知識があったことなど十分に証明できるものである。このことは決して不思議なことではなく、また何も奇妙なことでもない。残念なことに、父はあまりに早く亡くなり疑問に答えるようなこの証拠も見ることなく死んでしまった。

話を元に戻すと、沙河掌の難民所は、周囲の山は次第に緑から黄に変わり、そして葉はだんだん落ちていった。朝夕は寒くなり、どんよりとした空から小雪が降ってきた。四方風通しの良いあばら屋で人々はこれ以上待ち続けることができなくなっていた。さらにソ連軍からの指示もあって、日本難民は大石頭に移動させられ山の中での生活は許されなかった。

私の記憶では、山の中の難民収容所での食事は、焼トウモロコシ、焼ジャガイモ、煎り豆、あるいは、干しトウモロコシ、ジャガイモ、白菜などの水煮などだった。お米などはまったくなかった。あのころは、どんなに、お米が食べたかったことか。しかし、焼トウモロコシ、焼ジャガイモでさえも、ときにはなかった。生活はますます苦しくなり、油・塩・醤油・酢・栄養剤などは一切なかった。ときには、ジャガイモを煮て塩水をつけて食べたが、これはほんとうにおいしかった。実は沙河掌難民所から八家子までは五キロほどの道のりで、八家子から大石頭鎮までも五キロあり、沙河掌の難民所から大石頭鎮までは十キロ余であった。大人の男たちもよく大石頭鎮へ行き、ときには朝鮮族の人が作った黒糖を買って来て私たち子どもにくれることもあった。こんなとき、喜びは頂点に達しうれしくて跳びあがったものだった。

あるどんよりと曇った日、白い小雪が降ってきた朝、沙河掌の難民たちは引っ越しを始めた。引っ越しと言っても何も財産はなく、ただ各家の荷物と人が移動するだけだったが。私たちは、大石頭鎮の満州林業労働者の宿舎に移動した。当時、満州林業所は生産を停止し、労働者は解散しており空き部屋が残っていた。山の中の工棚子《ゴンポンズ》に比べ、いくらか暖かければよかった。満州林業株式会社時代、大石頭から沙河掌に森林鉄道があった。この森林鉄道は私たち難民にとって便利なものだった。普通、男たちは大石頭へ行って一本の棒を使って鉄道に乗れば物を持ち運ぶことができた。この日の難民たちの移動もまた、この鉄道を利用した。病人と私たち子どもは貨車に乗り、成年の男たちが車を押して大石頭へ向かった。多くの難民の群れが、鉄道に沿って冷たい風雪に吹かれながらゆっくりと歩いて行き、再び大石頭にやって来た。私たちは以前ここを通り、かつて小学校の付近に住んだことがあった。それは鉄西街であった。今回、大石頭鎮に戻り、皆は満州林業労働者住宅に住むこととなった。それは普通の家屋の一部屋のようなものだった。実際のところ、私たち一家の乞食生活の始まりだった。母は私と弟を連れ三人で、毎日、通りで物乞いをした。ある難民は自分で巻きたばこを作り町に売りに出た。母もすぐ覚えて、自分で木の板に釘を打ち木箱のような巻きたばこ製造器を作り、朝早くから夜遅くまで巻きたばこを作った。市販品と同様に二十本一箱で、数十箱を作り風呂敷で包んで町へ売りに行った。母が必死で働いても一家三人の生活を維持するのは難しかった。母は本当のところ疲れ果てて苦しみ、衰弱していた。風と雪の舞う日々、巻きたばこの包みを背負い、両手には私と弟を連れ大石頭鎮の町を歩き回った。風と雪に吹かれ骨まで達するほどの寒さだったが、母子三人相変わらず単衣を着ていた。もともと防寒となる綿入れなど何も持っていなかった。このようにして、私たちは冷酷無情な冬に入って行った。毎日、母は懸命に働き、物乞いをしたが、手に入る食物はいつも限りがあった。こんなとき母は食物を二つに分け私と弟に与えて、自分は何も口にしなかった。飢えという苦痛を忍びながら、母は持てる力をすべて二人の子どもに注ぎ、子どもの身に希望を託した。凍りつくような雪の日、苦難に耐え、飢えと寒さの困難な環境の中で、命懸けで私と弟の二人の幼い命を守ろうとした。「数九寒天《スージウハンテン》」という最も寒さが厳しいころには母は私たちを外に出さなかった。満州林業宿舎はがらんとした大きな家で中に小部屋があったが、住んでいた部屋は寒かった。部屋の中も寒かったが、外は水滴が氷になり恐いほどの寒さだった。母は私たち二人を部屋に置き、自分は外でたばこを売り食物も買いに出た。母の体は、日に日に疲労を重ね、冷酷な環境に痛めつけられ、痩せ衰え病を得、ついに力尽き気力も失せてしまった。顔色は蒼白で血の気がなくなった。慈悲深くて心優しい母、病と飢えに苦しむ体で文字通り命懸けで二人の命を守ろうとした。子どもの生存のために頑強に病魔と飢餓と闘い、極度の貧困の中で凍りつく寒さと闘った。

母は一息つきさえすれば自分のすべての苦痛は忘れてしまうようだと私は感じた。母は一心に子どもの命を守ることだけを考え、あらゆる方法で子どもたちの苦痛を取り除くことだけを考え、子どもの命を自分のすべてより高いものとみなしていた。二人の子どもを活かすために自分は毎日難儀し、もがいた。逆に、母の命は日毎に死に近付いて行った。母は自分が死ねば子どもはどうなるのか、恐らく考えていただろう。母も自分がいなくなれば子どもはさらに苦しみ、生存の可能性は小さくなるかもしれないと思ったかもしれない。子どもの苦痛を思い子どもの命が刻一刻と危険に近付くことに思い至り、母は毎日命を懸けて闘い、最後の命の一息まで闘った。

母は遂に歩くこともベッドから起き上がることもできなくなった。ある二十歳代であろう女性が毎日、母と私たちの面倒を見てくれた。このようなときに優しく世話をしてくれるとは、私たちは恩を感じて感動した。今思い出してもとてもとても感謝している。あのような困難な中で、他人の安否を気遣った優しい彼女には深い恩を感じる。当時五歳の子どもだったが、私に与えた印象は強く生涯忘れることはできない。しかし名前を尋ねることも名前を覚えることもできなかった。これは、誰も皆理解してくれるだろうし、許してくれるだろう。しかし、私はいつも残念なことだと思っている。その後、会う機会があればいいのにといつも思っていたが、六十三年が過ぎてしまい恩人を探せないでいる。

母はベッドから起き上がれなくなった。数日後、蒼白だった顔は次第に黒くなり、本当に体を支え切れなくなっていた。医者も薬もなく治療の方法もない。栄養などは言うに及ばず、生命を維持すべき食べ物さえ何もなく、母は衰弱していった。母の心痛は誰に訴えればいいのか。母は泣くこともなく叫ぶこともなかった。私の強い母は、このころはさらに従容《しょうよう》としていた。顔も体も何事もないようであり、何の病も飢えもどんな困難もないように見えた。ただの一刻も子どものもとを離れたくないようだった。母のきらきらと輝く目は私の顔をじっと見つめ、また弟の顔を見つめていた。母の目には涙はなく、ただ光る目を二人の子どもの顔に置き、自分の思いと期待と希望をすべて傾注して子どもたちに聞かせようとした。ただ子どもたちは幼く眼前のでき事を理解できなかった。母は優しい様子で落ち着いていて口元はしっかりと閉じ、何も言おうとせず何も言わなかった。子どもに残した印象は何かを語るよりも重大だった。一人の偉大な母、優しく落ち着いた母の姿、子どもは終生忘れるはずはなかった。母は、最も困難なとき、普通の人が耐え難い環境にいたとき、天災地変を恐れず堂々と落ち着いて何事もなかったようだった。あの凍える土地で着るものも食べるものもない劣悪な環境で、変わることなく二人の子に十分な温かさを注いだ。母の懸命な苦労と高尚な品格は、どこから危険や困難が襲って来ようと打ち勝つことができそうだった。母の強い意志と何事も恐れない精神は、最も貴い宝となって子どもに伝わったと言える。母は完璧ともいえる気配りで身を以て息子を教育し、それは息子の成長にとって最も貴い財産となった。母は口元を閉じ、しっかり閉じて夜遅く眠りについた。母が口元をしっかり閉じていたのは劣悪な環境での精神的苦痛を忍び、さらに病魔に侵された身体的苦痛に耐えていたことを意味する。母は夜中にまったく眠らず、私たち子どもだけが眠った。

数日後のある朝、空はすでに明るくなり、私と弟は目を覚ましたが起き上がらなかった。母は相変わらずオンドルの上で横になって動かなかった。私たちは毎夜、母が真ん中で私が右、弟が左になってオンドルの上で横になって寝ていた。母は熟睡しているときは、体と顔は右を向いていることを私は知っていた。これは、母の顔がいつも私の方を向いていると言っているのではない。しかし、その朝、母は起きず体と顔は左の方を向いていて、なおかつ眠っているようだった。母の病は過度の疲労と飢えによるものだと四、五歳の私たち子どもでもいくらか分かっていたので、母をもうしばらく安静に眠らせようとしていた。日は既にかなり高くなり八時過ぎになっても、母からは物音がしない。私は、母がいつもと様子が異なることに気付いた。私と弟がだらだらと寝ていると、母はいつも私たちを起こしたものだった。母が遅く起きるということは一日もなかった。今日はどうしたのだろう、私は顔を母の口元に近づけ「おかあさん」と呼んでみたが、母は目を覚まさない。また、「おかあさん」と叫んだが母はやはり答えない。三回、四回と呼びかけ、母の肩をちょっと押してみたが答えない。弟も何度も母を呼び私も叫んだ。母は答えず目を覚まさない。私と弟は、母がまったく動かなくなったのを見て大声で泣き叫んだ。愛する母は、偉大な母はこのようにして私たちから永遠に去って行った。私と弟は母の体にしがみついて泣きに泣いた。私たちの泣き声は満州林業宿舎にいた人たち、即ち、避難中の難民たちにも聞こえて驚かせた。彼らは母のことを責任を持って処理してくれた。私と弟がどう泣き叫んでも何も起こらず、母は二度と目を覚ますことなくこの世に永遠の別れを告げ、人間界を遠く去って行った。

私たちはこのようにして愛する母を失った。私と弟は何も分からなくなるほど泣いた。その後、別の難民の部屋に連れて行かれ、その後、母のことはまったく分からなくなった。当然のことだがいつまでも母の遺体を部屋に置くことはできない。母の遺体はどこへ運ばれたか、私はまったく知らない。当時は厳しい冬で、空は凍り、地は雪が積もり、一メートルほどの深さに凍りついていた。

善良な難民たちは、母の遺体をどこに運んで行ったのか、大石頭鎮の南山か林の中か北河の深い雪の中に埋めたのか、あるいは満州林業の東南にある大洼地《ダーワーディ》（現在、製材工場の住宅区。当時は塵捨て場）に運んで、火葬にしたか、母の遺体は結局どこにあるのか、今も謎だ。後年、私自身そこを訪れ、当時日本人難民の死亡がとても多かったことを知った。

大石頭鎮の北河《ベイフー》沿岸、東大洼と南山のこのあたりは、野原一帯に死体が散乱し、あるものは雪の中に埋めても犬に引きずり出されていた。当時の状況と環境からみると何の火葬も埋葬もなかっただろう。私は成人した後、何度も南山や東大洼、北大河沿岸に行ったが、ただ母を悼み祈って自分の悲しみを託し、心の奥底の悲しみを埋めるばかりであった。どこへ行けば愛する母の埋葬地を探し出せるのか。

母が亡くなった後、私と弟は泣き続けていた。そして、ある難民の家に迎え入れられた。二日目の午後、突然一人の中国人が来た。三十歳を越えたような男性で黒黄色の半コート（日本軍の軍服のようなもの）を着ていた。部屋に入るや、私と弟を見、次に弟を見つめると抱き上げて出て行った。私はよくないことが起こったと感じ、大声を出して泣きながら弟を引っ張った。たかが五歳の子どもが大人の男性をどうして引き離すことができようか。私は「弟を連れて行かないで」と泣き叫んだが、その男性には私の叫びなど聞こえないようだった。弟が連れて行かれた後、私は声を上げて激しく泣き叫び、後には声が出なくなった。母が私たちを連れて避難を始めたときは四人だったが、今は自分一人だけになってしまった。それ以後、私は二度と弟に会うことはなかった。

それから二、三日後、私を迎え入れてくれた難民一家の主人（日本人）は、私に「弟を探しに行こう」と言った。私は大喜びした。しかし、しばらくしてまた次のようなことを考えていた。弟を探してくれると言うけれど、あのとき、中国人が弟を抱き上げたとき、どうしてまったく阻止しなかったのか、あのころはどういうことかまったく理解できなかった。その日の夜、難民一家の主人は、弟を探すと言って私を連れ出し、木の枝で作った小さな橇《そり》に乗せ、鉄西街の鉄道のポイント切り換え員の隋雲州《スイユンジョウ》と裁縫屋の周徳恩《ジョウドウエン》の一家族が住む三部屋の家に送り届けた。こうして一人の五歳の日本人の子どもは中国人の家で生活を始めた。

聞いたところでは、その難民の日本人男性は二十キロの粟を要求し、私を乗せてきた橇に積み込んで家に持って帰ったという。その粟で彼らの家族の生活をまかなうということだった。私自身の値段はただ粟二十キロであったが、私を中国人に送り届けてくれた日本人男性に感謝している。それで私の命が助かったのだから。

第二章　太平村の大地

三　中国人の家庭での生活が始まった

夜その家に着いたとき、灯りがともっていたので周りを見わたしたが、どこかに弟がいるはずはなく、私は騙されたことを知って思わず「弟がいない」と激しく泣き始めた。オンドルの上に座らされると目の前にはまったく見ず知らずの中国人がいた。しかし、その後この人たちは私の家族になったのだ。私は、当初まったく言葉が通じず、家の人が何を言っても分からず私の言うことも誰も分からなかった。本当に困った。ここに着いたとき、私は小さな布包みを肩から斜めにかけていた。それは三十センチほどの正方形で黒地に白い小花の柄があって母の手縫いだった。袋の中には幼い弟の遺灰が入っていた。後年、中国の姉に聞いたところ、家の後ろの鉄道脇の草むらに埋めたとのことだった。

私を引き取った中国人の家庭は、三部屋に二家族、十数人が住んでいた。彼らは私に対しおだやかで優しかった。当時、私は二家族が親戚だとは知らなかった。一家族は、後に私の養母となる人の長女で、私の姉となる淑芬《スーフェン》とその夫の隋雲州で、駅内で転轍手をしており、金玉《ジンユィ》という生まれたばかりの娘がいた。

もう一家族は、後に私の養父となる人の姪の洪蘭《ホンラン》で、私は後に「お姉さん」と呼ぶことになる。その夫が周徳恩《ジョウドウエン》で、裁縫屋をしていた。家にミシンがあり、服を作って売り生計を立てていた。縫製技術は優れていて評判が良かった。四人の子があり、長女は桂芝《グイジ》といい、私と同じ年の一九四〇年生まれだった。長男は、貴芳、次男は貴成、次女は桂栄と言った。私は五歳で幸運にも中国人の家で暮らすことになったが、知った人もいなければ土地にもまったく不案内であった。習慣の違いもあった。辛い肉親との別れもあって私は病人のようだった。痩せて食欲はなく、姉の淑芬はいつもあれこれ工夫し、私に少しでも多く食べさせようとした。一家は私のために心を砕き世話をしてくれた。洪蘭姉は服や帽子を作ってくれた。戦後の中国人は皆生活にゆとりはなく、とりわけ二人以上の子のいる家庭はかなり苦しかった。淑芬姉と洪蘭姉は自分の子に十分な食料と衣服があった訳ではなかったが、病弱なこの日本人孤児に優しかった。この二家族の心遣いには深く感動し生涯の恩を感じている。忘れることはできない。

ここでの生活にやっと少し慣れたころ、と言っても一週間前後だったが、一人の、四十歳ほどの纏足《てんそく》の女性がやって来た。淑芬姉のところに来てすぐに私と仲良くなり、一家と一緒に昼食を食べ、午後私を連れて行こうとした。この人が後に私の養母即ち私の中国の母となった。

私は少し慣れたばかりでまたここを離れるのは嫌だった。淑芬姉は私をあやしながら、三頭の馬がひいている橇に私を乗せた。養母となる女性は私を抱き、後に兄となる鄧洪久《ドンホンジウ》は橇を走らせた。このようにして大石頭鎮から西南に十二、三キロのところにある太平《タイピン》川に向かった。そこは一つの山村で、私の養父母はここに住んでいた。

太平川というこの地はもともと村落はなかったところだが、日本傀儡満州政府の時代に、山の中や谷間に分散して住んでいた人たちを集めて村とし、住宅地を造り村落をつくった。ここは以前家が二戸だけあって頭道河子という地名だった。この村の裏山は孤山子という名称だった。村ができた後も戸数は五十戸に満たなかったが太平川と名付けられた。

偽満州国時代、十戸を一牌とし、牌長を一人選んだ。太平川は五十戸近くあったので、五名の牌長がいた。養父の話では、この五名の牌長は皆あだ名で呼ばれていた。次に記して一つの歴史の記録としたい。それぞれ于二砲（冗談が好きな于さん）、闞半截（半分腐った闞さん）、宋羊毛腚（羊のお尻のような宋さん）、崔煙鬼（アヘン好きの崔さん）、鄧小脳袋（小さい頭の鄧さん）などと呼ばれていた。前の四人は私も知っている人で、今彼らの本名を書ける。しかし鄧何某《ドンなにがし》という人は、わたしが太平川に来たときは既に亡くなっており、名は知らない。三人の息子の名前ははっきり覚えている。三人の息子と養父は一族で、皆、姓は鄧で、土地改革以前は親しく行き来し、その三人を「兄さん」と私は呼んでいた。忘れられない。私があだ名を記したのは失礼に当たるかもしれないが、当時人々はとても親しみを込めて呼んでいたと見るべきで、あだ名で呼ぶことは極めて普通のことで、活発な交流があったことであり当地の民間文化と言える。

共産党による土地改革運動（「十三　土地改革運動」に詳述）が行われた後は地名に少し変動があり、太平川は太平村に改まった。人民公社（農業生産、行政、教育活動などの集団化）は後に太平管理区に、その後太平大隊となり、文革（文化大革命の略称。資本主義文化を批判し、社会主義文化を創ろうとする運動）時には太平革命大隊と呼ばれ、その後また太平大隊に変わった。人民公社がなくなった後はまたもとの地名の太平川村に戻った。

私が太平村の養父母の家に来たばかりのころ、「鄧家は日本人の子を引き取った」と隣近所ばかりでなく、村中の多くの人が珍しがって次から次へと私を見に来た。私は孤独で病弱で、いつもうつむいていて、見られても相手の顔を見返すことはなかった。

生活習慣の違いに相当な苦痛を感じていた。北方の中国人は冬に「酸菜」を作って食べた。冬はほとんど青菜はなく、貧しい家はその「酸菜」さえないところもあった。養父母の家には大きな壺と木桶に入れた「酸菜」や漬物があった。家族だけでは食べきれず貧しい人にも分けていた。しかし私はどうしても「酸菜」に慣れずいつもまずいと思っていた。現在でもそうである。

養父母に引き取られたころ、私の両足の甲は凍傷にかかっており左足は特にひどかった。体全体に粟粒のようなできものができて痛く痒かった。重い皮膚病と言える。足の凍傷に養母はまず凍った大根を煮たお湯で洗い、薬を買って来て塗ってくれた。体の皮膚病には漢方医に処方してもらった薬を飲ませ、さらに薬湯で洗ってくれた。長期間の治療のお陰で足の凍傷は次第に良くなった。皮膚病の方の治療効果ははっきりせず、鳥肌のようなできものはそのままで依然として痒かった。その後、養母は民間療法を聞き、あなぐま油を体に塗って火であぶるという治療をした。当時私が住んでいた農村では炭で暖を取っていた。火にあたると皮膚病の体も快かった。一定期間を過ぎるとあまり痒みを感じなくなった。この方法を続けたところ次第に効果が現れ、養母も喜んでくれた。

養父は当時四十五歳で、五年前に重病を患い、快復はしたが障害が残り力仕事ができなかった。聡明で何事にも用意周到な人だった。いつも二、三人の長期アルバイトと農繁期に何人かの臨時アルバイトを雇い、約八千平方メートルの広さの農地を耕作していた。馬や馬車の他、必要な農具は完備しており、この太平村の五十余戸の農家の中では裕福な方だった。私の二番目の姉・素珍《スージェン》は十二歳で小学校を卒業したが進学はしなかった。この家族に私が加わって四人家族となった。私はバランスのとれた、穏やかでかなり裕福な中国人家庭での生活を始めた。しかし長くは続かなかった。

一九四五年八月十五日、日本の昭和天皇は無条件降伏を宣布し、戦争は終結し、日本がでっち上げた傀儡政府の偽満州国は直ちに倒れた。その年の八月から一九四七年の七月までのほぼ二年間、吉林省延辺と敦化地区は中国共産党も国民党も政権を樹立することなく、無政府状態にあった。聞いたところでは、国民党軍は蛟河県老爺嶺に入ってきただけで、敦化の西境には進入することなく撤退したと言う。しかしその地下組織は延辺と大石頭まで進入していた。偽満州国崩壊後、大石頭鎮地方には当地の治安と秩序をまもるために維持会ができた。維持会の構成員は当地の裕福な財閥といわゆる名士だった。維持会は文字通りただ維持するだけで何の政治的な活動もしなかった。

しかし国民党の地下組織は地下工作員の積極的な活動の下、すぐにいわゆる「中央軍」を成立さた。

この地域の人は彼らを「中央ひげ賊」と呼んだ。この新たにできた「中央軍」は軍装ではなく、少しばかりの銃と弾薬を持ち、日本軍が捨てた武器を拾い利用していた。この太平村には中隊指導部ができて、中隊と中隊長、秘書などの幹部および多くの兵士がいた。つまるところどれほどの兵士がいたか分からないが、一中隊となると百人近くになるだろう。このいわゆる軍人たちは毎日、村人の家で食事をした。ある兵士は自分の家は村内にあるのに自分の家では食べなかった。村人は皆食糧不足に苦しんでいたのに、「中央ひげ賊」たちは村人の食卓に並んだ。村人たちの苦しみは本当に推して知るべしで、恨みがあっても訴える術はなく、言いたいことがあっても言う場所はないという状況だった。我が家にはさらに一人の傷病兵が住み込み、どこで戦争をしたかは知らないが鉄砲の弾で太腿に怪我をし、東の部屋のオンドルの上に横になり養生をしていた。養母はこの兵士の世話をし、その上毎日数人が来て食事をしたので、てんてこ舞いの忙しさですっかり疲れていた。私はまだ中国語ができなかったので、兵士たちは火鉢を囲んで暖を取っているときなど私に中国語を教えた。中には辛抱強く教えてくれる人もいた。「これは火鉢だよ、木炭だよ、火箸だよ」という具合に。

こうした中央軍は太平村だけにいた訳ではなく、大石頭あるいは敦化地区の主な村々のどこにもいた。あるときは周囲の村々へ行って交流し、どこへ行っても村人に食べさせてもらっていた。しかし村人には何の利益ももたらさなかった。中央ひげ軍は無政府地域にだらだらと二年間を過ごし、最後には国民党に無名軍として登録した。各地の無名軍は、国民党のだれそれの承認を得てかつ長春に集合するようにとの命令を受けて、村人たちの馬車数十台を取り上げ、それに乗って十数日をかけて長春へ向かって行った。その後、次のような話を聞いた。町に入り新しい武器と軍服をもらったが、しばらくして解放軍に囲まれ町の中に長期間押し込められ、外から援軍は来ず食糧は底を付き、戦わずして自滅しそうな状況で窮地に陥り、座して死を待つしかなくやむなく投降した。長春は共産党と人民の手に戻り人民政権が樹立された。

　中央ひげ軍の兵士の多くは貧しい人たちで、金持ちは少なかった。彼らは食べるため兵士になった。あるいは、名利のため、正式な国軍の幹部となるため、自ら進んで仕事を捨て兵士となった。私の知っているある人は、いわゆる連隊の秘書となったが、結局解放軍の捕虜となり釈放され帰郷後は農業に従事した。もとは小学校の先生だった。この人だけは解放後土地を与えられ、その後私の家と共同で農作業をした。また同じ互助組（「十六　互助組」に詳述）に入り、後に合作社（後の人民公社）、その後また同じ生産隊に配属された。誠実な人で後に生産隊の車の責任者となった。いつも生産隊の牛車を走らせ、その仕事振りは真面目だった。土地改革時には財産がなかったので貧農出身と見なされた。中央ひげ軍にいたことはあったが、何か歴史的な問題があるとは考えられない。私の養父より五歳若く運がよかった。出身問題の影響はない。しかし文革後期「両深運動（組織の中と民衆の中から階級の敵を探し出すこと）」が進められたとき、国民党中央軍連隊秘書だったので、階級の敵としての追求の手から逃れることができず、当然批判されたが、その誠実な人柄故に何ら肉体的苦痛を受けなかった。ただ当時の状況では、経歴と反省文を提出しない訳にはいかなかった。長年教師をし、また連隊の秘書だったという経歴があった。六十歳を過ぎて反省文を書くのは辛く、書けなかったようだ。農作業をし長年本を読まず文章を書くこともなかったので、突然ペンを持たされ自分の政治問題を書くはめになると、心は乱れ悩んで私を探してやって来た。彼は見るからに気の毒そうな様子だった。私は長年一緒に仕事をし、その誠実で懸命に働く姿を尊敬していた。今彼に助けを求められ拒絶することはできなかった。彼自身の状況をしっかり話してもらい私は下書きを書いた。彼はしきりに感謝して家に持ち帰り清書して提出した。こうして何とか文化大革命という時代をくぐり抜けることができた。彼と一緒に中央ひげ軍の連隊長だった張永善は文革初期に捕えられ、批判を受けて後期には亡くなった。

「土改（土地改革運動の略称）」後、我が家は王家と共同作業をした。その後、数戸が加わって、人も物も十分ではなかったので、互いに道具を融通した。それは「插具種地《チャージィゾンディ》」と呼ばれ、後に「互助組」となった。党と政府の呼びかけで互助組から発展して「農業生産合作社」となった。これは「合作化運動」と言う。私たち鄧家と王家が共同作業をしていたとき、彼の一人息子はまだ小学四年生で、私たち二人は一緒に南溝里へ昼飯を持っていった。長じてこの人は高等小学卒業後、敦化林業局へ配属された。林業局はその後敦化森林工業局と改められた。これは国営企業である。妻はずっと農村にとどまり夫の両親と同居していたが、文革後一家は敦化市内に引っ越して行った。戸籍は農村から都市へ変わった。彼女は生産隊で共青団員（共産主義青年団の略称）をしていてかつて私に入団するように勧め、私を組織に接近させて早く入団するように言ったが、私は自分の複雑な状況を考えて申請書を書かなかった。

私の養父、鄧兆学《ドンザオシュェ》は原籍は山東省、出生地は遼寧省東溝県（現在の東港市）北井子鎮石橋村である。養父の祖先がいつの時代に山東から遼寧に移動したかは明らかでない。養父の三代前の祖先が遼寧にやって来て事業を始め、石橋村でよく知られているように大きな財産を築いた。聞いたところでは、山東から遼寧に移り住んだ兄弟八人の中のただ一人だけが石橋村に住み、ほかの七人はそれぞれ関東各地へ分かれて行った。石橋村に定住したグループはまた二組に分かれたが、家業は次第に傾いて行った。この二組は東西二つの屋敷に住み、青煉瓦のその家は村の中央部にあった。今から百五十年ほど前のことであるが、この二つの青煉瓦の家は現在もなお存在している。

一九一六年私の養父鄧兆学が十六歳のとき、その父鄧臨徳《ドンリンディ》は青煉瓦の東屋敷を売り各種の借金を返したが、残りはいくらもなくなった。その後鄧臨徳は一家六人を連れて関東へ行き、吉林省敦化県大石頭の頭道河子のある山あいに定住した。しばらくしてまた大橋郷南興隆川に引っ越した。養父の父、鄧臨徳は南興隆川で病没し、養父の兄嫁も同様に同地で病没した。一九六〇年、養父鄧兆学の考えにより、周級三《ジョウジィサン》と鄧洪久兄の援助の下、私たち三人は南興隆川へ行き、二つの墓を太平の東河沿いに移した。

養父は十八歳のときから、敦化のある金持ちの家で常雇いの作男となった。貧しかったため正月も帰省せず、牛馬に餌をやったり何の仕事でもした。若く仕事ができたので雇い主に気に入られ、正月には家族と一緒に食事を勧められたり優しい扱いを受けていた。養父は二十歳のとき決心して作男をやめ、頭道河子の山に入り荒地の開墾を始めた。収穫した作物は一家が食べるのに十分だった。雨の日や農閑期には山の幸を採りに行った。きくらげ、黄花（ユリ科。金針菜とも言う）、党参（ヒカゲツルニンジン）等の薬材を採り、ささやかな金銭に換えることができた。養父の話によると、かつて他の人と一緒に深山に入り人参を掘ったこともあったと言う。冬には山で木炭を作り遠く敦化市へ売りに行ったりした。頭道河子溝里は敦化市まで往復五十キロの距離で、小さな馬車に乗り朝早くから夜遅くまで一日一往復した。そのころ養父の一家は母と兄と姪の四人だった。後に養父は興隆川の修家の娘と結婚したが、子どもはできなかった。その後、兄と姪は家を出て独立した。養父の家の住所は、頭道河子の後方の谷間で、養父はかつて私をそこに連れて行った。前妻の墓が梁玉春の小山の前にあると話し、墓があるはずの場所を探したが、林の中は榛などの木が生い茂ってそれと分からない状況になっていた。前妻の修氏は長いこと病気で、治療の効き目もなく痛みに苦しみ、自殺したと聞いた。

養父は生活のため、豊かになるため、もっと多くのお金を稼ぐために危険な道も歩いた。中華民国の初期、敦化山区は自由に大麻草を栽培し、山の中には広いアヘン畑がいくつもあって、大量のアヘンを生産し敦化市場に出荷していた。さらに、吉林各地はもちろん全国へも販路は広がり、当時の敦化経済に一時的な繁栄をもたらしていた。特に大麻草収穫の時期には町の様々な業者が布地などの日用品、各種食料品を売買し、また小さな旅館をしたり、講談、芝居などの娯楽業者もこの地に来たりした。相当賑やかな様子だった。

民国二〇年、養父が山地に住み始めたとき、すでにアヘン栽培は禁止されていた。国が禁じたことだったので、普通の庶民はほとんど誰も大麻草を植えようとしなかった。それでも一部の人は、違法と知っていても、禁止されていても一般の人が入って行かないような深山の奥にこっそりと栽培し、こっそりとアヘンを売っていた。とても儲かるという話で、一年大麻を栽培すると、十年田を耕すよりもずっと良かったという。養父の話によると、こっそり一年大麻を植えたが、非常に危険で、命を失いかけたこともあった、本当に命懸けだったという。家から遠く遠く五十キロ以上離れた奥深い山で、開墾から始め、大麻草を植え育て丹念に世話をするには大きな危険はなかった。しかし収穫が終わり家に運ぶときには大麻草を強奪するプロの強盗が出没し、お金のためには手段を選ばなかった。多くの人が、山の中で一年間苦労をして育てても、運んで帰る途中襲われ殺された。養父は刈り終わったら山の中に隠し、すぐ持ち帰ることはしなかった。収穫の季節を避けて、山の中の曲がりくねった道を通り、あちこちに隠して何日か往復し、やっとすべてを家に運んだ。養父はそれ以後少しお金があるようになった。

養父の兄、即ち伯父の鄧兆敏《ドンザオミン》と一人息子の鄧洪魁《ドンホンクィ》はかなり苦しい生活をしていた。伯父本人はあまり働かずアヘンを吸っていた。弟が大麻を栽培していたとは知らなかったが、弟が働き者で生活に余裕があることは分かっていたので、しばしば弟から借金しアヘンを吸っていた。養父は兄が正業に就こうとしないと知っていたが、次第に兄のことを構わなくなった。一人息子の鄧洪魁は木工の技術を学び自立していたが、父からたびたびお金をせびられていたので、一人息子であったが父に反感を持っていた。

そのため鄧洪魁は遠くに逃れて、黒竜江省鶏西炭鉱の木器工場に仕事を得、解放後は福利木器工場の工場長になった。伯父は息子を探し出せず、またアヘンを吸い続けていたのでますます不健康になり、ある寒い夜、敦化市の荒れ果てた郊外の野で亡くなった。ある人が養父に伝えたところでは、乱崗（管理人のいない墓地）の雪の中に埋められたということだった。養父は怒って遺体を引き取りにも行かなかったと聞いた。

養父がその兄のことを怒っていたのには、ほかに大きな理由があった。頭道河子付近の山あいの村人の中には、養父は生活がかなり豊かで親孝行であるが、少し剣呑であると言う人もいた。この地方では「人は名が出ることを恐れ、樹木は皮をはがれることを恐れる」という言葉があった。旧中華民国の山岳地帯では、春、木の葉が山を覆うと山に匪賊が現れ、秋、黄葉が落ちるといなくなってしまう。春、匪賊はいくらかお金のある人を選んで誘拐した。大金持ちは人の多い町中か、塀に囲まれた大屋敷に住んでいたので、容易に誘拐できない。そこで少しばかりお金のある人を探し出し山に連れ去り身代金を要求した。身代金を出すまで解放しなかった。ある年の春、養父は匪賊に捕まり山の中に連れて行かれた。当然お金を要求されることになった。このとき、兄の鄧兆敏が母親のところに現れ、「家の中の役に立たない財産を売り払いましょう。お金を作って匪賊に渡し、早く弟の兆学を解放させましょう。もしお金がなければ山で殺されてしまいますよ」と脅した。

母親は息子の兆学をとても可愛がっており心配していた。それで長男の言うことを聞き入れ、家の有り金すべて長男に渡した。それでも不十分だと言うので、牛馬を売り食糧を売り財産をほとんど全部売り尽くし、これも長男に手渡した。母親は次男の帰りを待ちわびていたが、春が過ぎ、夏になっても、秋になっても、半年以上待っても帰って来なかった。家のありとあらゆる財産を売ってこしらえた金は全部長男に渡してあった。しかし、その長男は行方不明となり便りさえなくなった。母親は思いあぐね焦りに焦ってしまったが、例え病気になり倒れても誰も介護してくれる人はいない状況だった。

また養父の話に戻ると、養父は山の中に連れて行かれ、縄で縛られて暗い部屋に置かれていた。食べ物も飲み物も十分でなく、死なないだけの状態にあった。大小便のときだけ、朝晩それぞれ一回外に出た。昼間は丸太の上に座らされ居眠りも許されず、眠ると棍棒でなぐられた。与えられる食べ物は毎日ごくわずかで、空腹のため匪賊が食べた後、地面に捨ててある鶏の骨などをこっそり拾ってかじっていた。暗くて湿った部屋の中に押し込められ、長いこと体も洗わず服も替えなかったので、虱が増え体全体が痒くてたまらなかった。夜間は排尿ができず、誰かのゴム長靴があったのでその中に排尿し、次の朝、大小便の折、外に出たとき捨てていた。養父は、山での半年余りの間に受けた苦痛は忍耐の限界を超えていたと話していた。

その間、養父はずっと逃げる方法を考えていた。ある夜、見張りの匪賊が居眠りをしたときそっと抜け出したがすぐ発見された。入り口が開いて人が出るとすぐ分かるようになっていて連絡が行き、一人を見張りに残し、総出で追跡した。養父は多くの匪賊が追いかけて来て距離が近いことが分かると、それ以上は走らず草むらの中に隠れた。匪賊もまたそう遠くまで逃げることはできないと推測し近いところで監視していた。東の空が明るくなり隠れきれず、また逃げることもできず、発見され連れ戻されて部屋の中に吊り下げられ猛烈になぐられた。口の中には灰を押し込まれ死ぬほどの苦痛を味わった。誘拐されていたほかの同僚たちは一人また一人と解放されていった。各家庭から身代金が届いたからだった。しかし黄葉の時期になっても、養父の家からは音沙汰がなかった。匪賊たちも疑問に思い調べたところ、養父の家の財産はすべて兄に騙し取られ家には老母一人だけが残されていた。匪賊たちは養父に「もし俺たちがお前の家に老母がいることを知らなければ、お前を山の中に眠らせる（殺す）ところだった。俺たちはお前に半年無駄飯を食わせた。お前には穏便に済ませてやる。お前は孝行息子だと聞いている。すぐ家に帰れ」と言い、お金は払わなかったが、養父は解放された。家に帰っても一喜一憂の状態だった。嬉しかったことは母に会えたことだった。もし老母がいなかったら殺されていただろうから。困難は今後の生活のことで、すべてが零から始めなければならなかった。

養父は多くの艱難辛苦を経てゆるぎない自信と強い意志を持つようになり、さらにもともと努力と刻苦の精神があったので生活は日を追ってよくなっていった。養父は三十歳を過ぎてから私の養母となる李振清《リジェンチン》と結婚した。しかし結婚後、ほどなくして養父は重病を得、障害を持つ体となった。

四　養父の友人たち

満洲国帰屯（ばらばらに住んでいる人々を一か所に集めて住まわせる）政策の時代、養父母が太平川に転居したのは秋も末、初冬のころで、秋の家造りは慌ただしく極めて簡単なものだった。木の棒で垣を挟み、両面に泥を塗ったものが即ち家の壁で、泥がまだ十分に乾かないうちに凍ってしまったが、急いでいわゆる「新居」に引っ越した。これは日本軍が人々に帰屯を促していて、その指定日が目前に迫り移り住まないわけにはいかなかった。養父母はいつも「あの年に住んだ新居は冬になると寒くて寒くて。造りが簡単で壁が薄かったのが原因だろう」と言っていた。ほどなく養父は病気になった。友人の李賢徳《リシェンドウ》は小学校の教員で、また満洲国日満協会の会員でもあった。李賢徳はよく世話をしてくれて、大石頭の駅まで連れて行き列車に乗せ、敦化の病院で検査と治療に付き合ってくれた。面倒なことはすべて李賢徳が一人で引き受けて処理してくれた。養父は治療を受け手術をしてやっと回復した。病中病後の耐え難い痛みのために養父はアヘンを吸うようになった。李賢徳も少しアヘンを吸っていたのでその影響を受けたのかもしれない。アヘンは痛みを取り去り気分を良くする効果があったからだ。満洲国でもアヘンを禁じていたがそれほど厳しくはなかった。私の記憶では、李賢徳はこのころすでに離婚し独り身だった。夫人は遠方に住んでいた。二人の子どもがいて、娘は早く結婚し家を出、息子の李会義は土改前に結婚していた。李賢徳はよく我が家に来て食事をしていた。ときには養父と二人でアヘンを吸っていた。養母は私に「お前のお父さんは病気の後からアヘンを吸うようになった」と言っていた。養父のアヘンの量は限られており毎日吸う訳ではなかった。私の記憶では、太平村で最も有名なアヘン吸引者は「崔老あばた」という人で、村人には「崔アヘン鬼」とも呼ばれていた。そのほかに五、六人がアヘン吸引者として知られていた。

養父のもう一人の友人は邵玉林《シャオユィリン》で、偽満州国の時代に太平川の甲長をしていた。甲長というのは、一つの村の頭のことで、甲長の下には牌長がいて、一人の牌長が十戸の家を受け持っていた。邵玉林は学力はなかったが、弁が立つことで有名だった。俗に「好漢（いい男）は口から出、いい馬は足で育つ」と言う。彼の家業はそれほど大きくなく、夫婦二人で子はなかった。邵玉林本人は働かず、二人の長期アルバイトを雇い、忙しいときにはさらに短期アルバイトを雇って約十万平方メートルほどの土地を耕作していた。経営方法は養父のやり方とほぼ同じだった。養父とは馬が合い、お互いいい友だちだった。養父は外出すると長時間帰宅しなかったが、養母は夫が邵玉林のところにいると知っていて私は何度もそこへ探しにやらされた。当然のことながら、邵玉林もしょっちゅう我が家に遊びに来ており、特に私が貰われてからはとても興味を持ち、また私のことも気に入っていた。

養父にはもう一人親しい友人がいて、村で最も貧しい梁俊生《リャンジョンション》だった。私が彼を知ったとき彼の家族は六人だった。長男は梁洪濱で、外地で長期アルバイトとして働いていた。土改後、軍隊に入り人民解放軍の兵士になった。次男は梁洪田、三男は梁洪福と言い、解放後学校に行くようになった。満洲国が崩壊した二年後、農村で伝染病が流行し、当時は「快当病」と言ったが、一家に一人、二人、あるいは一家全員が死亡することもあった。太平では二家族が全員亡くなった。楊徳亮夫婦と三人の娘の計五人、王大脚の家族四人だった。梁俊生の妻と娘もこの時期に亡くなった。梁家は太平川で最も貧しい農家で、食糧がないとき養父は梁俊生に粟を持たせ、塩・醤油がないとき養母は漬物や酸菜を届けていた。梁俊生が畑を作ろうとし牛馬がないときは養父は牛二頭を貸してやり、梁俊生はいつもそれを使って耕作していた。梁家が我が家から食糧を借りてもお金を借りても、いつも利息は付かなかった。友だちだからということだった。彼は少し暇があると養父と世間話をしたがった。そして彼への援助にいつも感謝していた。養父は体が不自由で足が悪く、村では「鄧瘸子《ドンチュエズ》（足が不自由な鄧さん）」とあだ名で呼ばれていた。梁俊生は話をするとき吃音があるので、「梁磕巴《リャンクーバ》（吃音の梁さん）」と呼ばれていた。鄧瘸子と梁磕巴の二人が友人であることを村の中で知らない人はいなかった。村人がなぜあだ名で呼びたがるのか分からないが、人にあだ名がついていれば、大人も子どもも皆それで呼んだ。先に、一家四人が亡くなった王大脚のことを書いたが、王大脚もあだ名で、私はこの人に会ったこともあり住まいも知っていた。またとても懇意にしていたと言っていいが、家族が皆亡くなった後も私はやはり本名は知らない。残念である。

五　太平村の三人の日本人孤児

「鄧家に日本人の子が来たぞ」と近所の人は皆珍しい話だと不思議がり、大人も子どももどんな子なのか見にやって来た。ほどなく噂は村人皆が知るところとなり、さらに付近の村にも広まっていった。

しばらくして楊家にも日本人の子がやって来たが、この子は李何某が八家子から連れて来たもので、一か月余り育てた後、手放した。楊玉春《ヤンユィツン》夫婦には娘が一人いるだけだったので、夫人が強くこの日本人の子を欲しがった。楊玉春は四人兄弟で長男だった。下に弟が三人おり、一番目、二番目の弟は解放後相次いで結婚した。末の弟だけが解放軍の兵士になり、解放戦争が終わった後は選ばれて軍政大学に入学し軍官になり、結婚はかなり遅かった。彼らには老母がいたが元気だった。私が帰国するとき九十六歳でまだ健在で、出発に際し見舞いに行ったことがあった。私が帰国した翌年に亡くなったと聞いた。楊家はそもそも遼寧省寛甸市の出身で、玉春の父親が早く亡くなったため、楊夫人が四人の息子と嫁（楊玉春の妻）を連れて太平村に来た。その後、次男、三男は結婚し、三人の息子、嫁ともども大家族で暮らしていた。長男の嫁が日本人孤児を欲しいと言い、皆賛成したが、長男の楊玉春だけが不満を漏らし、「子どもはやはり良い商品でなければならない。我が家は日本人の子は要らない」と強く反対した。しかし老母の賛成があったので、嫁はこの日本人の子に固執し楊玉春は仕方なく妻に任せていた。貰われた日本人の子は「楊連群《ヤンリエンチュン》」と名を付けられた。学校に入るときもこの名前を使ったのは、おばあさんと養母が付けた名であり、おばあさんは息子の嫁たちがたくさん男の子を生んで大家族に成ることを願ったからで、意味は深い。「楊連群」は成人し社会に出た後、「楊儒《ヤンルー》」と改名した。「儒」とは、孔孟儒家の「儒」である。

優しい養母は、不運なことに彼を引き取った翌年の冬、快当病にかかり、医者も薬も不十分な環境の中で、なす術もなく亡くなってしまった。その後は、おばあさんが楊儒を自分の孫同様に扱い、養父の楊玉春を除き家族皆が楊儒に優しかったことは幸いだった。ただ養父だけは冷淡で情けがなかった。家族皆が楊儒を学校に行かせようとしたが、養父だけは反対し豚の放牧をするように命じた。毎日の豚の放牧が楊儒の幼年時代の仕事だった。おばあさんたち家族の計らいで、ある時は学校へ、またある時は放牧へ、という生活を小学四年近くまで続けたが、その後はまったく学校をやめてしまった。

私が小さいころ、鄧家と楊家は前後して家があり、間に小道が一本あるだけだったので、私たち二人はよく一緒に遊んだ。どんな遊びをしようと二人とも中国語を話し日本語は話さなくなっていた。村人の多くは、日本人孤児二人が一緒に遊ぶのを不思議に思っていたが、日本語を話すのかと思うとそうではなかった。それには原因があった。養父母が私を引き取った翌年の春、家の前の李文鎮のところに、二人の二十歳近い日本青年義勇隊の青年がいた。当時、隊は混乱状態にあった。満州国が倒れた後、これらの青年たちは離散し農村各地でその日の食事のために働いていた。生き延びるために、働いてもお金を貰わなかった。当時の農民はこれらの日本青年を正式な日本人とは認めず、「小琉球」と呼んでいた。当時の太平村には多くの家に、「小琉球」がいて食事だけを対価に労働をする生活をしていた。李文鎮のところの二人は、李家の次男、李徳柱と一緒に馬車に水槽を乗せて南山老魯家の泉へ水汲みに行った。太平村では旱魃で井戸水が足りず、村の外へ水汲みに行かなければならない状況だった。私はあるとき彼らについて泉に遊びに行ったことがあった。そのとき李徳柱が、「君たちは皆日本人だ、日本語を話せよ」と言ったが、二人の「小琉球」は躊躇し話そうとしない。私は長いこと日本語を話したことがなく寂しかったので、自分から二人に日本語で話しかけたところ、二人とも喜び、三人で話し出すと、とても楽しくて、最後には日本の歌を二曲も歌った。李徳柱は私たちが何を話したのか、何を歌ったのか分からないはずだが、面白がって腹を抱えて大笑いし、口では、この三人の「小日本」は日本語を話すのをとても楽しんでいると言った。その後このことは彼によって村中に知れ渡った。事件は養父母の耳にも入り、私に二度と「小琉球」に会わないようにと注意し、日本語を話すことも禁じた。その後は日本語を話したことはなく、楊儒が日本語を話したそうにするのが分かると私は無視した。長い長い時間が過ぎて日本語をきれいさっぱり忘れてしまった。思い出そうとしても次第に思い出せなくなってしまった。しかし、あの二人の「小琉球」の最後の言葉は忘れることができない。私の名前を尋ねたので「建一郎です」と答え、日本の住所を聞かれたが、私は「知りません」と言った。彼らはそれに対し、「心配いらないよ、私たちが日本に帰るときには君を連れて東京に帰るよ」と言った。残念なことに、それ以後、私は彼らに会いたくても会えなくなった。彼らがいつ太平村を離れたのか、また本当に日本へ帰ったのか私は知らない。三十八年後、私は本当に東京に帰り着いた。足で踏みしめた東京は私を歓迎してくれた。太平村にいた当時、かつて一緒に日本へ、東京へ帰ろうと約束した二人の「小琉球」は今も健在だろうか。

太平村には私と楊儒の他にもう一人日本人孤児がいて、当時四歳の女の子だった。養母は「郭晶雲《クオジンユン》」と名前を付けた。ある老人がその子を抱いてやって来た日、私も見に行った。老人はちょうど食事の最中で、養母が後に皆に語ったことによると、老人は大荒溝で晶雲を拾い、太平村に連れて来たという話だった。私は晶雲のところに遊びに行ったり、ときには晶雲を家に連れて来たりした。晶雲の養母も反対しなかった。我が家には姉がいて、郭家と鄧家とは少し親戚関係にあったからである。もし晶雲がほかにところに遊びに行きたいと言えば養母は許さなかった。このことから晶雲は厳しく監視されていたと言える。私たち三人の日本人孤児は皆太平村の東北の隅の方に住んでいて、互いに距離が近く、百メートルほどの範囲にあってしょっちゅう顔を合わせることができた。私の知る限り、どの家も、手に入れたばかりの子どもに対して、かなり厳しく監視していた。太平村は敦化市から直線距離では二十五キロに満たなかった。私が十八歳にならないうちは養父母は私を敦化市内に行かせなかった。買い物があるときは私を大石頭まで連れて行き、いつも素芬姉のところにあずけていた。郭晶雲は養父母にかわいがられて成長し、一九五〇年、九歳の春、太平小学校に入学した。楊儒もこの年に入学した。当時私はすでに小学二年生だった。当時の小学校は一年生から四年生まで皆大教室で一緒に授業が行われ、「複式クラス」と呼ばれていた。先生は一人だけで、于蓮芳と言う人で、三十二、三歳だった。先生も生徒も、私たち三人の日本人孤児を特別扱いすることはなく、先生は優しかったし、ほとんどの生徒も私たちと仲が良かった。一人の生徒だけがちょっかいを出したり、いじめたりした。けんかをすると、「小日本《シャオリーベン》」あるいは「小日本鬼子《シャオリーベングィズ》」などと罵られた。郭晶雲に対してだけは、私の記憶する限りでは誰もいじめたりしなかった。学校に行くようになっても相変わらずおとなしく上品で、ほかの人のようにおしゃべりでなく静かでしとやかな雰囲気があった。ほかの人が何も尋ねなければ、自分からおしゃべりをすることはない子だった。

一九五〇年、郭晶雲が入学したばかりのその年に、中央人民政府は「婚姻法」を出した。主な内容は、封建社会の売買婚姻制度の廃止で、親が結婚を決めることを禁止し、個人の自由恋愛を認め、新民主主義の婚姻制度を作り上げることであった。この婚姻法が発布されるや、数日後には、すぐに熱烈な支持と歓迎が広範な女性から出された。多くの女性は親の決めた売買結婚で、夫婦の年齢はかけ離れており、常に怒られ殴られ抑圧されていた。ひどい場合は牛馬以下の生活だった。人民政府のこの婚姻法に励まされて、女性は新生と解放を手に入れることになった。封建的旧制度の下で「三従四徳（三従とは、家では父に従い、嫁しては夫に、夫の死後は子に従うこと。四徳とは、品徳、言葉、姿態、家事を要求されること）」の束縛と圧迫を受けていた女性たちは、古い家から解放されようと次から次へと離婚を申し立て、彼女らを苦しめた家庭制度に決別していった。晶雲の養母もまた、封建的売買婚により、自分より三十歳以上年上の夫のところに売られてきたのだった。夫はすでに六十歳を過ぎ、自分自身は三十歳余りだった。不合理な封建制度はその前半生に極めて大きな苦痛を与えていた。晶雲の養母はこの古い家から出て幸福な新家庭を作りたいと決心し、夫と役所へ行き手続きをし正式に離婚した。晶雲は四歳で太平村の養母のところに来て、九歳になったこの年に村を離れた。それから三十余年が過ぎ、日本へ肉親探しに行く前に晶雲はまた太平村を一度訪れたが、そのとき私はすでに帰国していた。私の長女一家だけがまだ村に残っていた。

当時、晶雲の養母は晶雲を連れて敦化市内に移り住み、新たな結婚相手を探しほどなく結婚した。相手は曲という姓の人で、晶雲も改姓改名し、曲長雲となった。長雲は養母について行ったが、生活は以前より良くなり、学校も継続でき中学校を卒業して小学校の教員になった。その後、いい人が見つかり結婚した。そして仕事の都合でまた内モンゴルに引っ越した。長雲は太平村を出て三十五年が過ぎ、太平村のことはきれいに忘れてしまったと後で聞いた。

幸いなことに、太平村の三人の日本人孤児のうち、私と楊儒の二人はずっと太平村に残っていたので、人づてに曲長雲のことは聞いていた。あるとき、日本から妹を探しているという一人の残留孤児が来たとき、私はその写真を見、その年齢を聞いたとき、探し人は当時内モンゴルに住んでいる曲長雲であろうという手がかりを提供した。一九八〇年、大石頭街に以前住んでいた日本人孤児、藍芳春（日本名　堀越九三）は、肉親探しに日本へ行き身元が判明して帰って来たので、私は当時彼が住んでいた図們に訪ねて行った。大石頭街時代に私たちはすでに知り合い親しかった上に、彼の養母と素芬姉は隣どうしで親戚でもあった。彼が帰国したと聞くと行って会わないわけにはいかない。芳春は「日本を離れようというとき、父が、「中国には妹もいるはずだ。大石頭の満州林業宿舎で同じように離ればなれになったのだ。何とかして探し出さなければならない」と言ったと私に話した。そして妹の幼いころの写真を取りだして見せた。私はその写真を丁寧に見た後、「曲長雲という孤児を知っている。君の妹によく似ている」と言った。芳春は長雲の状況を私に尋ねた後、勤め先の図們鉄路分局機関区に妹を探したいという願い書を出し、休みをもらいたいと伝えた。会社の指導部は彼の願いを聞き入れ、なおかつ積極的に妹探しを支援し、同機関区の保安員を一人、一緒に内モンゴルへ行くよう段取りしてくれた。芳春と保安員の二人は図們から敦化へ来て、私のところに一泊し、それから内モンゴルへ向かった。列車に乗り方々を尋ね歩き、ついに曲長雲を探し出した。しかし長雲はただ泣くばかりで自分が日本人孤児であることを認めなかった。幸い養母は健在で、その事情をよく分かっていた。子供たちは母親が日本人だとは知らず、ただ不思議に思うばかりだった。聡明な夫は国家幹部で、妻の心情に理解を示し、頑なにならぬようにと言い、自分の出身とちゃんと向き合うようにと勧めた。さらに「出身が日本人であってもそれが悪いこととは言えないし、いいことかもしれない、実際には政府はあなたが日本人孤児だと知っているのだから」と諭した。長雲はこうしてやっと自分と自分の出身家族は同様に戦争の犠牲者であって、自分の幸福は、中国人民の博愛精神と養父母のお陰であること、養父母がいなければ今日の自分はないと明確に認めるようになった。

吉林省敦化市大石頭鎮太平村にいた日本人孤児三人は、長い歴史の紆余曲折を経て、戦後家族を連れて皆祖国日本に帰ることができた。私は日中両国政府の英知と潔さが両国の国交回復を早めたことに感謝する。さらに、日本国内の民間団体が積極的に政府に働きかけ、民間主導で中国に赴き大勢の日本人孤児を調査したことに感謝する。当時の日本政府の総理大臣を始め、外務、厚生、法務大臣は、山本慈昭会長を代表とする民間団体が「早めに迅速に日本人孤児を調査するように」と再三申し入れたのに、軽視し何の対応もしなかった。各省大臣も皆会おうともせず、孤児の調査と帰国など脳裏になかった。日本政府は総じて消極的だった。

あの当時、日本政府が何の対策も取ろうとしないので、民間団体はなす術がなく、自ら中国へ行き中国政府に働きかけた。その結果、思いがけず、中国政府が日本人孤児の調査に理解と積極的な支援を表明した。国務院の周恩来総理と姫鵬飛外交部長は、相次いで日本から来た民間の調査団に接見した。周総理はなおかつ各省市県の地方政府に、日本側が孤児の調査をするのに便宜を図るようにと指示を出してくれた。日本政府の冷淡で消極的な態度と逆に、中国政府のこのような対応はまったく思いがけなかった。指導者たちの指示のお陰で、調査団は東北三省に深く入り込み、たいへん多くの日本人孤児がまだ生存していることを突き止め、調査した名簿を日本の厚生省に提出した。日本政府はその報告された事実を前にして、やっと重い腰を上げた。一九八一年三月、第一次の訪日肉親探しが行われ四十七人だけが訪日を許された。一九八二年二月、第二次の来日には六十人、一九八三年第三次、第四次は計百五人が来日した。日本政府の「亀」のような対応は、日本国民にただ格好を付けてみせるだけだと言って良い。孤児と家族双方の心は火のように焦った。戦後すでに三十八年の歳月が過ぎ、これ以上引き延ばせば老人は皆あの世に行ってしまうかもしれない。そうなれば、親族を探し出すことはできなくなる。見識のある人は、このときの日本政府官僚が行った牛歩戦術は残留孤児の大量帰国を望んでいないのだと理解した。当時の中国の外交部長呉学謙はこれに対し、ずばりと批判し、「日本の外務省のこのようなやり方では十年二十年たっても終わらない」と指摘した。国際社会の歴史が事実を証明するように、どの国の政府が真の人道主義と新生の基本的人権を執行したか、あらゆる国の政府が実際の政策と行動で、歴史を書き進めている。作り話と偽りの仁義は捨てられていくものだ。現在もまた同様で、国家が真に国民を愛しているかどうかは多数の国民がその国家を受け入れるかどうかにかかっている。

私たちは、中国政府が中央から地方まで、私たちの訪日と肉親探しを支持し支援してくれたことに深い感謝の念を忘れたことはない。中国政府と人民の懐は広く、従来から人道主義を重んじ世界の友好と平和を願い、過去の不愉快で痛ましい恨み言を計算に入れたことがない。

日本の民間団体が私たちの肉親探しに尽くしてくださったご苦労に心から感謝している。何度も中国へ足を運び、私たち孤児と接触して話を聞き肉親と離別した状況を調査したことによって、私たちの肉親探しは大きく進んだ。私自身はまず、茨城県つくば市の桜井四郎さんの中国敦化市訪問にとても感謝

1983.12.9 東京代々木公園にて撮影、敦化の仲間と著者（右から一番目）

している。敦化地区の残留婦人と多くの残留孤児と会見し、一緒に写真を撮るなどして資料を集めた。岐阜県大垣市の若園昭三さんたち大石頭会の会員は大石頭地区の残留婦人、孤児と会見した。さらに、肉親探しの全国組織「手をつなぐ会」は山本慈昭会長を中心に何度も中国に行き、地方政府の指導部と会い、かつ何度も大勢の孤児と会って話を聞き写真に納めた。私が最も印象深かったのは、山本慈昭会長を始めとする代表団が初めて中国を訪れたときのことである。長春市内のホテル国際旅行社で優しく応対してくださったことは忘れがたい。とりわけ代表団が長春訪問を終えハルビン方面へ出発しようとするとき、多くの孤児が駅のホームで見送ったが、山本会長は列車に乗車しようとした際、私たちを見つめ大声で泣き始め、「あなたたちのことは忘れません、きっと帰国させますからね」と叫んだことである。当時私たち孤児は誰もこの日本語が分からず、ある残留婦人が通訳してくださり理解したのである。本当に感謝している。肉親探しのためにある限りの力を尽くしてくださったのだから。今思い出しても胸が熱くなる。感慨無量である。

一九八〇年七月十八日、長春駅で私は北海道の岩崎さんと知り合いになり、岩崎さんは私の写真を写してくれた。山本慈昭さんの代表団が二回目に中国を訪問したのは、一九八一年十一月で、私も瀋陽へ行き皆さんと会った。そのときに鹿児島の諏訪さんと出会い、写真を写してもらったことで、私の肉親探しは確かなものとなった。父母の故郷は鹿児島だったからだ。

六　太平村の三人の中国人孤児

私は中国に四十年余り暮らしたが、住んでいた太平村には三人の中国人の孤児がいた。彼らの両親は皆日本軍のいわゆる満州国時代に死んだのである。当時そこは日本軍の統治下にあり、一部の中国人は満州国の治安の確保と維持のために犠牲となったのである。三人の中の二人の中国人孤児の両親は日本軍に殺害され、残る一人の孤児の父は日本軍のお供をしている最中に戦死したのである。

孫鎖子という孤児は、三歳のとき、孫紙匠（紙職人の孫さん）という老夫婦に山の中から救い出され貰われ育てられた。

私が孫紙匠を知るようになったとき、彼は白髪交じりの高齢の老人になっていた。孫鎖子はまだ結婚せず、孫福成の前庭に一人で、二部屋の家の住んでいた。孫鎖子は親孝行で孫紙匠老人の面倒を見ていた。中国北方では死者のために紙で作ったお金を燃やす風習があった。あの世へ行くのにお金が要るからだと言う。お金のほかに、牛馬、車、人なども紙で作って燃やした。金持ちは、これらはもちろん、張子の家、楼閣、庭、山水のほか、いろいろな財産即ち現世の金持ちの家にあるあらゆる物をすべて取り揃えて、紙で作って燃やした。私が太平村で会った孫紙匠と趙紙匠（紙職人の趙さん）は、牛、馬、車、人の四種だけ作っていた。この四種の紙細工を、家の前庭に住んでいた李文鎮夫人が亡くなったとき、私は初めて見た。それは色とりどりのきれいな紙で作った物だった。出棺の前日の夕方、村の西南にある土地廟に行き、それらの紙を燃やし、子どもたちは孝行の印の白衣を着たり、あるいは白布を持って廟の前に跪き、顔を西方に向けて紙が燃えるのを見ていた。炎は天を衝いて燃えた。死者への送別であり餞別であるという。孫鎖子の養父の実名は私は知らない。孫紙匠と呼ばれていたことだけは覚えている。孫鎖子は養父が天寿を全うするまで、ずっと敬い孝行をしていた。

前述したが、太平村は、満州国時代の日本軍が山中や谷間に分散して住んでいた中国人たちを、追いたてそしてつくった村落であり当時は太平川と呼んでいた。それは一九三三年のころで、三歳の孫鎖子は父母と姉の家族四人で頭道河子溝に住んでいた。太平川の村が成立し、山に住んでいた人は皆、日本軍により指定された日に山から移動させられた。その一か月後、日本軍は人々が山に戻るのを恐れ、住んでいた家々を焼き払ってしまった。残忍な日本軍は山に入り家を見つけると、中に人が居ようが居まいが必ず火を放った。孫鎖子の両親はそのとき重病で、家の中のオンドルの上に横になっていて外に出られない状態だった。朝早く、姉は弟を連れ山を下り親戚の家に助けを求めた。以前から父（姓は関）は病のためいつもオンドルの上に横になっており、母も前日の夜、倒れたのだった。二人の子どもにとって親戚の家は遠く、孫紙匠と一緒に家に戻り着いたときはすでに午後になっていた。そして家が全焼し灰になっているのを発見した。孫鎖子の父と母は、灰の中に焼き殺されていた。なんと残酷なことだ。こうして二人の子どもは孤児になった。孫紙匠は男の子を引き取り孫鎖子と名付けた。孫鎖子の姉は別の親戚に連れて行かれた。父母と悲痛な別れをし幼い弟とは生き別れ遠いところへ行ってしまった。関夫婦は病気のため引っ越しが間に合わず、皇軍の命令に背いたことになり、ついに生きながら焼死させられたのだろうと想像する。いわゆる日本皇軍がこのように非人道的だから、中国人が日本人を日本の鬼と罵るのは道理に適っていると認めざるをえない。

孫鎖子と姉は別れて二十五年間、一九五八年姉が黒竜江省鶏西市から太平村に来て別離の苦しみを語るまで会うことはなかった。姉は弟と一緒に家族として暮らしたいと希望し、弟一家を鶏西市に迎え入れた。このときから孫鎖子は自分の姓を取り戻し関鎖子と名乗るようになった。姉とその夫はどちらも鶏西鉱務局で働いていたので、上司に伺いを立て弟に仕事を斡旋してもらった。私と関鎖子は太平村で知り合って以来十三年、親しく付き合ったので忘れることはできない。心根が善良で忍耐強く私は尊敬していた。

太平村にはもう一人李盛芝《リーションジ》という中国人孤児がいた。李盛芝の父の場合は関鎖子の父と異なり、満州国の治安を維持するために亡くなった。満州国皇帝の支配下の総理大臣により、日本皇軍に大いに貢献したと推薦され国務院から表彰と褒賞を受けた人だった。敦化の地方官員は孤児となった李盛芝を新京に連れて行き、満洲国国務院総理に接見させた。毎年李盛芝の養育費が養父に支払われた。養父は房玉海《ファンユィハイ》と言ったが、満洲国の保護下にあったので李盛芝の改姓はしなかった。李盛芝が二十歳の成人になる前に満洲国は倒れてしまったが、ずっと養父の房玉海に育てられ、養父母の世話で新立屯の張家の娘と結婚した。その後養父の家でしばらく暮らし、独立した後太平村に越して来た。私の記憶では房玉海はずっと太平村の河北屯に住んでいた。前に書いたが、私の養父は十六歳で遼寧から敦化にやって来て、最初に房玉海のところで働いた。そのころは中華民国が偽満洲国になったときで、太平村の河北屯に住んでいた房玉海は、一九五〇年以後、太平村の東北の隅に二部屋の小さな家を建て夫婦二人（子はない）越して来て住むようになった。私の家から近く五十メートルほどの距離だった。

一九五〇年新中国建国の翌年、反革命鎮圧運動が始まった。主な対象は、武器の隠匿者、反人民政府者、社会の転覆を謀る者、国民党待望者あるいは満州国復活待望者などであった。総じて反動的な階級の敵、反共産党、反政府、反人民主権のことで、これらの人を「反革命」と呼んだ。人民の民主政権を守るためには人民の民主専政を行う必要があった。当時の区政府と各村の政府は広く調査を行い、武器を隠している反革命分子には容赦しなかった。大石頭二河村で呉桂生という反革命分子が見つかり、鉄砲、弾薬を家の壁に隠して渡すのを拒んだため、政府の役人は何度も出向いて自ら武器を差し出させ寛大な処置をしようとしたが、聞き入れなかった。その結果検挙し、壁の中から鉄砲、弾薬を掘り出した。こうなると、頭を下げいくら釈明してもすでに遅く、裁判所で悔い改めない反革命分子は死刑という判決を受けて、銃殺刑が執行された。

ある人が房玉海が銃を持っていると告発した。役人は何度も房玉海に尋ねたが、彼は持っていないと主張した。結局検挙されることはなく銃は見つからなかったため、事実は今も謎である。房玉海を告発した人は、当然上級政府および公安部と通じた人であろうが、誰であるか村のほとんどの人には分からなかった。房玉海本人は、政府関係者が何度も調査した事実は重大であり、もしこのようなことが続けば命が危ない、「三十六計逃げるに如かず」と考え、決心して妻子と財産を捨て改名し一人逃亡した。その後私は二度と彼を見かけなかった。結局彼が反革命だったかどうか、政府も結論を出していない。当時は告発という方法しかなく、その事実が確認できなかったり銃が見つからなければ政府は何もできなかった。房玉海の問題は未解決のままである。その後、妻子は家と財産をすべて処分し房玉海を探して村を出て行った。

房玉海についてもう一つエピソードを話そう。彼は衝動的に行動しがちで、喜怒哀楽の激しい人だった。太平村の河北で農業をし、じゃが芋を植えて財産を作った。毎年じゃが芋を二万平方メートル近くの広さに植え、秋の収穫期には短期アルバイトを雇い、それでも手が足りずについに小学生まで雇った。日曜日、小学生は皆その畑に行きじゃが芋を拾った。ある日の夕方房玉海は馬二頭で土を鋤いていたとき、誤って棒を振り回して馬の後ろ足に当ててしまった。二頭の馬は驚いて一気に太平屯まで疾走し、村の人たちが手伝ってやっと馬を捕まえた。房玉海は怒り狂って、小さな赤馬を我が家の前庭の、李文鎮家の入り口にある大木に縛り付け、棍棒と鞭でめった打ちに殴り始めた。見ていた人たちが、「やめろ、落ち着け！」と言っても聞き入れず、ゆうに一時間は殴り続けただろうか、自分が疲れたらやっと手を止めた。私は人が馬をこんなに長時間殴るのを初めて見た。房玉海は普段は和やかで皆から善人だと言われていた。特に中国人孤児の李盛芝を引き取り、小さいときから自分の息子同様に育て結婚させ独立させた。夫婦そろって善良で優しい人だと評判だった。

李盛芝の父親はどのようにして死んだのか？　一九三三年偽満州国成立後、当時の人々の、日本と満洲国傀儡政権への不満は日を追って高まり、共産党に率いられた東北抗日民主連軍の勢力はますます強大になっていった。当時長白山地区敦化の密林で活動していたのは、楊靖宇部隊、陳翰章部隊、朝鮮族の金日成部隊などだった。このように多くの武装勢力が山中で活動し、ときには日本軍が制覇している市街地にも出撃することがあった。彼らは紅軍と呼ばれ、いつも日偽軍（日本軍と日本側についた中国人部隊）に打撃を与えていたので、満洲国とその日本植民地の安全に極めて大きな脅威であった。紅軍は神出鬼没で一定の駐軍地はなく、とらえどころがなかった。日本皇軍は彼らを「土匪《トゥフェイ》」あるいは「共匪《ゴンフェイ》」と呼んでいた。あるとき日本軍は山地に向かって大掃蕩を実施し、併せて満洲軍と共同作戦で「土匪共匪」を一挙に壊滅させると宣伝した。日本軍は兵力を整え激しい攻撃を行った。日本皇軍は強力で、立派な武器と先進的な通信手段の無線を持ち、正確な地図と羅針盤、望遠鏡などを備えていた。さらに、山道を熟知している現地の人を多額の金で雇って味方に付け、その言を信じた。こうして完璧とも言える備えをして先遣部隊は山に入って行った。二時間後、十キロほど奥に入った深山に着いたところで後方の日満両軍の主力部隊も出発した。当初は事態は順調に見え、三日間歩いても匪賊に出会わず向かうところ敵なしと思えた。ずっと厳しい表情で指揮を取っていた連隊長は次第に緊張を解き、兵士たちも快活になっていった。山に入って四日目の夜、長白山の麓、二道白河地帯で休息を取った。夕食を終え眠りに就こうとしていたそのとき、夢も見ないうちに、周囲で激しい銃声が。殺し合う声が天にも響いた。精鋭の日本皇軍先遣部隊が、山道を熟知したガイドの下、優秀な指揮官と強力な兵士団の後ろ盾を持ちながら「土匪」に待ち伏せ包囲されて、百余人皆が戦死してしまった。ガイドは以前何回か日本軍のために物資の運搬をし、確かな仕事ぶりが評価され今回特に専門のガイドとなったのだが、日本皇軍と一緒に死んでしまった。非業の死である。抗日、反満の「匪徒《フェイトウ》」の討伐のため、満洲国の治安のため命を差し出し愛する息子を孤児にしてしまった。この孤児が李盛芝である。幼い李盛芝は父を亡くし、孤独で困難な生活を強いられることになったが、幸いなことにすぐ房玉海夫婦に引き取られ成人するまで育てられた。

小さな太平村は、日本軍がいわゆる「帰屯」を進めようとしたとき、戸数五十戸余りの村で、三名の中国人の戦争被害孤児（孫鎖子と姉、李盛芝）を出した。これは誰の責任か？　事件から六十年以上過ぎたが、日本人は誰が主要な責任を負うべきか明らかに知っている。しかし誰もその責任を取ろうとしない。が、歴史の真実は誰も否定できない。

一九五〇年六月朝鮮戦争が勃発し、アメリカ軍はすぐに南朝鮮から北朝鮮を制覇し、戦火は中国鴨緑江《ヤールージャン》のあたりに近付いていた。中国では全土で「アメリカに抵抗し朝鮮を支援しよう」と声が起こり国を守る運動が高まった。解放軍兵士が朝鮮人民を支援しアメリカ軍の侵略者と戦うので、私の太平村も国内と同様に多数の青年が次々と申込み中国人民志願軍への参加を希望した。しかし二名の青年だけが許可され、彼らは喜んで出て行った。その一人は李盛芝で、彼の部隊はまもなく鴨緑江を越えて出国し北朝鮮に入り、北朝鮮軍と協力し敵と戦った。中国人民志願軍の出兵は侵略者アメリカ軍を北朝鮮から追い出すことが目的である。アメリカと過去の日本は同様に、朝鮮半島全部を占領しようと企てたことは世界の多くの人が知っている。アメリカ軍を三十八度線以南まで追いやるのは、口で言うほど容易ではなく、朝鮮人民は大きな犠牲を払ったが、中国人民もまた例外ではなかった。孤児の李盛芝は血みどろの戦いに惜しむべき青春の命をささげた。幾千万の中国青年と朝鮮人民が血を流し命をささげたことにより、両国人民の友情は益々堅固になり子々孫々永遠に続いていくことが予想される。アメリカに抵抗し朝鮮を支援し国を守るために犠牲となった、その愛すべき、優秀で若さに溢れた李盛芝という人物を、故郷の太平村で生きた、私という中国残留日本人孤児は、永遠に忘れることはない。李盛芝を知っているすべての人の心の中で李盛芝は永遠に生きている。関家の二人の子どもと李盛芝は、日本が中国人民にもたらした災難の一つの縮図である。彼らは日本が作った傀儡満洲国の侵略戦争で犠牲になった中国孤児三名であることは歴史上の事実であり、日本人も中国人も忘れてはいけない。

ここで私は、その日本で編集されたある歴史教科書のことを思い出した。

戦中戦後、中国に残された私たち一万人以上の日本人孤児は、両親と離別し死線をさまよい苦難の生活を送った。優しい中国の養父母によって多くの孤児の命が救われた。その後肉親を探し帰国後も大変な困難を強いられた。このような史実は、一字たりとも一部の教科書には記述がないのである。真実を求め真理を求める日本国民は何を考えているのか、何を求めているのか、分からない。戦後六十年余り、日本は民主的平和国家となり、民主と平和の環境の下、国民は幸福であった。しかし長期的平和は、人々に過去の戦争を忘れさせ、戦後生まれの人は過去の戦争のことを知らず、また自国の侵略戦争を否定することは国益であると言い、中国に対する戦争は「侵略」であることを認めずに大きな国害を作った。周囲の国々にも大きな災難と戦争被害を与えた。過去の日本に侵略の歴史があることを教えられない子どもたちは、自国の被害を経験せず、そもそも何が国益で何が国害なのか知らない。将来このような人たちが政権を取れば、その結末は大日本帝国戦争の指導者と同様であり、東京軍事法廷の被告席に座らされA級戦犯と同様の末路となるであろう。

もし歴史教科書で「太平村に三名の日本人孤児と三名の中国人孤児がいた」という過去の歴史の真実を知れば、現実の平和的環境の中でおかしな考えをもつはずはなく、何が国益か追求し最大の国害を忘れるはずはない。歴史教科書は歴史上の真実を書くべきであり、真実から離れ、真実の教科書を捨てることは、国民的被害である。

七　二人の「鎖子《スオズ》」（しっかり繋がった子）

昔の中国の北の地方では、人々は出生以後の幼少時代、皆幼名を持っていたが、戸籍にはそれを記さず正式な名前だけを届けていた。私たちの太平村では大多数は、小学校入学後から正式な名前を呼ぶようになり、幼名を使うことはなくなった。こうして人の幼名は次第に忘れられていった。学校教育の機会がなかった人は、大人になり結婚して子どもが生まれるまで幼名で呼ばれた。孫鎖子の幼名は「鎖子《スオズ》」と言った。孫家が彼を引き取った後、恐らく「いなくならないように」、あるいは、「いなくなるはずはない」という意味で付けたのだろう。村の人は彼のことをずっと「孫鎖子《スンスオズ》」と呼び、ほとんどが正式な名前を知らなかった。

鄧家に引き取られた後、私にも養父母は幼名を付けてくれた。それはやはり「鎖子《スオズ》」であった。孫家の名付けを参考にしたのであろう。養父母の真意を私は知らないが、同時に正式な名前も付けてくれた。「鄧洪徳《ドンホンドウ》」である。子どもの間では幼年時代、正式な名前で呼び合うことはなかった。家では、養父母と素珍姉は私のことを「鎖子《スオズ》」と呼び、外では人々に「鄧鎖子《ドンスオズ》」と呼ばれた。

孫鎖子の家は貧しく、養父の孫紙匠は高齢の上に丈夫ではなく働けなかった。紙で物を作る仕事で少しばかり収入を得ていたが、それも限界があった。誰かの家で人が亡くなっても、必ずしも孫紙匠に頼む訳ではなく、趙紙匠に頼むこともあった。趙紙匠はほかに左官の仕事もしていて趙左官とも呼ばれていた。孫鎖子は小さいときから子どもでもできる農作業をしていた。かつて村の西の趙鴻雲という牛飼いのところで牛の放牧をしたこともあった。土改運動後は自ら農業をした。また彼は有名な「山を走る王者」だった。普通の農家は雨の日は、野に牛馬の放牧をする以外は休息を取った。しかし孫鎖子は夏の雨期には、深山にきくらげなどきのこ取りに行き、忙しかった。冬の農閑期には山へ行き、ノロ（動物の一種）や兎やキジの罠を仕掛けた。雪の日は、イタチの罠を仕掛けたり、アナグマの穴を掘ってアマグマを捕まえたり、またカワウソなどを取ったりした。北河では、秋には魚網を仕掛け、冬には河に張った氷に穴をあけ、魚を獲った。彼は何でも上手だった。普通の人は休むべきときに休まないということはないが、孫鎖子は子どものときから忍耐強かった。大雨の中でも山に登り山の産物を採った。それは簡単なことではなかった。私自身かつて試しに孫鎖子の真似をして近くの山に行き、きくらげを拾い椎茸を採ろうとしたが、生えている場所は見つけられるものではなかった。一日中歩き回りへとへとに疲れたが採ったきくらげはささやかなものだった。以来二、三回試みたが、その後は行く気にならなかった。深山に行くのはもっと大変なことで、山を登り峰を這い羊の腸のような小道を進み、茨をかきわけ、背には三十キロ、四十キロ、五十キロの重さの籠あるいは麻袋を背負い、一日に百里（中国の一里は五百メートル）即ち五十キロ以上の道を歩かねばならない。まったく重労働で普通の体力の人はできるものではない。

しかし孫鎖子は決してきのこ採りの季節を忘れることはなかった。毎日辛いとも言わず忙しくしていた。彼の忍耐強く努力を惜しまないまじめな精神と誠実な行動は、次第に太平村の老若男女の賞賛を受けるようになった。彼の家はもともと太平村の北の通りにあって、私たち鄧家とは二百メートル余りの距離で近かったので、私は早くから彼のことを知っていて自分から挨拶をしていたが、相手にされなかった。彼の顔には不満そうな、甚だしくは憤慨している様子が見て取れた。当時私にはその理由が分からず何度か挨拶を試みたが、すべて拒絶され、その後こちらから二度と話しかけることはしなくなった。後になって彼の当時の思いを知ったのだが。それは「小日本のおまえもこんな結末だ、おまえ自身こんなことになるとは思いもしなかっただろう」ということだ。日本軍は父母を焼き殺した敵である、それは心にしっかり刻みつけられ忘れることはできないのだ。実際孫鎖子はいつも私たち日本人孤児三人の行動を観察し、同時にまた小日本に対する大人たちの議論に耳を傾けていた。

ある日、養母は朝ご飯を食べ終え、部屋の片付け豚の餌やりなど忙しく働き、姉も茶碗を洗い、庭の掃除をしていた。養母は私に庭の掃き方を教え私は喜んでやり始めた。それから忘れることなく毎日庭掃除をした。ときには養母を手伝って煮炊きに使う薪を運んだり、ひよこや鴨、ガチョウなどに餌をやったりした。六、七歳の子どもがちょっとしたことで手伝うと、養母は当然のことながら喜んだ。村の人に私のことをほめて「とてもよく働く子で、毎日庭を掃き、餌やりをする、小さいけれど大人の手伝いができる」と言っていた。このように隣人たちから一つのことが十になり、十が百になって伝わり、村人皆が、鄧さんのところの鎖子はまめに働き、仕事を嫌がらず大人の手助けができると知るようになった。

土改運動中とその後の一時期、私の姉、素珍は家を留守にし、敦化以北の太平嶺郷の祖母の家に住んでいた。祖母は郭という姓だった。ここで以前私の養父母は再婚したのだった。私の二人の姉、素芬と素珍の父は郭という姓だった。土改運動のとき出身階級の問題が発生したので、素珍姉は鄧家に住まなかった。従って、富農階級と書かれることはなかった。しかし、結婚するときには鄧家に帰り、鄧家から周家に嫁に行った。

土改運動後、私たちの家には養父母と私を加えた三人がいた。障害者の養父は働けず養母は毎日疲れていた。私は幼かったが、養母の仕事を手伝わなければならなかった。どうして手伝わないことなどできようか。家庭の生活条件と私の置かれた環境に促されたのである。当時詳細は知らなかったが、家の実情は肌で感じていたので、自分の可能な範囲で、働ける一人の人間として全力を尽くした。私自身も自分が子どもであるとわかっていたが、考えたことはいわゆる「貧しい家の子は早く家庭の切り盛りをするようになる」とは、恐らく道理だろうということだ。

同様に、日本人の子、楊儒の場合は私よりも条件がかなり良かった。叔父叔母たちが一緒に住んでいる大家族で、上にはおばあさんがいて面倒を見ていたので小さい子どもが畑の仕事をする必要などなかった。私たちの村の後には河があり、冬には魚釣り（大人は氷に穴をあけ、魚を獲った）をするとき、楊儒の叔父たちが行けば楊儒は後について行って遊び、ただ見て魚を拾うだけだった。もし、彼が行きたがらなければ、叔父たちも無理に連れて行くことはなかった。しかし私の家では三人の中で私だけが小さな漁網を持ち、小さな籠を持って用済みの氷の穴（他の人が漁をした後の穴）を探して少しばかりの小魚を掬った。運がいいときでも一、二匹の少し大きめの魚だったが、持ち帰り養母が魚をさばいて料理し家族三人のごちそうとなった。このようなことが積み重なって、村人は私のことを孝行心があり親を敬い大事にするとうわさした。八歳のころから私には「まじめで働き者」「親孝行」などの良い評判がつき、村中に広まっていった。

一九五二年の冬も私はまた北河に魚釣りに行った。十二歳ではあったが、鋭いつるはしで氷に穴をあけようとするが、やはりだめで、いつもの方法で漁網を持ち、人が使った後の穴で漁をした。孫鎖子は村では有名な魚獲りの名人だった。氷の穴は他の人より早く掘れたし、獲る魚も多かった。貧しい家の子は早くから家の切り盛りをすると言うが、彼の養父母は高齢で体も弱く早く病没した。二十歳になる前に李文全の姪と結婚し、家も村の北通りから西の方に引っ越した。若夫婦は仲良く暮らしているようだった。ある日北河で魚を釣っていると、孫鎖子の方から私に挨拶し話し掛けて来て、「鄧鎖子、お前は今日から他の人が掘った穴で魚を獲るな！」と言ったので、私はちょっとあっけにとられて、心の中で、太平村に来て八年になるが、彼は私にいつも腹をたてて一言も話しかけて来たことがなかったのに、今日はまた魚を釣るなと言うとはなんということだ、どうしょうと焦ってしまった。彼は話を続けると、「お前は俺と一緒に魚を獲るんだ。穴を掘る必要はない。スコップで氷を拾い集めて俺が魚を獲るのを手伝え。夕方にはお前に魚を分けてやるよ」と言った。それを聞いて本当にうれしかった。太平村に来て八年、私と口をきかなかった人が、今日突然私に話しかけさらに一緒に漁をしようと言うのだ。なんとうれしいことだ。しかしすぐには信じられず、「孫兄さん、私は小さくて力がありません、一緒に漁をすることができるでしょうか」と尋ねると、彼はきっぱりと、「大丈夫だ、力を使うことはない、氷の穴は掘らせないよ、俺の手伝いをしさえすればいいんだ」と答えた。このようにして私は名人の孫鎖子と一緒に魚を獲ることになった。当然夕方にはたくさんの魚を分けてくれ、その量は私一人で他の人が使った穴で獲るときの何倍もあった。あるとき、夕方一緒に帰ると、私を家に引き留め晩ご飯を食べさせた。私たち二人はいい友だちになっていった。北河で漁をする村人たちは皆珍しがり訝しがってこっそりと話題にしていた。二人の「鎖子」がいい友だちになるとは考えてもいなかったのだ。孫鎖子は中国人孤児で、孫さんが引き取り育てたのであり、鄧鎖子は日本人孤児で、鄧さんのところで育てられたのだから。若い人の中には率直にそして喜んでこの二人の「鎖子」に頑張れよと言う者もあった。確かに、一緒に漁をして多くの経験をし、孫鎖子から多くの技術を学んだ。漁には勇気も要ると知ったし、河の流れ方をもとに、冬の分厚い氷の下の流れの状況も、水の深さによって魚の群れがどう動くかも分かるようになった。また漁をする人が多ければ、ときには新しい場所を探して普通の人が考えも寄らないような所に穴を掘ってたくさんの魚を獲った。孫鎖子について漁をするうちに、漁には知恵と勇気、どちらも必要なことを知った。と同時に苦しみや辛さも我慢しなければならなかった。この種の精神は実際の労働の中で鍛えられた。毎年太平村の北河では、厳しい冬でも漁は人々の大きな楽しみだった。孫鎖子が声をかけてくれてからはなおいっそうの楽しみとなった。

孫鎖子自身にとっては何も特別な感じはなく、労働の中の、しなければならない仕事の一部でしかなかった。それは合唱団が歌う曲の中の一つのリズムのようなものだった。しかし多くの人を驚かせ私自身も不思議に思わざるを得なかったのは、普通の人は零下二十~三十度の極寒の日に、例え漁であっても綿入れの服を着ないことはなかったのに、孫鎖子はほとんど着なかったことである。休息するときにやっと羽織る程度で、ちゃんと着たことはなかった。さらに凄いのは、掘った氷の穴の水に圧力がないことを発見したときのことである。氷の底と川底との隙間は小さくて、穴の付近では少し大きめの魚は逃げられないと、彼は知っていた。漁網を使っても入っていかず魚が掬いだせないので、こんなときは彼流の唯一の方法で魚を獲ったのである。彼は自分の着ている服を脱ぎ捨て肩をむき出しにして、零下二十~三十度の寒さの中、氷の上に這って腕を氷の水の中に伸ばし、水の底から手探りで魚をつかみ出すのだった。十数分の間に一気に手探りでたくさんの魚をつかみだし、彼の周りは大きな魚が跳んだり跳ねたりした。その場にいた私たちは皆目を丸くし口をあんぐりあけていた。彼が裸になって凍えるような寒さに耐え、正確な判断に基いて目標を持って理想的な成果を得たとは他の人は考えもしなかった。ある人が「君は裸になって氷に腹這い、腕を氷の川につっこんでよく我慢できるね?」と尋ねると、彼は「魚は火を持っているよ、寒くはないよ、ただ氷の下から魚をつかみだそうと思ってするだけだよ」

と答えた。ほとんど毎日このような調子で病気をすることもなく風邪も引かなかった。鉄人のような印象を与え、彼は鍛えれば鍛えるほど丈夫になった。

私たちは本当の親友になり、話さないことはなくなった。彼は、「以前は日本人は皆、悪人で、いい人は一人もいないと思っていた」と話し始めた。「しかし長い間お前を観察したことで、それまで聞いたことは嘘で、自分の目で見たことが事実だと分かるようになった。人は皆お前をいい人間だと言う。俺は、お前は本当に間違いないと思った。だからお前を悪人だとか、仇だとか思えなくなった」と言った。孫鎖子はこんなに誠実で、まじめで善良だから、彼の実の両親ももっと純朴で優しい中国人だったはずだと思った。このような善人がどうして日本軍人の毒手に掛かり、生きながらに焼死せねばならなかったのか、納得できない。焼死した人の遺児であり、孤児となった孫鎖子と真向かい、私は何も言えず慰めの言葉の一言も出なかった。私の父も日本軍人の一人であって、父が軍隊を率いて二人の善人を生きながらに焼死させたことがあったか否かは、誰にも分からない。孫鎖子が私に対し、いや、すべての日本人孤児、およびすべての日本人に対し、始めから恨みを表したことは道理であって至極当然のことだと言える。孫鎖子は長い間観察し繰り返し考え、当然のことながら長いこと理解できず苦しみ悩んだのだ。生涯忘れることのできない許し難い恨みと苦痛があったのだ。そして最後にこう考えるしかなかったのだ。即ち「ある時代の国は、もう一つの時代の国と同じではない。が、どちらも基本的には同じである。中国と日本を問わず、ある国の人、ある村の人、人と人は皆同じである。悪人もいるが、どこの国にも多くの善人がいる」と。孫鎖子の思考と分析と私に対する説教は、どれも正しくかつ真剣だった。孫鎖子は教育を受けたことはなく夜学に行っただけだった。識字クラスで一定の知識を得たのだった。

孫鎖子の私に対する友情と信念は固かった。私は、彼が幼いときから遭遇してきた不幸と悲惨に対し同情の念を深めた。日本軍に家庭を破壊され父母を焼き殺された孤児が、日本軍人とその家族が中国に残した日本人孤児を許し受け入れたことは、決してあり得ないことだった。八年の時間と考察を経て、二つの国の孤児が血の繋がった兄弟のような友人になったことは奇跡である。この太平村の二人の鎖子の話は歴史的真実である。

旧暦の正月、春節の前夜、十二月三十日の夜は、親戚、友人が一同に会し、夜通し眠らずに遊んだ。若者が徹夜するのは一晩に限らず、正月には多くの若者が連日連夜一緒に遊んだ。私と孫鎖子は北河で魚を獲りながら親友になった後、春節を迎えるときはいつも孫鎖子の家に行った。孫喜義、孫喜礼の兄弟二人も一緒で、私たち四人はトランプがうまく、ひとたび遊び始めるといつも一晩中楽しく愉快に過ごした。

秋、北河で漁ができなくなる前、孫鎖子は野山を駆け回り、よく私に、家に山の幸を食べに来るように誘った。冬に入ろうとする時期は、各種の獣は肉が肥えてとてもおいしかった。彼のところはノロ、野ウサギ、雉子、あなぐまの肉をよく食べていた。雉子、あなぐまの肉は珍しく、私は家では食べたことがなかった。私にもおいしい物を取っておいて食べさせてくれるのをとてもありがたいと思った。孫鎖子は正真正銘の中国人孤児であり、鄧鎖子は日本が中国に残した孤児である。現在私は「中国残留孤児」として日本に帰国した。日本政府は私たち中国から帰国した日本人孤児を「中国残留孤児」と呼んでいるのは、本当に不思議であり理解できない。孫鎖子のような中国人孤児を日本政府はまさか「日本残留孤児」とでも呼ぶのだろうか。もし本当にそう呼ぶのならまだかなり賢明であると言える。どんな呼び方をしようと実情を見ることが必要だと私は思う。孫鎖子は中国人孤児であり、鄧鎖子は日本人孤児である。二つの異なる国の、二つの異なる民族の二人が孤児となったのに、同じ所にやって来て親友となった。現在二人の「鎖子」は太平村にはいないが、太平村の人たちは二人の「鎖子」のことと、その運命を忘れることはない。二人の「鎖子」のことは、一世代上の人々の心に深く刻まれている。新しい世代の人は、二人の「鎖子」のことは知らないか、もしくは忘れてしまったかも知れない。太平村の新しい歴史が刻まれて行く中で、二つの国の二人の孤児が再び生まれることは望まないから。過去に二人の「鎖子」がいたという歴史は異常なことで、太平村はこのような異常な事態を望まず、日本と中国も望まない。しかし太平村の大地と人が、二つの国、二つの民族の孤児を温かく育てたことを当事者の二人は知っている。もし太平村がなければ、二人の「鎖子」の存在はなく二人の「鎖子」の友情もあるはずはない。私たちの天真爛漫な友情、誠心からの友情は、太平村の大地に育まれたもので、二人の「鎖子」は中国の大地の子と言うべきだ。二人の「鎖子」の永遠の友情は、偉大な中国の大地にこそ花咲いたのである。

八　太平村で初めてできた友だち

私が初めて太平村に行ったとき、家の周りの子どもたちは、遠慮なく私に近づいて来て一緒に遊んだ。ときには、彼らは私を外へ連れ出したり、彼らの家に連れて行ったりした。真っ先に私に近付いて来たのは、佟《ドン》家の兄妹だった。妹の雲芬《ユンフェン》は私と同じ年で、そのよしみだろうか、お互いに自然と親しくなった。兄の雲慶《ユンチン》はいつも好奇心たっぷりで、私に、日本の家庭生活や住まいの様子、何人家族だったか、弟たちは何歳だったか、父母のことなど何でも遠慮なく尋ねた。雲慶は、私が彼の家に遊びに来るのをとても喜んだ。両家の子どもたちが真っ先に仲良くなった理由は、両家の母親たちの姓が李であったことだ。母親二人は血の繋がった姉妹ではないが、実の姉妹のように仲がよかった。さらに、もう一つの事情があった。それは、佟家の兄妹の父は、戦後、農業生産即ち後の農業集団人民公社の仕事をし、両家は同じ生産隊だったからである。父親の佟桂林は戦前の偽満洲国時代には腰に刀を着け、きちんと制服を着た偽満洲国の警察官だった。佟家の原籍は瀋陽市で、満族、満清八大旗中の黄旗に属していた。清王朝は滅亡したが満族は滅亡したわけではなかった。一九三二年、偽満洲国が成立し、八旗中の満族がその地方の行政警察官をするのは何も奇妙なことではない。しかし佟桂林は警察官をしていたときは優しい人として有名で、当時の人民の苦しみをよく理解し、その家に上がり込み食事をごちそうになることなどまったくなかったし、却って同僚が村人のところで大食いし大酒を飲み賄賂をもらうなどの悪習に反対していた。同時に村人を罵倒しお金をゆすり取ることにも反対だった。戦後、偽満洲国が倒れたとき、悪事の限りを尽くし悪習に染まっていた偽警察官は、人民に懲らしめられ重罪の者は死刑となった。しかし、佟桂林は村人の保護があり普通の公民として権利を全うした。

私にとって佟家の兄妹といつも一緒に遊んだことは忘れられない。兄の雲慶が学校に行って家にいないときはよく雲芬と遊んだ。私の友人の範囲は次第に広がりその数も増えていった。家の近所の安家には男女四人の子どもがいて、その長兄はすでに結婚し、一番小さい妹は「護鎖子《フースオズ》」と呼ばれていた。彼女の二番目の兄が結婚したときは旧式通りの結婚式で、当時七歳だった私はその様子を覚えている。二頭の馬が引いた花の輿に新郎、新婦それぞれが乗っていた。旧式の婚礼は、お祝いが三日間続いた。一日目は、準備の日で、豚を屠《ほふ》り、茶碗、皿などたくさんの食器を借り集め、庭にアンペラ（草の茎で編んだ蓆《むしろ》）小屋をしつらえ、厨房に竈《かまど》を作った。二日目は家の正門に楽士用の小屋を造り楽士四人を招いた。二人はラッパ吹きで、他の二人は太鼓叩きで、婚礼のときには賑やかなムード作りを担った。同時に、その日には、二台の花の輿と普通の馬車数両が親族と楽士を乗せ、新郎に従って祖先の墓に詣でた。故人となった祖先たちに報告をする意味があったのだろう。二日目はまだ花嫁を迎えていないので、花の輿には選ばれた男の子が乗った。婚礼を取り仕切る総責任者の徐奎宝は私を選んで坐らせたので、私はとてもうれしく、喜んでこの役目を引き受けた。佟雲慶は私を羨ましがり、しばらくの間一緒に輿に乗ったが、その後降りて行った。彼は花の輿に二人が同時に乗ることは許されないと知っていた。私はずっと花嫁用の輿に乗り東大橋を渡り、河北の安家の墓地に着いても輿から降りなかった。新郎の安沢義が墓参りをすませると、楽士たちは楽しい曲を演奏しながら堂々たる車列はまた太平村の安家に戻って行った。

安家は三男一女で、一番下の娘「護鎖子」は私より二歳年上で、体が弱くいつも胃が痛いと言っていたが、私たちの仲の良い遊び友だちだった。花よ蝶よと大切に育てられ、ときにわがままなところもあったが、二番目の兄の結婚をとても喜び、兄嫁が来るのを今日か明日かと首を長くして待っている様子だった。安家の婚礼の三日目は、朝六時に始まり、新郎新婦の輿と数台の馬車の大隊列が、太平村東方四キロのところにある学堂村（現在の文化村）の李家を目指して堂々と進んで行った。「離娘肉《リーニアンロウ》（花嫁が実家を離れる時、豚肉を切り分ける）」という儀式を行った後、新婦は兄によって輿に乗せられ、新郎の緑色の輿が前を行き、花嫁の輿がそれに従い、その後に大行列の隊列が続いた。新婦とその親族たちが村に引き返すのを迎えた後、彼らが太平村に戻ったときは午前十時を過ぎていた。それから花嫁が輿を降り、新郎新婦が天地を拝む儀式を行った後、新婦は新婚夫婦の部屋に入った。昼になり、安家では大宴会が開かれ、村のほとんど全部の家の人が祝いに来て祝儀を包み、にぎやかな宴会は夕方四時過ぎまで続いた。式の手伝いをする人、茶碗、皿を洗う人、テーブルを拭く人、借りた食器を返す人、多くの人が忙しく働いた。その夜、新郎新婦は五つのお椀に入れられたものを食べると、やっと五福がやって来て一生涯の幸福を得ると聞いた。隣近所の手伝いの人は夜遅くまで忙しく、晩ご飯を食べ最後の一杯の祝い酒を飲み干してから帰宅するのだった。私は友だちと自分たちの目でこの日の結婚式を見、特に天地を拝む儀式はおもしろいと感じた。一日中朝から晩まで楽しく過ごし、皆から、私が真っ先に花の輿に乗ったことなど羨ましがられた。数日後、養父母二人とも不在の日、素珍姉が家に来た。安家の護鎖子と佟家の雲芬が遊びに来たので、四人で庭で遊び始めた。雲芬は一番小さくて、また同い年だったので、私たちが新郎新婦に扮し、素珍姉と護鎖子が少し年上だったので式の進行役になった。拝天地の儀式から始め、その後新婚夫婦の部屋に入ろうとしたとき、素珍姉の態度がぎこちなくなり安家の結婚式のような真剣さがなかったので、私は素珍姉とけんかを始めた。安家の護鎖子は私の生真面目さを見て腹をかかえて笑い、私は怒って泣き出した。素珍姉はそれでも自分の思い通りにするので、私はかっとして、なんと、姉をなぐろうと棍棒を探し始めた。しかし見あたらず、近くにあった薪割りの大斧を取り上げた。その途端、姉は驚いて逃げ出した。そもそも子どもたちは見たばかりの結婚式のまねごとをして楽しく遊んでいる最中だったのに、私が騒ぎ出し遊びを台なしにしてしまった。私が大斧を振り上げたという凶行を姉が養母に話したため、なぐられはしなかったが、ひとしきり厳しく怒られた。「小さい子はどんなに腹が立とうと、人をなぐるなど許されません。まして、「凶器」を使うなどもってのほかです」と。養母が本気で怒るのを見て、私も姉をなぐろうとしたことを後悔した。この事件の後、私は二度と姉とけんかをすることはなかった。

私の友だちは次第に増えて、梁家の洪福、季家の広化、葛家の福蘭、姜家の桂芬などがいた。私と同じ日本人の子である楊連群（後に楊儒と改名）、郭家の晶雲もいた。以上の人は小学校入学以前の友だちで、入学後はもっと増えた（ここでは一人一人列挙しない）。私の故郷、太平村での幼年時代および青年時代の多くの友人たちは、皆永遠に私の心の中に刻まれている。実際のところ、私が小さいころの友人たちの中で何人かは、私と楊儒は日本人の子であると知っていたかもしれない。だから私たち二人がいつも一緒に遊ぶのは当たり前だと思っていたようだが、これは誤解だ。私たちがいつも一緒だった最大の理由は家が近かったことである。家が前後に並び、間に小道が一本あっただけだった。二つ目の理由は、私たちの家は、同じように背後の小さな山沿いにあったこと。三つ目は、私たちは木の板に釘を打って作った小さな橇に乗って遊ぶのが好きだったこと。山の上から坂の下の方へすべって遊んだ。私たちの遊びは専ら早朝と夕方遅くなってからだった。多くの子は昼間遊んだが、私たち二人は家の仕事があったので、そんな時間になった。今でも理由はよく分からないが、冬になると、橇で坂をすべるのに、かなり長い時間をかけて遊んだ。寝食を忘れるほど楽しかった。雪のある時期をつかむことが肝心で、春節前後が最適だった。ただほかの子たちは私たちほどの興味は持たなかったが。今思うと、私たち二人には唯一の楽しみであり趣味であって、少年特有のスポーツだった。一つの楽しい思い出である。

夏、暑い日も、私と楊儒は毎日一緒に行動して楽しく過ごした。もし一人で北河に行くと言うと、大人たちは安心できない。養母は毎日昼ご飯をほかの家より少し早めに用意しておいてくれたので、食べ終わると、私は家の裏の楊儒を尋ねて行った。楊儒のところでしばらく待って、楊儒が食べ終わると一緒に北河に水浴びに行った。私たちの水浴びは長かった。ほかの人は昼の休み時間に水浴びをしたが、私たち二人は、一人は牛の放牧、一人は豚の放牧が仕事で、暑い夏の日は、夕方四時五時になってやっと放牧ができた。放牧に出かける前の、暑い盛りの時間に水浴びをした。曇りの日はあまり暑くはないが、いつも通り水浴びをして遊んだ。水浴びというのは、水泳のことで、毎年、「入伏《ルーフー》（酷暑の時期）」の前十日から立秋後の十日まで約三か月、雨天以外私たちは毎日泳ぎに行った。牛と豚を川のほとりの湿原に放牧しておいて、午前と言わず午後と言わず、少し暑い日であればいつでも水浴びを楽しんだ。北河での遊びを通して得た水泳の技は、人が溺れそうなときに何のためらいもなく救出に行くことで、如何なく発揮された。これは私たちの特別な能力ともいうべきもので、いついかなるときでも使命と思ってその責任を尽くした。私の人生の中で痛快なでき事の一つでもあった。

冬と夏、この季節の特別なスポーツは、私と楊儒の少年時代を鍛えてくれた。冬、山の上から速度をつけて滑り降りることは、氷雪の上での厳しい鍛錬となった。夏、水の上に浮き、波にぶつかりながら流れを横断して泳ぐことは、小さかった私に水中で自由に動く力を身につけさせた。中国の北の大地の冬と夏、この美しい大自然の中で、当然であり、また特別でもあり、厳しくもまた柔軟な多方面の鍛錬をすることができた。今考えると、真に得難く貴重なもので、最良の機会であり最大の幸福であったろう。中年になり、特に日本に帰国後は、なお一層忘れがたく、あの時代、太平村での生活のすべてが素晴らしいものに思われる。懐かしい故郷の太平村を、私は永遠に恋しく慕い続けるだろう。

九　水を飲むとき井戸を掘った人を忘れない

養父母の鄧家に来て始めのころ、太平村の東に大きな井戸が一つあり、深さは二十メートル近かった。村の大部分の人が、この井戸水を飲んでいた。旱魃の年には井戸水は減少し村人の飲み水に十分な量がなかった。水箱や水桶を車に乗せ村の外へ行って水を汲んで運んで来た。あるいは北河や南泉子へも行った。私の家はこの大井戸の東北の側、わずか二十メートルほどの距離にあり井戸に一番近く、家の西にある畑の垣根の外側だった。私は五歳からこの井戸水を飲み大人になった。その後の生活も私の五人の子どもの出生と成長もこの井戸水を飲むことから始まった。誰が掘った井戸かは知らないが、それはきっと太平村の人だろう。私を含めて家族、子どもたちも皆この井戸のことを覚えている。「水を飲むとき、井戸を掘った人のことを忘れない」という格言がある。私の家族は太平村で生活し、太平村の物質、精神、自然環境など多くを享受した。源は中国にあるのだ。そのため、「養育」の話をするとなると、特殊な経歴の私は、広義の「養育」は養父母によるものだけでなく、私の立場から言うと、中国の大地であり、中国の自然環境であり、私の四十余年に及ぶ故郷の土である黒竜江の大地であり、吉林、敦化、大石頭、太平村の大地である。さらに、中国の社会、文化、歴史と中国人民が私たちを育てたのである。私が子や孫など後代に「水を飲むとき、井戸を掘った人のことを忘れない」ようにと諭す意味は、いつも中国のことを忘れないようにということである。

私が帰国する四年前、太平村には現代化されたモーター式のポンプ井戸が掘られ、水路ができ水道管が引かれ、このときから村で水道が使えるようになった。こうして各家で水道水が飲めるようになったのは一九八三年の冬のことだった。当時人々はまだその古い井戸を残していた。もし停電や断水になればその井戸水を飲むつもりだった。二十年後故郷に帰ったときには、井戸はあるにはあったが、水を汲む滑車の取っ手はもうなくなり、村の人は井戸水をまったく飲まなくなっていた。しかし以前飲んだあの井戸水のことを忘れるはずはなく、「水を飲むとき、……」の格言を忘れるはずもない。

太平村にはもう一つ小さな井戸があった。村の中心にある于凰亭家の裏にあって、この井戸は浅く四メートルほどしかなく水が浮いている感じだった。夏の雨季にはほぼ満水になり冬はほとんど枯渇した。この井戸はすでになくなっていた。一九四八年「王化子《ワンファズ》」という人が自ら五人組を作り井戸を掘って、もし水が出たら村の人から工賃を出してもらうことにした。「王化子」とはあだ名で、彼の本名は知らないが、山東出身で、話をすると山東の田舎の訛りがひどかった。彼はよく我が家に来て私に武術を教えようとした。ただ倒立ができるようにと教え始めたばかりで、井戸掘りは終わり、石の割れ目から水が出た後は南山頭屯に戻りしばらくして亡くなった。後になって、彼は相当な武術の腕前を持っていたと聞いた。私たちが親しかった時間は短すぎたので、彼の技を私に教え込むことはできず、思っていることも言わないで別れてしまった。とても残念で、今でも彼のことを思うとたいへん懐かしい。

一九五〇年、牛広伝（人は「牛老大《ニウラオダー》」と呼んだ）が遼寧から太平村に来て、二か所を選んで井戸を掘り、どちらも水が出たが、老温家の門前の井戸は水の出が悪く使えなかった。周級祥の家の裏の井戸は水の出が良く、成功したと言える。水道水が引かれる前は太平村には、わずか四つの井戸があっただけだった。

人の生活には水が必要だが、太平村の人は、どの家も皆、水のためにたいへんな苦労をし、いつも心配と煩わしさが尽きなかった。ある人は太平村に引っ越して来ても、飲料水に困りすぐまた村を出て行った。飲み水のために、多くの人は夜中に起き出して井戸の水汲みに行ったり、また遠方の泉や川に行って水を汲んで来たりした。私の幼い心の中には、戦後の混乱の逃避行で家族と別れ寒さと飢えに苦しんだ記憶があった。食べ物がないことが最大の心の傷で、二番目の傷は、養父母のところに来た後、飲み水のために人々が大変な苦労をしているのを見たことだった。養母はときには夜中に起きて井戸水を汲みに行った。そのころ、我が家では長期アルバイトを雇っていて、彼らは養母がオンドルから起きて水汲みに出て行く音を聞きつけると、彼らも起きて後について水運びに行き、家用の水がめと家畜用の水とを満水にした。どうして夜中に水汲みに行くのか？　旱魃の時期には、昼間は老人と子どもがずっと列を作って並んで水汲みを待っていたので、長時間費やして水を汲んでも十分ではなかったのだ。しかし夜中に水を汲む人は少なくて、井戸の中には水がかなり溜まっていた。従って、勤勉な人は夜中に水を汲めばいくらか楽だったのである。大多数の人がこの道理を理解していたので、あるときは夜中に行っても水が汲めず、方法を変えて朝早く汲みに行ったりした。私も十二歳ころから夜間あるいは早朝の水汲みを始めた。養母の負担を軽くしたかったからだ。しかし養母は心配して、ときには私と一緒に起き出して井戸までついて来て見守っていた。飲み水の苦労は私の人生を鍛え、性格も鍛え、「水を飲むとき、……」の意味をさらに深く知ることになった。養父母に育てられた恩をいつも心に刻み、その恩義に感謝し永遠に忘れることはない。

一般的に、北方の農村では飲み水は冷たいものが歓迎された。井戸水は無菌無毒であり冷たい水を飲んでも何も悪いことはないと考えられた。特に夏は農民たちは田畑で働き、休息時には井戸水を汲み冷たい水を飲んで喉の渇きを癒した。しかし我が家では湧かした水が入った大きな銅の壺があって、お茶用の急須と茶碗もあった。正月や祝日には、家族皆でお茶を飲んだ。客人があるとお茶を献じた。養父母にお茶を飲む習慣があったので、私はお茶を飲むのが好きになった。我が家のお茶は市場で買うものと養母手作りのものとがあった。毎年夏には養母は野山からマイカイの花（バラ科の花）を摘んで来て、庭に蓆を敷き、その上にマイカイの花を広げて日に干していた。花が半乾きになったころ、鍋に入れて蒸し煮にし、その後また庭の蓆の上で日に晒した。こうして我が家独特の、香りの良いおいしい良質なマイカイ茶ができた。「水を飲むとき、……」この格言を思い出すと、自分の成長の歴史を思い出し、中国の家族の慈悲深い恩を思い、養父母と一緒に暮らした故郷を思い出し、太平村の人の世と村人たちと一緒に井戸水を飲んだ情景を思い出す。太平村の生活舞台はいろいろ入り乱れていて、喜びあり悲しみあり、また変化あり波乱あり、一つまた一つと新時代が現れ、一代また一代と新しい人が出現し、太平村の様相は変化を続け前進し大きな発展が見られた。

十　若旦那と若主人

私が中国人養父母の家庭に入りまだ中国語があまり分からなかったころ、ある人は私を「若旦那」とか「若主人」とか呼び、それが私の幸運を見て羨んだ呼び方なのか、おもしろくからかった呼び方なのか本当に分からなかった。養父母は農業を主とし、特に養父は農作業に関して経験豊富でまたかなり経営能力もあった。毎年いつも二、三人の長期アルバイトを、繁忙期には臨時の短期アルバイトを雇い、馬四頭を飼い、またさらに馬が引く四輪鉄車一台と両輪鉄車一台で、毎年十二万平方メートル余りの農地を耕していた。養父母には娘二人がいるだけで息子はいなかったので、私という日本人の子を引き取り自分の子として育てた。我が家の長期アルバイトの人たちから見ると、私はこの家の跡継ぎ、即ち将来の主人なので、私のことを「若旦那」とか「若主人」とか呼んだのだろうが、特別だとは感じていなかった。しかし、私が将来、名実共にこの家の主人になれるかどうか、多くの人の目と心中にはやはり疑問があった。甚だしいのは、一部の人は「拾った息子は父を大切にしない」という俗言を信じていたし、またある人は「卵の殻から出たばかりの鳥はまだ丈夫な翼を持っていない」、要するに翼が丈夫になれば、飛んで行ってしまうと話していた。また根も葉もない噂話を好む人は、「引き取った息子は親の死に水をとることができない」、自分が生んだ息子でなければ、どうしてもだめだと言っていた。アルバイトの人が私を「若旦那」とか「若主人」と呼んだのはかなりの皮肉が含まれていたことを後になって知った。

幸運にも、その当時は私自身はその意味も、若旦那と若主人にどんな違いがあるかもまったく知らなかった。ただ、それらの呼び名を聞くとき、なんとなく耳障りな感じがあり心中は楽しくなかった。養父母が私の幼名「鎖子」を呼ぶとき心地よく感じたのとは異なっていた。アルバイトの人たちはときには私の幼名を使うことがあったが、それは情理に適っていると感じた。彼らは私より年上で大人であり成人と言えたから。若旦那と若主人以外に、私のことを「坊ちゃん」という人もいたが、どういう訳か、この呼び方には特別な反感を感じていた。もちろん当時私はまだ中国語があまり分からなかったのだが。

土地改革運動後、我が家はただ養母の労働だけが頼りだった。私はまだ幼かったが、牛の放牧以外に、養母を手伝い家の中を掃除し薪を運んだ。あるときは庭を掃いたりした。外では養母と畑へ行き仕事をし、養母が篭一杯のじゃが芋やさやいんげんを持ち帰れば、私も小さな篭に野菜を入れて持つ手伝いをした。周りの人は次第に私という子どもに注目するようになり、家の内外の仕事のことで、養母が私をほめるのを見聞きするうちに皆、私をよく働くいい子だと認めるようになった。その後、若旦那だの若主人だの坊ちゃんだの、不適当な呼び方をする人はいなくなった。

私は小さいころから学校に行くか行かないかに関わらず、いつも全力を尽くして自分のできる仕事をした。これは自然と身に付いた習慣となった。私は大人になり、家庭であれ生産隊であれ、またどんな職場であれ、どんな仕事であれ、なんでも主体的に取り組んだ。それは帰国後の日本の職場でも、学びながら仕事をしていたときでも、いつもそうだった。人からの強制や催促ではなかった。幼いときから養母の仕事を真似し、養母を手本にして学習し、大人は皆働かなければならないものと理解していた。養父は障害者だったので、私はさらに鶏や豚に餌をやったりしてできるだけ養母の負担を軽減することに努めた。長い間ずっとこのようであったので、村の一部の人が想像していたような、働かずに食べ、ぶらぶらと遊びほうけ、養父母に無駄に養育された「若旦那だの若主人だの坊ちゃんだの」ではなくなっていった。豊かな生活を目指して勤勉に働くことをモットーにした養父母の家庭に育ったので、私個人の生活は貧困に陥ることはなかった。養父母が亡くなった後、私が中心となった家庭は、ほかの家のように経済的あるいは食料を巡るいろいろな困難に遭遇することはなかった。私の勤勉な態度は、家族全員に影響を与え、例え、困難な問題が起こっても、一つ一つ私たちの力で克服されていった。

十一　半分の給料の「袁《ユアン》さん」と背の高い「董《ドン》さん」

養父母の家に雇われていた長期アルバイトの人は、一人は「董大個子《ドンダーゴーズ》」、もう一人は「袁半拉子《ユアンバンラーズ》」と呼ばれていた。養父の甥の鄧洪久は彼らと一緒に働き賃金を受け取っていた。この洪久兄はアルバイトの頭で、何の仕事でもとても真面目だったが、ミスがあると養父はやはり洪久兄を責めた。董大個子と袁半拉子は兄について仕事をし何の責任も問われなかった。袁半拉子は名前を袁維臣と言い、次男で、下に妹一人と弟一人がいた。彼らの父は袁世忠で、私の養父の家で長期アルバイトをしたことがあり、背が高く立派な体格の人で、荷馬車を走らせることができ我が家の馬車係をしていた。養父はこの人をとても気に入っていたと聞いたことがある。彼の三男の袁維清は、幼いときに母親を亡くし、ときにはその三男を我が家に連れて来てご飯を食べさせたり、ときには我が家からその子のためにとうもろこし粉で作った餅を持って帰ったりした。養母が作る餅はとてもおいしかったのだ。三十年後、袁維清は、父親が我が家で働いていたことを懐かしく回想し、養母の餅がおいしかったことを話してくれた。次男の袁維臣も十五歳から我が家で働くようになり、牛馬の放牧をしたり餌をやったり、できる仕事をやっていたが、大人と同様の仕事はせず、賃金も大人の半分だったので、「半拉子」と呼ばれた。養母は彼を「袁半拉子」と呼ぶのが習慣で、本名は呼ばなかった。養父も長期アルバイトの人もそう呼び、十八歳で大人の賃金をもらうようになった後も皆相変わらず習慣的にその呼び方で呼んだ。土改運動後、袁維臣は私の家ではもう働かず、村の民兵の幹部で青年の積極分子となった。彼が我が家に来たときは養母は相変わらず親しみをこめて、半拉子と呼んだ。老人の習慣というものは、どうも改めるのは難しいようだ。しかし彼が我が家で働いていたとき、私は彼を「二番目の兄さん」と呼んでいた。養母からそう呼ぶように教えられ、私が半拉子と言うのは許されなかった。袁維臣兄は父親と同じように誠実な人で、まじめに働いた。善良で優秀な青年として、その後、軍隊に入り中国人民解放軍の一兵士となって国内の解放戦争に参加して、東北から湖南へ、さらに全国で参戦した。一九五二年、除隊して故郷に帰った。袁維臣兄は湖南にいたとき、唐月秀と言う女性と親しくなり、その後、湖南からわざわざ太平村に来て結婚し幸せな家庭を持った。一九五三年合作化運動に参加し、太平村に「中山社」を成立させ第一生産隊隊長になった。第二生産隊隊長は宋思鈞だった。人民公社の後、太平管理区（後の太平大隊）の中で袁維臣兄は第一生産隊即ち青年突撃隊の中核となった。一九六四年社会主義教育運動が広く推進され、一九六五年、太平大隊は重点社会主義教育村に指定され、幹部はこれに対し工作隊を派遣して来た。この社教運動の中で、袁維臣兄は太平大隊の大隊長となった。文化大革命の後期、健康上の理由で退職したが、これは辞職と言っていいだろう。一九八二年、私は大石頭鎮の林業基地で働くことになったので、太平村森林保護員の職を辞し、袁維臣兄が代わって引き継いだ。彼は太平村の保有地を管理し、通年に渡って林業行政と森林防火の仕事を行い、まじめに働き広く宣伝してその職責を全うした。

「董大個子」に関して言うと、これは逆の呼び方で、彼は背が低く小さい人だったのに、このように呼ばれていた。私は今に至るまで、「董」と言う彼の姓だけ知っていて本名は知らない。知り合ったとき彼はすでに四十歳を過ぎており、そのあだ名は村人がつけたもので私の養父母とは関係ない。背が低く顔は赤黒く、健康的でよく仕事ができた。しかし一つだけ欠点があった。それはアヘンを吸うことが好きなことで、毎日ではなかったが、数日置きに吸うのを私は直接見たことがあった。彼は早く妻を亡くし、一男一女があったが二人とも太平村ではなく隣村に住んでいた。ときに、遊びに来ることがあり、前庭の李文鎮家で二人を見かけることがあった。それは両家が親戚だったからで、彼の娘はかなり背が高かった。土改運動後は二度と「董大個子」を見かけず、亡くなったと聞いた。その後、隣村で何度も息子と会った。名前は董長発と言った。とりわけ私が生産隊長のとき、彼も隣村の生産隊長で、公社の会合と現場の交流会でよく顔を合わせ、お互い世間話をする機会も多くなった。しかし彼の父が私の家で働いていたことまでは話をしたことはなかった。ただ話さなかっただけであって、お互い心の中ではよく分かっていて、私を見かけると進んで話しかけてきて、私も喜んで応じていた。幼いときからの知り合いで、お互いとても親しみを感じていたし、彼は、私が鄧家が引き取った日本人の子であると知っていたし、私も彼が「董大個子」の息子であると知っていた。私は董長発を見ると、赤黒い顔の、善良で忍耐強い、素朴な「董大個子」を思い出した。彼が私の家を離れ世を去ったけれども、私は彼の子孫と会い、彼の実の息子が元気に生活し働き、なおかついつも顔を合わせることができたのはとても幸せなことである。

第三章　嵐の中で

十二　三か月の小学校

一九四七年三月、暖かい日の朝、中庭では木を切る音と薪を割る音が響いていた。長期アルバイトの人たちと手伝いの親戚、友人たちが、庭に積み上げられた長い丸太を鋸で五十センチほどの長さに切り、さらに小さく割って積み重ねていた。一年間我が家で使うものである。

私は刺繍をした小さなカバン（素珍姉のお下がり）を持ち、養母が作ってくれた新しい服を着、新しい靴を履いて、養母に連れられて小学校に行こうとしていた。養母と私がまだ門を出ていないときに、庭で薪を割っていた人たちの中の一人が、「若主人が小学校に上がるぞ、あの様子ではとても張り切っているな」と言うのが聞こえて来た。当時のわたしにはまったく何の意味か分かっていなかったが。

小学校に着くと、李賢徳《リシェンドウ》先生が出迎えてくださった。そのとき先生にもらった私用の文具箱の中には、鉛筆が二本と、そのほかに先生が自分で使っていたペンが入っていた。このペンは普通のものと比べると太くて長く、特製品のようで、先生の私に対する特別な配慮でもあった。すべての新入学生に対し、このように鉛筆やメモ帳、ペンを与えることは不可能なことだと私は理解していた。李賢徳先生と養父とは長年にわたる親友関係にあり、私への配慮は入学した子どもへ歓迎の気持ちを表したものだった。太いそのペンは私を導いてくれる先生のわたしへの最上の記念品だと思い、帰国まで二十年以上ずっと大切に保管していた。中国の本箱に入れておいたのを娘がなくすはずはない。

李賢徳先生は原籍は遼寧省東溝県（現在の東港市）の人で、養父と同郷である。代々読書人の家柄で、先生の父親が吉林省敦化県に来て、太平村の東四キロのところに小学校を作り、付近の五～十キロ離れたあちこちの谷間の子どもたちが学校へ通えるようになった。ある人は学校の近くに家を建て引っ越した。この学校が中心となって「学堂村」という名前が付けられた。これには旧中華民国の事情があった。しかし、偽満洲国時代にも依然としてその名で呼ばれた。解放後は「文化村」となり、合作化と人民公社時代には文化大隊と呼ばれ、現在はまた文化村となっている。

私が太平村の小学校へ通っていたとき、文化村の子どもたちはその小学校に皆通っていた。ある時期、文化村の小学校は休校となったが、二年後再開した。

解放後、村と村、屯と屯の連絡手段は電話がなく専ら郵便に頼っていたので郵便配達人が必要だった。私は村政府に任命されて文化村へ郵便を届けたこともあった。

解放の初期、李賢徳先生が私たちに授業をするとき新しい教科書があったが、教育方法は依然として伝統的なものだった。学生たちは毎日習った内容を暗誦しなければならなかった。もしできなければ、あるいは暗誦のできが悪ければ、板で手を打たれるのだった。板とは、竹の板のことで、先生はそれで学生のたなごころを打つのだった。学生の暗誦の良し悪しの程度に応じて打つのだが、きちんとできれば打たれることはない。打つかどうかは先生の気持ち次第であって公平に対応できるものではない。一年生あるいは女子学生あるいはおとなしく先生の話を聞く子は、例え、たまに暗誦できなくても打たれることはなかった。腕白でいたずらっ子は、できないと多めに打たれるのだ。私は先生について勉強した三か月の中で一回だけ打たれ、どんな痛さか知ったし、まじめに勉強しないとだめだと知った。このようにして中国の伝統的教育を受けて分かったことは、封建的保守的な一面はあるが、学生にやる気を起こさせる一面もあるということだ。中国古代の『三字経』の中にある「玉磨かざれば器に成らず」は一つの哲学である。私が李賢徳先生に指導を受けたのはわずか三か月だった。その原因は、一九四七年六月の夏、敦化県の農村が空前の土改運動を行ったことである。

ある暑い夏の日の午後、人々が言うには、八路軍（実は後の解放軍）が来たというニュースが村中に広まったが、村人の誰もいわゆる八路軍を見かけなかった。我が家には馬が四頭いて、その中の二頭は丈夫な馬で、南溝で、夏の間土を鋤き返すのに使っていた。午後の暑い盛りはアルバイトの人たちは馬を林の中に繋いでいた。家には二頭の馬が残っていた。養母は私に馬に乗って、馬を東南溝に連れて行くように言った。それは私の家ばかりでなく、李文鎮の家も私より三歳上の甥の佟雲慶が何頭かの馬を連れて行った。季家もそうだった。私の記憶では、この三戸だけで一人の青年と二人の子どもがこれらの馬を連れて行った。私は最も小さかったが、馬に乗ることができ、ほかの二人が前後を見張っていた。

連れがあったので養母も安心していた。

後になって事実が分かった。これらの行動は余計なことであった。八路軍が来ると聞いて馬をすべて山の中に隠したのだが何の役にも立たなかった。馬や馬車を持っている、即ち、財産のある人は恐れ、あわてただけだった。八路軍が来て共産主義になると聞いただけであって、実は共産とは何かも分からず、共産党が苦しんでいる大衆を解放するのか、八路軍が来て偉大な土地改革政策を実施するのか、伝統的な私有の観念と私有制度をどう改めるのかまったく分からなかった。当時の大多数の人は何も知らず分からず理解できなかった。

私たちは馬を東南溝に連れて行き、同日午後三人一緒に歩いて家に帰ってきた。その後私は学校を辞めることになった。学校に行かなくなる前に学校ではある事件があったことを思い出す。ある日、学校は、町の中学生宣伝隊が太平村に来るというニュースを受け、太平小学校の学生は皆、李先生の指導下、運動場で繰り返し隊列の練習をさせられた。横並び、縦並び、厳しく行われた。私と于延芬、于桂英の三人は例外で、参加する必要はなかった。全校で最も小さく背が低かったから。その日、李先生は私たち三人を学校に残し、留守番するようにと言って、全校生徒を引率しどこかへ行ってしまった。今に至るまでどこへ行ったのか知らないし、その後この件について尋ねることもなかった。

学校に私たちが残された当日、町の中学生宣伝隊が太平村に来て、太平小学校にもやって来た。その数は少なく十人ほどだった。中学生と言っても、年齢は二十歳前後で、村人たちは彼らを「大洋学生」

と呼んでいた。その理由は私は知らない。宣伝隊は農村に来て何を宣伝したのか、小さい私にはまったく分からなかった。今考えるに、いわゆる八路軍は町に入り、まず宣伝隊を組織し、共産党の各種の方針と政策を伝え土改運動の前奏曲としたのだろう。当時の太平小学校は複式で、一、二、三年生が一教室に集められ、李先生が一人で指導していた。先生はかなり大変で、同時に三学年の学生を教えていた。学生数は全部で五十人余りだった。李先生は私たちのために心血を注ぎ教えてくださった。私は初めて入学した小学校のあの三か月を永遠に忘れることはない。人生の宝であると思っている。李先生はまた柔軟体操が得意だった。歌を歌いながら体を動かすもので、私は今でもその歌詞をいくらか覚えている。李先生は宣伝隊が来る前に歌詞を黒板に書いたので、宣伝隊は学校に来て黒板を見ながら歌を歌った。宣伝隊もこの歌を知っているようだった。ここで歌詞を思い出しながら書いてみよう。私の敬愛する李先生の記念になるように。

寒風欷欷、冷雨凄凄、
鳥雀無声、人寂極、
織成了柔布、堪做節寒雨。
父親心里、母親心里、
想起了我小児、遠在別千里。

寒風がすすり泣き、冷たい雨が寒々と降る
鳥の声はなく　人は寂しくてたまらない
柔らかい布を織って　冷たい雨を防ぐ衣を作ろう
父の心　母の心は
遠く千里離れている息子を思い出す

尊敬する李先生は私の初めての中国語の先生であり、中国文化を学習する手ほどきをしてくださった先生である。解放後の新教科書の一年生用は、「一人の人、一つの口、一人の人、二本の手」で始まっている。私は李先生に三か月習ったが、先生が教えた柔軟体操の歌は一部の学生を除き忘れられてしまったかもしれない。李先生が私たちに教えたのは、この世の文学であり文化であり肉親の情だった。李先生の指導は、人間の住むこの世を理解し社会を理解し世界を理解し、知識を多く吸収して自分の明るい前途を切り開けというものだった。私を導いてくださった先生を永遠に忘れない。先生の姿は私の人生の中でいつも身近にある。

十三　土地改革運動

太平村の土地改革運動は解放軍の工作隊到着から始まった。工作隊は村に入ってきて即刻金持ちの財産を剥奪するのではなく、まず、農民協会を作り、村で最も貧しくかつ組織を作る能力の持ち主を選抜して会長とし、貧しい人の組織を作らせ民衆大会を開いた。そこで工作隊は民衆に向かって土地改革政策の重要性を説き、不合理な旧社会の古い制度をやめて多数の貧乏人を解放し、土地、家畜、農具を与え、すべての人に食糧を与えると講演した。

当時私は何も分からなかったが、村にいわゆる八路軍の工作隊が来て重大なことが発生したということは理解していた。工作隊とはどんなものだろうと思っていたが、家の窓から初めて見た彼らは、上下灰色の軍服を着、灰色の軍帽（その帽子の前方に上下二個の小さな黒いボタンがついていた。赤い五つ星ではなかった。）をかぶり、腰に幅広のベルトを締めていた。私は三人の工作隊員が我が家の裏の楊家で食事をするのを見た。その日から何度も彼らと会うようになった。三人の中の一人は女性で、背が高く立派な体格で、村人は「馮大姉さん」と呼んだが、これは陰の呼び方で、後になって八路軍は老若を問わず「同志」と呼ぶことを知った。その女性は表では「馮同志」と呼ばれた。

私たち三人が馬を東南溝に連れて行った日から一週間後、私は、友だち数人と西大甸子へ行って、きのこを採ったり野の花を摘んだりして思いっきり遊んだ。昼を過ぎて家に帰ると家の様子が一変していた。馬小屋の馬は一匹残らずいなくなり、大鉄車、小鉄車もなくなり、倉庫の入口は開いたままで、納屋の入口も開け放たれ、中の物はほとんどなくなっていた。家の中も、高机、衣装たんす、穀物を入れる大きな木箱もなくなり、ほとんど空っぽと言っていい状態だった。養父の姿は見えず、連れて行かれたとの話だった。「主人」と呼ばれた金持ちは皆「郷（県の下の行政区域）」へ送られた。そのとき、村政府は未だ成立しておらず、「農会」があるだけだった。私たちの村が所属する「梁家郷」即ち後の「民勝郷」の政府は、私たちの村から十キロ離れていた。聞いたところでは、金持ちを集めて反省室に押し込めたと言う。しかしほぼ一週間後、皆解放されて帰宅した。

あの日、養母はただ泣くばかりで何も話さない。養母の悲しむ様子を見て私も一緒に泣き出した。私が泣き止まないので、養母はこらえきれず、かがんで私をきつく抱きしめ泣くのを止めた。養母はどんな悲痛なことでも耐えることを知っていたが、子どもが一緒に嘆き悲しむのには耐えられなかった。彼女は今回の事件の意味をよく理解していた。私を抱きしめ私の頭をなでながら、「子どもは泣くんじゃありませんよ、これは我が家だけのことではないんですよ、多くの家が同じような目に遭ったのだから。今まで通りご飯を食べ生活していけばいいんですよ」と言った。養母も自分自身を慰めていたのだ。実際、養母は、工作隊と幹部、太平村農会会長の話を聞き、今日のことに道理があることが分かっていた。しかし、感情的にはやはり合点がいかず、事実が歪曲されているように感じられて秘かに泣いていたのだった。

そのころ、太平村農会会長の梁俊生は我が家から東南の方へ百メートルほどのところに住んでいた。彼の家族は六人で、彼が会長になる前の二年間の間に、妻と一人娘は相次いで伝染病にかかり、医者の治療を受けることもなく亡くなっていた。後には梁俊生と三人の男の子が残された。長男の梁洪濱は故郷を出て作男となり、長期アルバイトで働き、解放後は人民解放軍に参加した。次男の梁洪田と三男の梁洪福は解放後学校に行くようになった。梁洪福は私より一歳年上だったが同学年で、一年生から四年生まで通学し小学校を卒業した。私たちはずっと同じクラスの同級生だった。十八歳のとき病のため亡くなった。

当時、梁俊生一家は赤貧洗うがごとき生活を送っていたが、梁俊生は誠実でまじめで善良な人だった。彼は共産党が主張する階級観を学習していた。その当時、社会は厳格に出身階級にこだわっていたが、梁俊生は過去の友情が忘れられず、手だてを尽くして、私の養父母に近づき家族に親しもうとしていた。彼は農会会長として貧しい人々の先頭に立ち土改運動を推し進め、工作隊から共産党の方針や政策を学び、貧しい人々の解放のために立ち上がった。彼は国の主人として、「共同富裕」な社会主義思想への道を歩まねばならなかった。太平村の一番目の共産党員は彼で、二番目は、やはり貧しい鉄職人の李文全だった。運動を進めていく中で、党の組織は秘密にされており、党支部はなく、小グループがあってその長は梁俊生だった。運動後は正式に太平村人民政府が成立し、運動中の積極的な人が村長に選出された。その人は于長謂と言った。同時に太平村共産党支部も作られ、梁俊生が太平村第一書記になった。

そしてまた何人かの積極的な人が選抜されて、于長謂を含め候補党員となり、太平村で中国共産党の正式な組織が誕生した。

運動の中で、清算され打倒された地主など富裕分子は、少数の極悪人に対し厳罰が取られた以外には、彼らの家族を含めて、「活路を与える」政策が取られた。運動の後期には、家族数に応じてほかの人々と同様に土地と家畜、農具が割り当てられ、新社会の中で自立自活する労働者となっていった。梁俊生は私の養父母にこれらの政策の道理を詳しく解説し、この二人の老人に土改運動の重大な意義を理解してほしいと話した。実際のところ、この民主革命の大潮流である、農村を中心とする土改運動の中で、歴史上前例のないすさまじい勢いの歴史的変革について、清算され打倒の対象となった地主や富農の各家庭は、私の養父鄧兆学を含めて、その意義を即座に理解することは困難だった。俗に「金は人の心を動かす」と言うように、長い間「私有」の観念があり、私有財産が認められていたので、自分が得た財産がすべての人々のものだと言われても、すぐに人に分け与えることなどできるものではない。自らの財産を強制的に他人に分配されることを心から喜ぶことはできない。それを理解するにはある程度の時間が必要であり、富農分子本人が思考を繰り返し、次第に認識して多数の人と同じ観点に立つことが必要である。長期間過去の財産のことをずっと思い詰めるべきではない。毛沢東はかつて「革命というものは、客人に食事をごちそうすることではない」と言った。土改運動も暴風雨のような革命であって、長い歴史の封建社会の私有財産観念を打破し、封建私有制度に致命的な打撃を与えた運動であった。土地制度改革を行なうだけでなく、地主富農と一部の裕福な中農を含む人々の私有財産を剥奪した。これは革命的な発展で、地主富農の思想を徹底的に改造しようとした。しかし富農だった養父が長期間精神的に苦悩し、ときには、忍びがたい苦痛のために自殺によって人生を締めくくろうとしたことを私は知っている。おのれの人生のために頑張ったのに、なぜこんな結果になったのか、長い間納得できず現実を受け入れられずにいた。しかし養父は長い長い時間を経て次第に次のように理解した。「この土改運動は革命であり、国家的な大運動である。聞いた話では、国全体でこの運動が展開されて各地でやり遂げられ、その後全国民が同様に豊かになる道を歩んでおり、人が人を搾取したり、人が人を迫害することのない社会が実現した」と。「もし本当に人類が富を共有し、幸福を共有する社会が実現すれば、私が過去に苦労して得た財産を失ったことも価値のあることだ」と養父は理解し、梁書記が推進している運動を信じ始めた。こうして当初納得できず理解できなかったことも次第に受け入れるようになった。

養父は土改運動以前から、どうして自分から進んで、食べ物がない貧しい人に、とりわけ梁俊生のような人を援助していたのか。養父はもともと苦しんでいる人を見過ごすことができない性分だったのだ。言ってみれば、養父の一生は苦労が多く、風に吹かれ波に打たれて耐えてきたのだった。俗に、「三度貧乏し三度金持ちになって老年にいたる」という。養父は一九〇一年、没落した清朝の光緒年間、衰退し破産しかかった地主の家に生まれた。郷里は、遼寧省東溝県の北井子鎮石橋村であった。その時代、中国社会は封建帝政を打倒し、民主革命を進めようとする風潮がみなぎっていた。全国各地で民主革命運動が起こり、孫中山率いる辛亥革命が勝利し、清朝という封建王朝を終わらせ、中国に初めて民主主義的な中華民国が成立した。新しい国が誕生したが、新政権はまた軍閥独裁者に乗っ取られた。従って革命者たちはまた一歩進んで目覚めて、革命の武装化を進め、独裁者を討伐して、新革命闘争の大きなうねりを起こした。養父はちょうどこの怒濤のような時代を生きてきた。とりわけ、第一次世界大戦が終わった時代で、腐敗した政府は不平等条約を受け入れ、当時の北京大、清華大の学生たちの怒りと反感を引き起こした。愛国的青年たちは、あの重要な五・四青年愛国運動を展開し、その波は中国全土に及んで歴史的勝利を収めることとなった。以上の事件は、養父の出生時から青年期の間に発生した。しかし彼は、あの静かで辺鄙な田舎で生活していたので、火のような歴史的な時代のことは、全く知らず、生家が落ちぶれ学校にも行けず文字を知らないという状況に悩んでいた。

養父は十六歳のとき、大切な豪邸—海青房—を売り払い借金を返済した。しかし石橋村にとどまることはできず、一家六人、両親、兄夫婦、姪と一緒に故郷を離れ、吉林省敦化県にやって来た。十六歳で人の家に長期アルバイトとして雇われ、その後、数十年の苦闘を経てまた金持ちになった。しかし貧しかったころの苦悩は忘れられるものではない。遼寧省の故郷の石橋村を離れようとするとき、近くに二軒の親戚の家があってどちらも金持ちだった。二人の姉の嫁ぎ先でもあった。譚家と于家である。しかし、「金持ちであれば山奥に住んでいても遠縁の人が尋ねてくる。貧乏すれば盛り場に住んでいても訪れる人はいない」と言うように、養父一家が赤貧洗うがごとき時代に金持ちの親戚たちは付き合いたがらなかった。そのころ女性には責任能力はないとして、血を分けた本当の親戚でも誰も世話をしなかった。もし譚家と于家がささやかでも援助してくれたら、養父一家が吉林省敦化県まで来ることはなかっただろう。養父はこの両家を恨んでいたが二人の姉を恨むことはなかった。当時の女性には金銭を管理する権利は与えられていなかったから。太平村で最も貧しい梁俊生一家と養父はまったく親戚関係はなかった。しかし梁俊生が困難なとき、端境期《はざかいき》に食糧がないと知ると、食糧を、田を耕す牛がなければ二頭の牛を一年中使っていいとし、生活用品および現金は無利子で貸していた。養母はいつも梁家に酸菜や漬け物、豆醤を持って行った。それを私は自分の目で見ていた。土改運動後、表面的には二軒の家は付き合いがなくなった。身分違いという問題があったからである。しかし、人の心と感情、友情は政治によって強制的に分断されることはない。それは不可能だ。梁俊生は党支部書記になった後、多忙だった。太平村の行政区画は五つの自然屯から成り、太平本屯以外に西甸子、楡樹、北農場、文化があった。党支部書記は郷鎮あるいは県の会議に出席した後、村に戻り五つの屯に会議の精神を伝えねばならず、夜、会が終わるといつも二キロの道を歩いて西甸子と北農場へ行き、さらに四キロ歩いて楡樹と文化へ行った。楡樹はさらに三つの小屯即ち河南、河北、嶺後に分かれていた。彼はいつも一晩に二つの屯で会議をしなければならず、皆、彼が多忙だと知っていた。人はどんなに忙しくても静かな時間はあるようで、特に深夜、人が寝静まった時刻に我が家へやって来て養父と世間話をした。彼の長男が兵士となり部隊から写真が送って来たときは、持って来て私たちに見せ、その中のかなり大きなカラー写真と他に何枚かいいのを我が家に残していった。後日、養母は写真をすべて額縁に入れて壁に掛けた。話がちょっと長くなるが、梁俊生の息子の写真の件は、彼と対立する党員の耳に入り、党員の整風会で、その人は梁書記に大いに意見をし、梁書記はうるさいと思い、我が家から例の写真を引き取った。しかし彼はまた、人が寝静まる時刻に我が家に来て養父と我が家のことを気遣っていた。政治的身分論は人の心の「義」をどのように揺さぶったのだろうか。世間の大義とは、即ち道徳のことである。梁俊生と養父の友情は、いろいろな運動と階級闘争の風雨という試練をくぐり抜けた。階級は違うが、心は通い合い大義も同じである。複雑で厳しく激しい階級闘争の時代に、あの農村社会の現場にあって二人の友情を保つのは容易ではなかった。私は彼ら二人の事情を考えるとき、これこそが中国の正当な文化であり、伝統的中国人の道徳観であり、中国人の優れた思想の表れであり、私自身が学習すべき模範であると思う。価値ある精神の糧を得たと思っている。

十四　牛の放牧と学校

私は学校に通い始めたが、初めての学習期間はわずか三か月だった。土改運動の影響で、学校に通えなくなったのである。しかし一九四九年八月養父は突然また私を学校に行かせるようになった。しかも彼自身が私を連れて学校へ行き、先生に会ったのである。私は学校を辞めた後はずっと牛の放牧をしていたので、復学できることはとてもうれしかった。養父は自分は障害者で働けないという現状で、子どもが牛の放牧をしていることを考えて、先生に退学の原因を次のように話した。「子どもは四七年中途で退学し、二年近く学校に行かなかった。私に障害があって働けない家庭状況で、家には他に労働力がなく、春秋の農繁期には、子どもが牛の放牧をし、他の家と共同で助け合い、農業をやって目下の生活を維持している」と。三年前の李賢徳先生はとうに母校におらず異動になっていた。その日、養父が私を連れて行って会ったのは、于蓮芳先生で、養父の心情と我が家の特別な事情に理解を示してくださった。そういうわけで時間の制限を設けず、私が牛の放牧をする時間になればいつでも下校してよく、私は自由に学び、いつでも学業を止めることが許された。実際には学校に行かず放牧の仕事をするのは私の希望ではない。仕方がなかったのだ。養父を中心とする特殊な家庭の必要に迫られてのことであって、その中で私の特殊な生活が続いた。一九四九年土改運動が終わり、村政府は我が家に小さな黒牛を一頭分配した。この全身真っ黒の黒牛は頭が特に黒く、「烏頭の牛」と呼ばれた。毎日この牛を引いて湿原や山の上に行き放牧することは、少年時代の私の大切な仕事だった。この子牛はしばらく草を食べるとすぐ走りはじめ、そうなると、手で縄を引っ張っても止められるものではなかった。牛の喉はとても硬く、私がいくら引いても相手にならない。私は小さく力も弱かったが、手をゆるめずにいると牛は私を引きずり倒した。また起きあがるのだが、ときには起きあがる間もなく遠くまで引っ張られた。草の繁みのいばらで顔と言わず、手と言わず、腕と言わず、全身傷だらけになり痛くてとうとう手を離すと、牛は駆け出し、どこまで逃げて行ったか分からなくなった。牛の走って行った方向に探しに行くのだが、このようなことが何回あったか数え切れない。あるとき、東南溝の小川の岸で放牧していた。半分ほど草を食べると走り出し、私が縄を離さなかったところ、こんどは道に沿って山の中へ向かって走り、我が家の畑を回ってまた東北方向へ向かい、東大橋まで走り続けた。私は牛の後について走り引っ張られて全身泥だらけになった。このときは、ある人が東大橋で私が牛を止めるのを手伝ってくれた。私は走るのを止めた牛を家まで引っ張って帰った。我が家の三人は心を込めてこの牛を養った。私の牧童生活は八歳のときから始まった。放牧にまつわる苦労はすべての子どもが経験するものではない。養父母は私という子どもの気持ちをほぼ理解していた。小さかったけれども時間があれば本を読み字を書きたがった。養父母はそんな私の行動を見て、子どもが学齢に達すれば文化と知識を学ばせない訳にはいかないと考えざるをえなかった。これが突然養父が私を連れて学校に行った理由であった。養父が先生に家庭状況を説明したので、先生の理解の下、家庭と学校の約束が成立した。一九四九年八月より「半分学校半分放牧」という生活が始まった。毎年春、青草が芽をふき、木々が緑の陰を作るころから炎暑の夏を過ごし、秋の霜が降りようとするころまで、原野が緑から黄に変わり秋風が吹き始めるころまで、私は通学せず牛の放牧をした。春夏秋冬の一年のうち、秋と冬だけ学校に行って勉強した。冬にはまた長い冬休みがあった。このようにして四年間続けて一九五二年冬、小学四年生を卒業した。私の「半分学校半分放牧」の生活は一段落した。この四年半の小学校生活の思い出は、私にとってかけがえもなく貴重なもので、私の人生に無限の力と知恵とを与えた。小学校で人生の基礎を打ち立て、ここから自分の人生という建物を構築することを夢想していた。

十五　養母の苦労

養母の存在は生母より大きいかもしれない。これは養母に育てられた恩のことで、重くて深いものである。養父は障害があり働くことができなかった。これは土改運動の前も後も同じである。しかし養母は土改運動後その肩にかかる負担は一層重くなった。養母は家庭の中で中心的な労働力である。家事はいつもの通り、水運び、まきの準備、家内外の清掃、さらに、牛、豚、鶏、鴨の餌やりである。しかしもっと重要なことは野良仕事をしなければならないことだった。私は小さかったので野良仕事を手伝うことはできず、ただ養母について畑へ行くだけだったが、養母は喜んだ。一人よりも寂しさがまぎれたのだろう。夏、一緒に畑へ行き、養母は農作業をし私は畑のそばで牛を放牧していた。昼一緒に畦でご飯を食べた。毎日朝早く、養母は朝ご飯を作りながら、持って行く二人分の昼ご飯を準備する。養父の分は家に作っておき、養父は昼一人で食べるのである。養母にとって最も辛かったのは、土改運動のその年の秋から冬にかけてと翌年だった。

その年我が家に残されたのは、農地約二千平方メートルで、当然一時的なもので、家族三人の食糧田であっただろう。最終的に分配された実際の土地はそれより少し広かった。当時太平村の人口は少なく土地は広かった。私たち三人に一万五千平方メートルが分配された。独身一人の分は一万平方メートルだったが、最後に与えられたのは秋収穫用のとうもろこし畑だった。その他の我が家のものだった十数万平方メートルの農地は戻ってこなかった。多くの貧しい人たちに分配された。我が家では私と養母二人がその約二千平方メートルのとうもろこし畑の収穫に行った。村の土改運動と秋の降雨量の多さが原因となって、その年の収穫作業は進み具合が遅かった。養母と私がとうもろこしの取り入れをした時分にはもう雪が降り始めていた。朝早く昼ご飯を持って出かけ、昼は寒いところで冷たいご飯を食べた。養母は左手に鎌を持っていたのは普段から左利きで、食事のときは左手に箸を持ち、服を縫ったり繕いものするときも、いつも左手に針を持っていた。養母は分配されたとうもろこし畑を全部切り倒し、その後二人で抱えて積み上げ、とうもろこしの皮を一本一本と剥いでいった。何日もかからないうちに養母は皮を剥ぎ終った。畑の中にきらきらと輝くとうもろこしの山ができた。家にはもう車がなかったので、東の庭に住む牛伝鳳に運んでくれるよう頼んだ。彼は牛車に箱一式を乗せて来てとうもろこしを家まで運んでくれた。牛伝鳳の手助けでとうもろこしは回収され、私たち一家三人の食糧は確保された。一年間は心配しなくてよくなったのである。

養母は古い封建時代を生きてきた人で、他の女性と同様に封建的礼儀と道徳にしばられ、心身ともに痛めつけられてきた。幼いときから足に布を巻きつけられて纏足になっていた。私が養母の足を見たときはもう布を巻いてはいなかったが、幼いときに作られた足の形はただ親指だけが前にあって、他の四本の指はどれも折れて足の裏に押し付けられていた。両足同様な状態で、布は巻いていなかったが元通りに回復することはなかった。その小さな二本の足で道を歩くのはとても苦労していた。が、歩き始めると、足の痛みをものともせず歩き方はかなり速かった。

土改運動後間もないころのあるでき事を覚えている。その日、養母は私を連れて畑へじゃが芋を掘りに行った。養母は大きな籠に、私は小さな籠に掘ったばかりのじゃが芋を入れて家に向かった。東南溝の畑から家へ帰る途中、小川のそばで休息した。私は養母のすぐそばに座った。養母は長年の悲しみがこみ上げてきたのか、なんと大声で泣き出した。私はまだ七歳で小さかったが養母の心情は理解していた。養母の苦労と悲しみ、養母の人生の悲哀はどうして一日で止められるだろうか。養母は大声で天に問い地に尋ねた。「長い年月、真面目に働き続けているのに、なぜどうしてこのような罰を受けるのですか。やはり運命ですか」。養母は泣きながらまた大声で叫んだ。「これからどうすればいいんですか。私はどうすれば」。かわいそうに養母がどんなに泣いて尋ねても、天は答えず地も答えない。天は茫々と果てしなく地はどこまでも続いている。答えはやはり自分の心で決めねばならず、やはり骨身を惜しんで働き続けねばならなかった。

養母は永遠に一人の光栄ある労働者である。奥様として過ごしたことはなく女の使用人を使ったこともない。家事は自分の手で行い人に頼ったりしなかった。養母は土改運動前は一人の真面目で素朴な労働者であり、運動後も依然として骨身を惜しまない質素な労働者であった。自らの運命を諦め、働いて食べ、働いて生活し、一生涯労働者であるというのが養母自身の出した結論だった。

養母は労働に対する自信と信念をさらに深めたようだった。土改運動により家の事業を奪われたが、生活への自信を喪失することはなかった。彼女は家族三人の生活を守ることに大きな責任を感じるようになり、労働に対し一層勤勉になった。秋が深まり初冬の季節になると、私を連れて東南溝の北河の上流に行き、そこで鎌で葦《あし》を刈った。北河のほとりにはたくさんの葦が生えていたが、どの葦もすべて蓆《むしろ》が編めるわけではなく、精選する必要があった。葦を刈りながら選んでいくのだが、十本のうち一本選べるとは限らなかった。母子二人一日中葦を刈り、大きな束と小さな束に縛り、養母は大きな束を私は小さな束を担いで三キロほど離れた東南溝から家に帰った。このようにして厳冬の大雪が降る前に二人でたくさんの葦を持ち帰った。大雪が降る厳しい冬になると、養母は部屋の中で葦を一本一本叩いて薄くし、それで蓆を編んだ。養母が作る蓆はとても質がよく、村人たちもオンドルの上に敷く物をと我が家に買いに来た。養母の蓆は時間がかかっており、他の人のものは一重だが養母の作るものは二重に葦を使っていて、品質がよく耐久性があった。そのため養母が編んだオンドル用の敷物は太平村で有名であっただけでなく、近隣の村々にも知られて村の外からも買いに来た。養母の敷物作りは冬季の最適な副業で、その収入は相当なもので普通の女性ができることではなかった。養母は朝早くから夜遅くまで、夜は油で灯り（農村は電灯がなかった）をとり、明けがた近くまで編んでいた。本当に時間のかかる仕事だった。いい物を作ろうとすれば手間のかかるものである。養母の編むものは、他の人よりずっと手間暇かけており品質が良いことで有名だった。それは、私にその後の独学の大切さを教え、生き方を教え、また自信を与え、努力しようと決心させた。養母は葦を叩くことから始めて編み上がりまでの全工程を念入りに行い、その細かい技術は私と養父が手助けできるものではなく、ただ養母一人だけができることで、養母は一人で難儀をしなければならなかった。養父はただ養母が豚に餌をやるのをときどき手伝うだけだった。豚の餌やりも養母の仕事であって、ただ、忙し過ぎるときだけ、疲れ果てているときだけ、養父はやっと手を貸すのだった。しかし、養母は夫が障害があってささやかな手助けさえも簡単でないとよくわかっていたので、できるだけ養父には手伝わせなかった。養母は村の中で仕事ができる人として知られていた。隣近所の人はいつも養母に感心していた。

養母はお説教よりも身をもってお手本を示すほうが上手だった。自分の家の仕事を懸命に励んでいつも私を感動させ、私の心にしっかり刻み込ませた。また人助けも好きだった。これは養母の優れた人徳である。村の人、特に隣近所の人に対しその日常生活にかなり気配りをしていた。もし誰かが困難な状況になったら養母は積極的に援助した。例えば、村の崔鳳久夫婦は二人とも若く子どもが小さかったが、また男女の双子が生まれた。理由は分からないが、夫婦はけんかを始めると、お互い殴り合ってひどいけんかをし、妻が怒って家を出、泣きながら歩き回り誰も止めることができない。養母はそれを見て、「姉さんどこへ行くの？　こんなに暗くなってから村を出ることはできませんよ。女が夜道を歩くなんて危険すぎます。まず私の家に来て一晩泊まりなさいよ」と言って我が家に連れて来て泊まらせ、養父も彼女を諭し、養母はあれこれ話して落ち着かせ、次の日、崔家に送っていくのである。崔鳳久も義父もとても喜び、彼女が帰ってくればまた今までどおりの生活が続くのである。養母はこのように世話好きで、また実際、人の支援をよくした。養母の優れた人格を私は彼女の一人息子として受け継いでいきたい。

村人の冠婚葬祭には養母はいつもよく手伝いをした。隣近所に病人が出ると温かく見舞い、また可能な援助をした。隣家の牛伝鳳の兄は遼寧省から太平村に来たばかりのころ、足にできものができて医者に見てもらい、膏薬を買って治療しても良くならなかった。養母は良い治療法を知っていて、普通のできものはその治療をするとすぐ治った。牛伝鳳の兄の場合も、養母の治療法によって費用もかからず治癒した。その方法とは、ネギを根ごと使い、大きなナツメ数個と蜂蜜、煙草を吸った後の唾液、他に、私には分からないものをいくつか金槌で叩き潰して膏薬と同様に患部に貼り、布で包んでおくというものだった。家族や隣人の誰かが風邪を引くと、生姜湯を作って砂糖を加えたものを飲ませ、横にさせ蒲団をかけてやるのだった。しばらくすると汗が出て風邪はよくなった。このように養母は、家族と隣近所の親戚、友人の健康を気遣い、よく世話を焼いた。

養母は朝早くから夜遅くまで家事をし、他の人に何かあると、時間を割いて援助した。養母の優しい性格と人徳、誠実な労働精神は、幼いころから大人になって以後もずっと私の模範であり成長の原動力だった。私に与えた比類なき精神の糧、健全な栄養、私の心の中の養母の姿はいつも私を鼓舞し私の人生を前向きにし、新しい階段をさらに上るように後押ししてくれた。古い言葉に「家に賢母あれば、子は必ず名を上げる」と言うが、私は名を上げることはなかったが、養母のような人に、善良な働き者にきっとなりたいと思っていた。私が生きて祖国日本に帰国できたことは、養母が私に与えた「力」であり、それが夢を現実に可能にしたのである。帰国後、度重なる困難を乗り越え、二つの厚い壁（二つの祖国はまた二つの言語と習慣の壁でもあった）を突き崩し、わずか四か月間の日本語と生活習慣の学習後すぐ働き始め、定年退職まで働くことができた。帰国後私は養母を偲ぶ短い詩を作った。

懐母親編席　三首　　養母が席を編むのを懐かしむ詩

（一）

深秋漸冷時、割葦南溝辺、　秋も深まり、寒くなろうとするころ　南溝に葦を刈る

母子風寒里、晩帰葦上肩。　母と子　寒風の中　夕暮れには葦を肩に担いで帰る。

（二）

根根長葦蘆、片片手敲製、　長い葦を一本一本　叩いて薄っぺらにする

母親多苦辛、勤奮収入増。　母の苦労は多いが、その頑張りで収入が増える。

（三）

媽媽使油灯、編席過三更、　母は油で灯りを取り、席を編んで深夜を過ぎる

子読同灯下、席長学識増。　子は　その灯りで本を読む、席は長くなり、子は知識を増やす。

深秋、葦を刈り、冬季には敷物を編む。その作業はほとんど毎夜、深夜まで及んだ。昼夜隔てなく懸

命に働いた。私は養母に灯を借りて本を読み勉強した。ときには養母が仕事をしていることを忘れ仕事の邪魔をすれば、養母はただ微笑むだけで語らず、うれしそうに私を見つめ仕事の手を止めた。養母の手の「サーサー」という音が止まると、私はすぐ仕事の邪魔をしたことに気付き、顔を赤くして「お母さん、ごめんなさい」とあやまると、養母は気にした様子はなく、「大丈夫だよ」と言って「しっかり勉強しなさい」と付け加えた。私は養母の灯りを借りて深夜まで勉強した。養母は疲れていたけれども楽しかったのだろう。これらのことは私にとってとても有意義な生活だったと思う。

この特殊な家庭に入り、特殊な環境の下で特殊な生活を始め、特殊な学習を続けることができた。ただ本を読むだけでなく、私というこの小学生はいつももう一人の「先生」にも教えを求めていた。「先生」はいつも私の手元にいた。即ち、字典のことで、字典が私の「先生」だった。私の少年時代、学習することはかなり困難で苦労が多かった。

養母はまた豚を育てるのが上手だった。毎年二頭の豚を飼って太らせ年末に供銷社（国家）に一頭を売った。家の小遣いが少し増え、なお二頭の子豚を飼うことができた。もう一頭の豚は年末に屠り、家で正月用に使った。塩漬けにして普通の日にも食べることができた。正月用に豚を屠ったときは、白い脂身を煮て油を取り家族三人の食用油を確保した。これは当時でいうと、我が家の生活水準が多くの貧しい家庭より少し高かったことを意味し、土改運動後の養母の成果であって幸せな収穫と言っていい。

前に取り上げたが、一九五〇年、人民政府は「婚姻法」を公布し、旧社会で迫害され苦しめられていた中国の広範な女性を立ち上がらせ解放した。苦しんでいた多くの女性は村政府に申し込み、紹介状をもらって区または郷政府に行って離婚手続きをし封建的な旧家庭と決別した。封建制度からの解放と言ってよく、新しい幸福を探しに行く自由を得たのである。ある人が当時私の養母に「どうしてまだ離婚しないのですか？　あの働けない障害者について一生苦労することはありませんよ」と言った。まだ四十五歳だった養母は自分の運命を受け入れ離婚しないと決めていた。障害者は世話が必要だから軽々と離婚して捨て置き、自分の幸せだけを求めることはできない、忍びないというのが養母の考えだった。真面目で善良で優しい養母は言うこととすることが一致していた。

自分の積極的な労働で家庭の幸せを築き人生を歩き子どもに範を示した。私は養母の子として、養母が歩いてきた、誠実に働いてきた人生道を見るとき、養母への尊崇と敬愛と、さらにこの世で最高の母であり偉大な母であるという誇りを心に抱く。

婚姻法の公布と実施により養母に離婚を勧めたその人は、当然養母のためにと助言したのであって厚意であるといって良い。その人はその言葉どおり夫と離婚した。理由は夫が高齢であることと、そもそも封建的売買婚で自由がなかったことだった。彼女は手続きを終え、娘（養女）一人を連れて敦化市へ行き、別の男性と結婚して新家庭を作った。

十六　互助組

中国農村では土改運動を実施した後、多くの貧しい農民は、土地のなかった人は土地を割り当てられ、耕作用の牛馬がなかった人はそれを与えられた。良い牛馬は値段が高く、一部の農民に牛あるいは馬一頭だけ分け与えた。しかし、一家に一頭だけでは土地を耕すのに十分と言えず、自然といくつかの家が互いに助け合い融通し合って耕作し、作付けをするようになった。こうして農作業の季節に合わせて臨時に助け合う組織―互助組ができた。

土改運動後、共産党と人民政府はすぐに広範な農民に「組織を作ろう、生産を発展させよう」と号令をかけた。互助組は土改運動という基礎から生まれ発展していった。私の「半分学校半分放牧」の四年間は「半分学校半分互助組」の四年間でもあった。家に労働力がないという状況の下で、自分の家の放牧をすると同時に、互助組の牛馬も私が世話をした。我が家の農作業は互助組の支援で行なった。遅仁香《チーレンシャン》、この人は我が家と特に関係が深く、当時二十五歳で、家族は遼寧省にいた。太平村に一人でやって来て、土改運動前の二年間、我が家で長期アルバイトとして働き、土改後も続けて我が家に寄宿した。後にまた張慶余《チャンチンユィ》（当時三十歳位）も我が家に住むようになった。この二人はそれぞれ馬を一頭ずつ持っていて、私の責任はこの二頭の馬と我が家の牛一頭を放牧することだった。

遅仁香、張慶余は同郷でともに遼寧省の出身だった。遅仁香は張慶余より若かったが、故郷に父と妻、娘がいた。張慶余は独身で、故郷には弟が二人いてその一人が後日人民解放軍海軍の兵士になり、かつて海軍の軍服を着て我が家に来たことがあった。土改前には季家で長期アルバイトをし、土改後は住むところがなくなり、遅仁香が我が家で問題なく暮らしているのを見て、同郷のよしみで、我が家に相談してくれるよう頼み、養母の同意を得て一緒に住むようになった。当然養母が食事を作り、二人は、水汲み、薪割りの仕事をすることにした。実際上は、鄧家と遅家、張家、三家族五人の共同生活だった。しかし、経済的なことはほぼ明らかで、各家が各自の田畑を耕作し、それぞれ収入があった。家畜は一緒に飼育した。春と夏、家畜は田畑で使用する以外、私がすべて責任を持ち外で放牧した。遅仁香、張慶余、私の養母、皆田畑での仕事に精を出すことができた。

互助組は当然多くは季節的なものだった。土改後一年目の春耕のときは、三家族以外に王徳宣、劉鳳義を含めて五家族で互助組を作ったと記憶している。大人たちは畑で働き小学生の私と王永伝は畑へ食事を届けた。これは土改後初めての春の状況で、農民たちが自然と互助組を作ったが、党と政府は農民のこのような生活形態を重視し熱心に呼びかけて広範に宣伝した。解放された農民は土地と家畜と農具を手に助け合って作業をし、さらに多くの収入を得るためだった。農民が互助組を作ったのは、互いに入れ、その獲得した物質的条件の下で、政府の呼びかけに応じて団結を強め助け合い、土地を耕し将来の幸福のために生産に励み豊作を目指した。農民たちは自信に溢れ積極的に行動した。これは建国前の一九四八年の解放区の春の状況だった。解放区の人民は生まれ変わって主人となり、積極的に生産し刈り入れを行い、さらに解放軍を支援し解放戦争を支持した。一日も早く中国全土が解放されることを求めていた。

十七　兵士になった遅仁香

私たちの互助組の一員、遅仁香は、伝統的農家出身の真面目で純朴な青年だった。偽満洲国の後期、適齢の青年は「国兵（偽満軍）」になる義務があった。当時遅仁香はその年齢にあったが、「国兵」になりたくなくて、あれこれ対策を考え、最後に「三十六計逃げるに如かず」と兵役を逃れるため、家に高齢の父親、年若い妻と幼い娘を残し、一人遼寧省から吉林省敦化地区に逃れて来てアルバイトをして生活していた。

一九四五年、八月十五日、日本は敗戦、満洲国は倒れた。しかし中国東北部は解放戦争の最中で、中国共産党指導部の解放軍と国民党の戦場がちょうど遼寧と吉林地区にあったので、両地域の往来は一時的に中断し、遅仁香と張慶余は故郷に帰れず、しかたなく太平村に留まって故郷に帰る機会を待っていた。二人は偽満洲国の兵役を免れることに確実に成功した。張慶余は年齢の関係で二度と兵役に就くことはなくなった。しかし遅仁香はまだ可能性が残っていた。

中国共産党指導の解放区では、貧しかった農民が自立し国の主人公となった。人民民主政権を守るため、全国の苦しんでいる人々を解放するため、解放区の青年には解放軍になる義務があった。解放されたばかりの農民の一部の青年たちは、まだ自覚が十分でなく、共産党の「解放軍に入ろう」という政策と呼びかけにそれほど理解を示さなかった。当時の遅仁香が兵士になりたくなくても解放軍に入りたくなくても、今回はどうしても逃げることはできなかった。村幹部と工作隊の幾夜にわたる会議と説明を通しても、遅仁香は強情に理解を示さず、人が何と言おうと「自分はもともと農民だ、兵士になれないし、なりたくもない」といつもの通り主張した。村幹部たちの説得は成功しなかった。ちょうどこのとき、大石頭区政府の区委書記朱発全《ズーファチュァン》が太平村に調査にやって来た。工作隊は区委書記に頑固に拒否している遅青年のことを報告した。書記自身も貧農出身だった。解放前、大石頭に鮑何某《バオなにがし》と言う金持ちがいて、その鮑家で荷馬車の御者をしていた朱大麻子が、即ち今の朱書記であると、大石頭区の村々の大人たちは皆知っていた。子どもだった私は知らなかったのだが。

朱書記の仕事は、深く事実を掘り下げて問題を発見し、調査研究してときに及んで解決に導くことだった。工作隊の報告を聞くや、すぐに遅青年を尋ね話をしようとした。このときは彼は不在だったので、我が家の中を見て回り、本当にいないと知ると、養父母二人に詰め寄り次のように言葉を発した。「遅青年がなぜ兵士にならないのか、あなたたち清算された地主富農が足を引っ張っているんじゃないですか？　彼が共産党の解放軍に入りたくないとは、まさか国民党の中央軍になりたいのではあるまいか？　あなたたちにきつく言っておきますが、妄想はやめなさい。あなたたちが待ち望んでいる国民党は来ることはなくなったのです。私たちは今、強大な軍隊を創り全国で国民党の反動派を駆逐しています。もし遅仁香が中央軍に入ったら最後には我々の手で滅ぼされることになります」と。子どもの私は初めて朱書記に会った。顔はあばたで一杯だったが、声はよく通って大きく力があった。また大柄で、私のような子どもは一目見ておじけづいてしまった。養父母は驚いてすぐには言葉が出なかったが、養父はやはり一定の年齢に達した大人の男性だった。清朝末年から老中華民国、偽満洲国を経て、今また新解放区にいる。いろいろな政権、王朝が入れ替わった時代の風雲を経験し、学歴はなかったが事実に基づいて事が処理されることを望んでいた。朱書記が落ち着いてきて家を出ようとするときを待って口を開いた。「朱書記、遅仁香は兵士になりたくなくて遼寧省から吉林に逃げて来たのです。老いた父の言うことを聞かず、父と妻、娘を捨てて不意にここに来たのです。私たちは彼の両親ではありません、例え私たちが話をしても何の効き目があるでしょうか」。今度は朱書記も冷静になった。やはり事実に基づいて真実を求める人である。筋を通す人である。朱書記は言った。「遅仁香は五年前、偽満洲国時代に兵士になることを望まず、強く拒否して逃亡しました。しかし日本の鬼と一緒になって中国人をなぐるようなこともありませんでした。このような態度は正しい、まったく間違っていません。良心があり正義感のある青年です。称賛に値します。しかし今兵士を嫌い軍を拒否するのは大きな誤りです。私たちの解放区は人民の天下であり、人民の山河であり、人民が政権を掌握しています。人民の政権は私たち人民が守らねばならず、強大な人民軍を必要としています。この軍隊こそが人民の軍隊―解放軍です。今広範な青年たちが人民政府の呼びかけに応じ、先を争って申し込み、人民の軍隊に参加しています。人民政権を守るため徹底的に国民反動派と戦い全中国解放のために貢献しています。遅仁香が軍隊に入りたくなかったら何をしたいのか。よし彼を探し出してはっきり白黒をつけましょう」。朱書記はここまで話して家を出て行った。彼の気持ちは早めに遅仁香を探し出し実際に会って話をしようということだ。

実のところ、遅仁香は家を出て行ったのではなく外の倉庫に隠れ、風を避けて休んでいたのだった。たった今、朱書記が話したことをすべてはっきりと聞き自分の問題の重要性を考えた。区委書記自身が家を訪ねて来たのだ。今度は兵士にならないとだめなのだと深く意識するようになった。以前の偽満洲国のときのように、どうしても兵士になりたくなくて逃亡すれば、例え成功しても悪影響は計り知れないということだ。こう考え入隊しようと決心し、ほどなく自分から申し込みに行った。当然のことながら村幹部と工作隊は喜んだ。

ある朝早く、遅仁香は他の数名の申込者と一緒に太平村の東大門にいた。彼らは胸に大きな赤い花をつけ村人たちの熱烈な拍手に送られて出発し後日正式に入隊した。

遅仁香は入隊後まず区の支部隊に配属され大石頭内にいた。区支部隊は太平村東の小山の背後の北大崗で農業に従事した。彼らが生産するものは部隊に供給された。主な農作物はじゃが芋と大豆である。区支部隊が耕す土地は太平村から近く、遅仁香はときには村に帰って来て会うことがあり、そんなとき私はとてもうれしかった。彼は入隊しても彼自身の馬が一頭我が家に残っていた。張慶余の馬が一頭、我が家の牛が一頭、三家族が共同で飼育していた。春と夏、私は馬二頭と牛一頭を外に連れて行って放牧した。区支部隊が県の大隊の訓練に移動することになると、遅仁香は太平村に帰って来る機会がなくなり、県大隊の訓練が終了すると前線の戦場へ赴かなければならない。しかし県大隊での訓練期間中に、遅仁香は右腿に珍しいできものができて化膿し出血し、軍医により治療を受けたが効果が見えず、上級指導者の許可を得て軍を退役し、また太平村の我が家に戻って来た。入隊期間は一年に満たなかったが、農村に帰ってきた彼は理想的な農民になった。

十八　張慶余の結婚

張慶余はすでに三十歳を越え、一見したところ老人のようだったので、村幹部と工作隊も彼を兵士にしようとは考えなかった。遅仁香が入隊して出て行った後も依然として我が家に住んでいた。当然仕事のできる農民で、真面目に慎ましく生活することができたので家庭を持つべきだった。私の養父母二人は彼の大きな力になろうと、積極的にある女性を紹介した。彼女は太平村から東北へ七、八キロのところにある張家村（現在の民強村）の人で、その村の苗老二家の娘だった。張慶余は苗家に行って見合いをしたところ、両親は同意し娘も特に意見はなく、すぐに婚約となった。当時の習慣に従って結婚式は執り行なわなければならず、私の養父母は自分の息子のことのように買い物を手伝い、養母は朝から晩まで針仕事をして張慶余のために結婚式用の服と蒲団を縫った。豚を屠り、駕籠を用意し、大忙の三日間には近隣の多くの人が来て手伝いをした。当日はさらに多くの人が来て酒を飲み結婚を祝った。張慶余が鄧家で式を挙げたことは、鄧家が祝い事をすることを意味し、ある人は張慶余とまったく面識がなく一部の人はほとんど交際がなかったが、鄧家は村の誰それの家で祝い事があると、いつも祝いに行っていたので、村中の人はもちろん近隣の村人も結婚式があると聞くと、皆やって来て祝いの酒を飲んだ。そのため客人は予想をはるかに超えて数倍にもなった。このことは鄧家に広い交際と厚い人望があったことを意味し私に深い感動を与えた。鄧家の二人の老人が、心を込めて確実にこのような盛大な式を執り行なったことは、私は心底から素晴らしいと思う。私自身は幼くて何の手伝いもできなかった。私はいつもと変わらなかったが、ただ、自分の兄が結婚したようでとてもうれしかった。

家でこのような大きな祝い事があって多くの人が手伝いに来て大宴席が催された当日は、我が家の東庭の姜家、牛家、家の前の李家、安家にまでテーブルが並び、客人を迎えた。ラッパ吹きが賑やかにラッパを吹き、本当にいわゆる鳴り物入りで、どこに出しても恥ずかしくない、大々的なとても賑やかな式だった。いろいろな事柄は取り決め通りに行なわれ、来客は多かったが秩序は乱れることなく、農村の、旧式で大掛かりな婚礼は、盛大で、また賑やかで、子どもたちも多くやって来たので私は心ゆくまで遊んだ。張兄の結婚により、家にまた一人兄嫁が増え新鮮な雰囲気になった。しばらくして張夫婦は別に台所を造り私たちと一緒に食事をすることはなくなった。その後、一年立たないうちに、若夫婦は妻の実家の村に引っ越して行った。

遅仁香はずっと我が家に留まっていた。養父の甥の鄧洪久は妻が病のため亡くなったので、義父の家を出て単身で馬一頭を連れてまた我が家に帰って来た。彼もまた養母に食事を頼み私たちと一緒に暮らすようになった。養母はこうして毎日五人分の食事を作らねばならず､その仕事はさらに忙しくなった。この三家族の生産形態には何の変化もなく、やはり一つの互助組だった。

一九五二年冬、遅仁香は故郷の遼寧省東溝県に帰って行き再び敦化に来ることはなかった。鄧洪久兄も独身だったので、同じ東溝県に帰り結婚し敦化に帰らなかった。二人が家を出た後、とても寂しく単調な生活になった。その後、我が家はまた季殿玉を中心とする互助組に加わり、さらに徐魁宝、麹盛安、姜洪慶の三家族が入って五家族となった。この互助組は春耕のとき、夏の草取りのとき、秋の収穫のときに皆が集まり一緒に仕事をした。しかし、人と家畜の労働ははっきりと記録し、お互いに過不足を補い、秋には穀物を売って現金に換えた。

十九　養父の人徳と家庭教育

養父は学校教育を受けたことのなかった人だが、その心の中には中国の伝統的文化教育と歴史・社会への知識は深く根を下ろしていた。没落封建地主の家庭で育ち、その親から受けた伝統的な教育が養父に与えた影響は深かった。養父の先祖は、可愛い息子を学校にやれないことに対し心中深く遺憾に思っていたが、やむをえないので、自分で口授した。

養父は一九〇一年三月二十五日清朝光緒年間に、養母は一九〇六年七月十八日に出生した。養母の原籍は遼寧省安東県（現在の丹東市）元宝村で、養母は農民家庭出身である。私は詳細は尋ねたことはなかった。今考えるととても残念だ。

養父の父はとても教養のある人だったと自信を持って言える。何ら社会的な仕事はせず、いわゆる「本の虫」で、学び得た知識は必ず息子に教えねばならぬと思っていた。「本の虫」は家業の良き経営者にはなれず、いくばくのお金や財産があっても破産は免れなかった。養父の兄、鄧兆敏はかなりの教養と知識のある人だったが、働くことは嫌いで先祖の残した財産を安売りして生活していた。悪いことに大麻を吸っていた。

前に書いたことだが、養父本人は、偽満洲国時代に同じ村の最も貧しい梁俊生と親交を結んだ。ここで少し説明を補っておくが、梁俊生は解放後、以前の赤貧生活を回想して次のように話したことがある。

「解放前の私の生活は極めて貧しく本当に生活できない状態だった。どうしようか？　本気で一家で自殺することも考えた。どうやって一家で自殺しようか？　あれこれ考え、思いついた唯一の方法は、家に火を点け入り口と窓をしっかり塞ぎ、火が燃え上がっても誰も出られない。こうすれば家族全員で死ぬことができるというものだった。家はちょうど東大門の近くだったので、家が火事になっても他の人の家に及ばないようにするには、西北の風が吹くときを選ばねばならない。このように貧しくて生きていけないようなときに、私のことを気にかける人がいようとは考えもしなかった。君の父さんは『君の家の煙突から一日中煙が出なかったようだ。鍋に入れる食料がないんじゃないか？　そんなにたくさんの子がいてお腹をすかせているのはいけない。君が税の食糧を出して残ったものは、君の家が半年食べるのに十分じゃないと知っていたよ。なければ我が家に来て持って行きなさい。関係ない。あれこれ考えるな。どこの家も同じだ。困難なときは、皆あるんだ。まず君にとうもろこしを一石（一八〇リットル）貸そう』と言ってくれた。こうして鄧家が進んで私に食糧を貸してくれたので、我が家はやっとのことで自殺を免れたのだ」と。

私の養父は二十数歳だった青年時代に土匪に人質にされた。すなわち「ひげ」に捕まって山の上に連れて行かれ、家財とお金になるものはすべて兄により売り尽くされてしまった。土匪はその家庭状況、即ち、財産は兄に騙されて持って行かれたこと、家には老母が一人残され世話をする人はないこと、養父本人は孝行息子であることなどを知ると、身代金を出さねば命の保障はないという条件にも関わらず、老母の面倒を見るようにと、養父を釈放した。

以上の二つの事件から言える事は、人生で最も重要なことは、必要なときに人助けができること、同様に、父母に親孝行をし老人を敬うことである。

私の養父母は、二人とも学歴はなかったが、家庭的な教養と伝統的文化、礼儀道徳は、家庭の生活の中に反映され、家庭外の第三者から見ると、私たち鄧家は、文化的素養と文化的礼儀道徳および高尚な人格を持った家庭であった。それは二人の老人の言行が一般人と異なっていて、心が広く何事も細かいことに拘泥せず人に優しかったからである。養父の高尚な人格と教養は封建的道徳の影響を深く受けていた。老荘思想を知り孔孟の儒教を重視し、人生哲理の書『名賢集』は、日常生活で口癖になり我が家の信仰となっていた。仁義礼智信は、本人の信仰になったばかりでなく、私たち鄧家の子孫の人生哲学の基礎となり、私は日常生活の中で忘れないように誠実に実行するように教育された。

私は小学校時代、真面目に教科書を学習した。夏は、牛の放牧をしなければならず、いいかげんな勉強はできなかった。四年間の初級小学卒業後は字引を使っていろいろな本を読んだ。解放後、新中国の学校は、基本的に儒教の内容は教えなかったが、私は養父に学んだ。人は正々堂々とあるべきで不正をしてはいけないと教えられた。「貧しくても悪をなさず、富んでもみだらな事をせず」と養父はいつも言っていた。「人はどんなに貧しくても、正しい労働でお金を得て生活しなければならない。決して悪事をしてはならぬ。どんな盗みも詐欺もしてはならぬ」と。また、「人は裕福になれば、善行を心がけ貧しい人を救い、老人、弱者、病人、身寄りのない人を援助すべきだ。決して贅沢や不道徳な生活を求めてはいけない。どんなときでもまっとうな人間であれ、本分を守れ」と教えた。

家の近くに遼寧省東溝県出身の李世忠が住んでいた。養父と同郷の人で、若いときは小学校教員をし、とても字の上手な人だった。何書体というかは知らないが、彼の書く文字を私はいつもお手本にしていた。私は彼を李先生と呼び、周りの若い人たちも同じように呼んでいた。この李先生は一九五二年に遼寧省から太平村にやって来た。彼は土地がなく、まだ合作化されていなかったため、我が家の土地を二千平方メートルほどしばらくの間、借りて自家用食糧の農地とし生活した。李先生は養父のこのような支援にとても感謝するとともに、次第に養父の人となりを理解するようになった。

先生は私が詩書が好きなことを知ると、『精忠説岳伝（一般に精忠伝と呼ばれていた）』八巻を貸してくれた。主な内容は、母が息子に、忠誠を尽くして国に報いるよう教育するものだった。息子に、永遠に国家に忠義を尽くさせ、報国という大事を忘れさせないように、幼い息子の服の背中に「精忠報国」の四文字を縫いつけ、どんなときも国家を気にかけるようにさせた。家が貧しく紙を買うお金がないときは、皿に砂を入れ、砂皿の上で字を教えた。その教えの主なものは、忠、孝、節、義の四文字が表すもので、「精忠報国」という壮大な目標を実現するよう求めた。息子は長じて本当に国の柱となり元帥となった。祖国を守り外国侵略に抵抗し、中国の歴史的英雄と言われるまでになった。現在の中国で、人々は皆、宋朝の民族的英雄「岳飛」を知っており、精忠伝は「岳飛」の物語だとされている。若い人には一読の価値があると思う。

太平村の東北のはずれ、大河の北岸に安家の屋敷があり、中華民国時代には百万平方メートルにのぼる広大な土地があった。偽満洲国時代、ほとんどすべての土地が「満洲国植拓株式会社（略称・満拓）」に安値で買収され、当時の土地所有者は土地を失った。いわゆる「買収」は、実は強制的没収だった。日本軍はまたも「村を一掃し、太平川という居住地」を作り、安家の屋敷の人もまた太平川に引っ越して来ざるを得なかった。安家は我が家の東南方向五十メートルほどのところに住んだ。安家は没落地主なので、土改運動中は富裕な中農に位置付けられ、財産の一部は貧しい下農・中農に分け与えられた。しかし安家の安慶武は民衆の監視対象ではなかった。息子三人と娘一人があり、息子は上から安沢仁、安沢義、安沢礼と言った。娘は、安桂芝と言い、幼名は「護鎖子」と呼ばれ、私より二歳年上で一緒に遊ぶ幼友だちだった。安慶武老人は三人兄弟で、兄と弟がいた。兄の息子は、老人の三人の息子より若く、老人が名付け親となり、安沢智と名付けた。弟の息子はもっと幼くて、安沢信と名付けられた。安慶武老人はこのように自分の息子と甥、計五人に即ち、「仁義礼智信」を取って名前を付けたのである。これから見ると、中国社会では孔孟思想の影響がいかに大きいかが分かる。家庭に男が五人いると、仁義礼智信と並べたものである。とりわけ私は少年時代、父母の言行が精神の糧となった。新中国の小学校では孔孟の儒教を教えず、文革時代にはひとしきり、「批林批孔（孔子と儒教、儒教の復活を目指す林彪を批判する運動）」も叫ばれた。当時の紅衛兵と造反派は、林彪が党中央と毛沢東主席に謀反を起こし軍用機でソ連へ逃亡しようとしたが、モンゴルの温都尓汗に墜落したことだけは知っていた。しかし、林彪と孔子がどのように同じなのか分からず頭を痛め、同列に論じる訳にも行かず、結局彼らは孔孟の儒教を学ばず知らなかったため、「批林批孔」運動は長くは続かず一陣の嵐のように過ぎ去って終わった。

私の養父母はとても慈悲深く困難に陥った人によく手を差し伸べていた。養母は土改前、最も困窮していた梁家に漬物、味噌、塩を送り届けていた。かつて私を連れて劉家と王家に漬物と豆醤を届けたことがあった。養父は梁家に穀物を貸して困難な時期を乗り越えさせたり、その他、穀物がなくなり生活が成り立たなくなった家庭を援助したりしていた。村人は皆、鄧家が梁家に二頭の赤牛を貸して通年使わせ、いかなる見返りも受け取っていないことを知っていた。

養父はいつも私に言っていた。「この人の世、即ち国家というものは、農工商すべてその職責を果たし、その仕事を十分に行なうべきである。我々農民たる者は農民らしく農業に励まなければならない。良い収穫を得ようと思えば、天が定める季節を知り、人は農期を過たないように努力することだ。老人たちは「人間の力は自然に打ち勝つ」とは言わず、自然を利用することを強調し人力を尽くすべきだと言っていた」と。農業に内在する自然の法則に適応しなければならず、いつもその地方にふさわしいよう種を選択すること、作物の輪作をすること、適当な肥料やりなどすべて彼の「最適時期を過たず」という一句に総括される。

一九五四年、敦化地区はかなり深刻な冷害に見舞われた。長雨が続き東南の風も強かった。太平村の二つの初級農業合作社では、多くの個人経営的な農民は減産減収となり、収穫された穀物は食べていくのに不十分で、国が放出した食糧を食べない人はいなかったほどだった。しかし私たち鄧家の農業収入は余りが出るほどで、国の食糧を貰う必要はなく逆に売れるほどあった。

養父は鬼神を信じなかった。同世代の人の中では珍しい唯物主義者だった。例えば、土改以前、旧中華民国と偽満州国時代の、医者も薬もない村では病人が多く、他になす術はなく鬼神や祈祷師に助けを求めた。金何某《ジンなにがし》と言うある祈祷師は、神がかりになって踊ったり「邪気を祓う」などの方法で多くの病気を治そうとした。お金を騙し取られたり命の危険があるのは言うまでもないが、医者も薬もない当時は多くの人が鬼神を信じていた。養父も普通ではない病気にかかったことがあった。大腿部に腫瘍ができたとき、ある人は早く祈祷師に頼むよう勧めたが、養父はその手口は信じず、学校の李賢徳先生の援助で町の病院で手術を受け健康を回復した。土改後の一九五〇年、養父の腫瘍が再発した。素芬姉と姪の洪蘭は町に住んでいたので、病状を聞き、病院の医者に頼んで太平村の我が家まで来てもらい、手術をしてもらった。病気は全快したが、出血が多く、体に障害が残り歩行が困難になった。しかし、その後は大病もせず八十一歳まで生きた。

神になりすまし人を欺いていた金祈祷師に話を戻そう。そのでたらめと間違った治療により、少なくない人が命を落としたが、誰もその責任を追及しなかった。幸いなことに、土改運動は、地主や富豪と闘い土地と財産を分け与えただけでなく、封建的なものを排除し迷信を退け思想を解放した。農会は民兵に金祈祷師を捕えさせ民衆大会で批判するよう指示した。私は当時八歳だったが、その現場を見に行った。村人は金祈祷師の両手を紐で後ろ手にして縛り、その左右を四人の民兵が見張っていた。農会と工作隊が何回か尋問したが、当時の彼には往年の元気はなかった。台の下では、多くの人が被害の経過を発言し、民兵が金祈祷師に、お前の体に付いた神様はどこから来たのかと尋ねても、金祈祷師は答えられない。また、神がかりになって病を治そうとしたのは、人を騙していたのかと問うても答えられない。両側に立っている民兵が手に持っているベルトで交互に金祈祷師を打ちすえると、ただ大声でわめき助けを求めるだけだった。周囲の民衆は一斉に怒って叫んだ。「お前は今、助けを求めるが、お前のためにどれだけ多くの命が落とされたのか分からない。婦女子に乱暴し男女関係も乱れていた。蓄財に励み、極悪非道な行いをしたことは、今日こそ懲罰されなければならない。ベルトでなぐれ、お前の神様はどこから来たのか、答えろ、神様はどうしてお前を救いに来ないのか」。彼は尋ねられても一言も答えられない。民兵が、「神様にお願いできるんじゃないのか、今すぐ神様にお願いしろ」と言うと、金祈祷師は、「神様はいません。私は騙していました。本当のことを言います。どうか勘弁してください」と言って、台の上にひざまずき許しを請うた。このような民衆大会で、そうやすやすと許せるものではない。民兵は、「この舞台で神がかりの踊りを皆に披露しろ」と言ったが、金祈祷師は、殴られて鼻は青くなり目は腫れ上がって体中傷だらけである。演じようとしないので、民兵は、民衆に「踊らなくていいか?」

聞くと、人々は一斉に「駄目だ」と叫んだ。民兵がまた金祈祷師をベルトで殴ると、金祈祷師は踊らないと駄目だと観念して踊ることを承諾した。そして以前と同じように、神を装ってヨーホーと歌いながら踊り始めた。何度も何度も全身を震わせて踊った。人々が言う「神様」がやって来たのだ。以前と同じように、「黄家の聖なるいたち神様、胡家の聖なるきつね神様、常家の聖なる蛇神様」など何やら呪文を唱え、殺気だって人を騙したその芝居がほとんど奇妙な最高潮に達したとき、舞台の下の民衆はその演技を見れば見るほど怒りを増し、ある人が大声で「なぐれ」と叫ぶと、多くの人が一斉に「なぐれ」と後に続き、民兵たちも民衆の意のままになり、両側のベルトが再び金祈祷師に激しく振り下ろされた。痛めつけられて放心状態になった祈祷師は、もはや演技どころではなく、ただ泣き叫んで命乞いをするばかりだった。どんな神様も彼を守ることはできない。舞台の下には、封建的思想の影響を受けて祈祷師の力を信じる人もかなりいたが、大会の経過を見て深く教育され、騙されていたことを知った。このことがあってから、大多数の人は祈祷師を信じなくなった。我が家は養父が賢明だったから騙されることはなかった。

養父は、身をもって私を教育した。良き農民となり、より良い生活を送ろうとすれば勤勉であれ、「勤勉」の二文字は我々農民の根本だと教えた。人に対しては、誠実であれ、正々堂々公明で潔くとあれと。結婚相手を選ぶとき、養父母から、良くない家庭、盗みを働く人、怠け者は避けるようにと厳しく口添えをされた。養母は我が家と同じ家風であることを強調していた。私は、それはよく理解していた。即ち、その家風とは正しい道徳観を持っていることであって、そうでない家とは近付かないようにといつも言われていた。

　養父は、私が小さいときから、「心正しくあれ、喧嘩をするな、むやみに人を馬鹿にするな」、さらに、「小利をむさぼり大義を忘れるな、人の持ち物が良くても盗もうなど絶対考えるな」と教えた。また、「老人を敬い子どもを守れ、家庭にあっては父母に孝行せよ、人々とは誠実に交われ、どんなときにも嘘を言ったり、法螺を吹いたりするな」と言った。「誠実善良を旨とし、謙虚で慎み深くあれ、熟慮し、およそ、人を理解するに相手を思いやれ、例え己のすることが正しくても、傲慢、無礼になるな」とも言っていた。養父は、いつも、「子どもは小さな木のようなものだ。まっすぐに上に伸びなければならない。風が吹いてゆがんだり、家畜や何かがぶつかったり踏んだりされても助け向上させなければならない」と言った。私たちが、子どもを教育するとき、小さな木を育むように誠実に成長させ、人材になるよう願い、国家の柱となるように願えば良い。小さな木は幼木のころから根も心も正しくあらねばならないということだろう。

　養父は、また、いつも言っていた。「三人が同行すれば、その中にかならず我が師がいる」と。これは、どこへ行こうとも人には学ぶべきところがあることを意味している。これは人生で大事なことであっておろそかにすべきではない。どこでも人に学ぶことができるだけでなく、一人の人が学んだこと、あるいは、知り得た知識は人のために使えばもっといいことになるだろうと思う。人が生活や仕事で他人のために尽くすことは、楽しく意義あることである。そこで、私は、養父が言った言葉に再び内容を加えると、「三人が同行すれば、その中で私は師になることがある」ということだ。師をいつも、指導者の型にはめず、師の大切なことは、模範を示すことであり他人のために手本をすることで、たとえ生活上の些細な事であってもである。私の言いたいことは、三人が同行すれば、私は必ず他の二人のために何事かをするということである。される者が、いつも他の二人に手伝ってもらう訳ではない。道徳的に言えば、自己にすまなく思う必要はない。私は若い自分に次のことを心がけていた。お金持ちの家で長期にアルバイトをしたとき、三人あるいは五人が一緒に仕事をするのだが、私はいつも他の人よりも多めに仕事をし、同行の人たちのためにいくらか尽くそうとした。例えば、水汲み、食事運びあるいは使い走りなど小さいことでもあっても、いつも行いさえすれば他の人から尊敬されるようになる。養父はいつも「君たち若者は、必ず覚えておかねばならないよ。どこへ行ってもどんな仕事をしても他の人のためにいくらかの事をしようとする、そうすれば人生に恥じるところはない。この世に生まれて真正な人になれ」と言っていた。養父の教えは、春雨のようにこの私という幼木を優しく育て、幼い心の魂を育み成長させてくれた。私は、才能ある大木にも国家の人材にもならなかったが、心は、まっすぐであると思っている。

二十　小学校と社会から受けた教育

私が小学校で受けた教育は、基本的には中国共産党指導者による新中国の教育方針であって、旧社会とは決して同じではなく斬新な教育制度だった。新中国では、人民は党の指導の下で生まれ変わって解放され、民主自由国家の主人となった。党の指導の下、長期にわたる革命闘争を経て強大な人民軍隊を作り、武力で政権を奪った。中国人民を抑圧していた「三大山」即ち、帝国主義、封建主義、官僚資本主義を打倒した。私たちの小学校時代、先生はくり返しその道理を説明した。土改運動後、習った初めての歌は、「共産党がなければ新中国はない」という歌で、また、「解放区の空は明るい」という歌もあり、私たち生徒に共産党と毛沢東のすぐれた指導があってこそ、中華人民共和国というこの新しい国家が建設されたことを理解させるものだった。指導者毛沢東を讃える「東方紅」と雄壮な「国歌」を、私たち生徒は、皆、暗唱したもので今でも忘れることはできない。

小学校で使った教科書で今でも忘れないのは、「八路軍はすばらしい。八路軍は強い。八路軍が来て人民は解放された」という文である。後になって、八路軍は中国人民解放軍と改称した。当時、先生は私たち生徒に「五つの愛」を実行するように教えた。即ち、祖国を愛し、人民を愛し、共産党を愛し、科学を愛し、公共物を愛護することである。しっかり学習し日々向上して、毛主席の良き子どもとなるようにと教えた。教科書の中には、「労働が世界を改造する」という学習項目があって、内容は次のようなものだった。原始人は現代の猿と似ていた。木の棒や石で食べ物を手に入れ始めた。原始人が長い歳月をかけて進化し労働することによって頭脳が発達し、現代の人類になった。人類は労働により世界を改造し、労働により世界を創造した。私は、学習後、これは真理だと思った。このことと、養父母が私に教えた「働いて豊かになる」こととは同じ道理で同じ意味だと理解した。人類の過去はこのようであり、未来もこのようであり続けるだろう。労働が世界を改造し幸福を創造する。いかなるときも、人たるものは、体力・知力を使って積極的に働かなければならない。

私自身は小学校教育は合計二年間のみである。養父が障害者で働けなかったため、養母だけが家庭の重要な労働力だった。養母一人だけで農作業すべてを行なうことは不可能だった。例えば、春耕のとき、また夏の除草のとき、牛馬を使ったり、手で鋤を支えたりすること、秋の収穫に牛馬車で収穫物を運ぶこと、および、脱穀のとき、男の人がスコップで空中に撒いて殻を取ったりすること、麻袋を担ぐこと等。養母は女性ができる仕事だけをした。私が、春夏と初秋に、男性たちの牛馬も預かって放牧し、男性たちは母ができない仕事を手伝ったりしてお互いに補い合った。こうすることで我が家三人の生活は維持された。従って、私は小学校四年間の中で、毎年五月中旬から九月下旬まで学校へ行かず牛馬の放牧をした。九月下旬以後は、冬休み以外は学校に通うことができた。一年に半年だけ勉強できたのだ。小学生というものは、まだ子どもで、本当に同級生たちと一緒に遊びたいときもあったが、友だちがグランドへ遊びに行っても、私は自分の椅子から立つわけにもいかず、復習をしたり放牧のため勉強できなかったところを自習せねばならなかった。自分で努力しないで先生に面倒をかけることはできないと、難しい問題はできるだけそばの友だちに尋ねたりした。彼らは皆親切に教えてくれた。学習した部分でも、友だちが教えられなかったときに、先生に直接質問に行った。先生はいつも辛抱強く指導してくださった。それは特別なことだった。私は、同級生の私への協力と、先生の熱心な指導にいつも感謝の気持ちを持っていた。毎年、私は、半年の間にほぼ一年分の学習をしたと言える。当時小学校四年間は、毎年期末試験に合格しなければ上の学年に進めなかった。とりわけ高等小学校五年生への試験は難しかったが私は問題なかった。しかし残念なことに、順調に合格しても学業を続けることは叶わなかった。私の運命では退学せざるをえなかった。十三歳にも満たない少年の私にはとても辛く、悲しくてどれほど泣いたか分からないが、なす術はなく、正式に農業生産労働に参加することになった。

私の退学は多くの人の同情を買った。村の劉奎徳《リウクィドウ》は、六人家族で男の子二人と女の子二人がいた。上の娘は私より二歳上で、長男は一歳下だった。私に、「もしお父さんが同意すれば学校へ出してあげるし、大学までだって出してあげる」と言った。しかし、私には特別な家庭事情があって、男の子として放牧をし、大人になれば、労働力として家庭で大きな責任を負う立場にあった。二人の老人の世話をし老後の面倒を見なければいけないということを、私はだんだん自覚し始めていた。彼らは私の命の恩人なのだから。

退学し悲しみのどん底にあったとき、私を援助しようと気遣ってくれた劉奎徳のことは、いつのときも忘れたことはない。学業を続けることは不可能だったが、私はずっと感謝の念を持ち続けていた。彼にも問題を解決することはできないのだ。養父母の考え方はこうだった。自分たちは二人とも一日さえも学校に行かなかったが生活している。子どもは幸いなことに、四年半通うことができた分、自分たちより条件はよく、簡単な手紙くらいは書けるし読むことができると考えていた。私自身退学が残念でならなかったが、養父の甥の譚仁伝《タンレンツァン》も残念がって同情してくれて、私に、「君のように勉学が好きな人が学校を続けられないとは、本当にもったいない。何とかして君の勉強の手助けをしよう」と言って、大石頭鎮の李英文という友だちの家に行き、古い字引を持って帰って来た。そして、「この字引は古いけれども君の自学自習を助けてくれるはずだ、今後は、これを先生と思いなさい。分からない字があったらこの字引に教えを請いなさい」と言った。甥の譚仁伝は字引の使い方も教えてくれたので、私はうれしかった。こうして私の独学の大きな問題は解決したのだった。

前述したが、養父は十六歳のとき、故郷遼寧省で家が破産した。養父には二人の姉がいて、嫁ぎ先はどちらも金持ちだった。その中の一家が譚家で、譚仁伝の母は養父の姉だった。これも土改運動の最中に地主として批判された。両親が亡くなった後、譚仁伝本人は農業を好まず、妻子と別れて叔父（私の養父）の家に単身でやって来たが、ここでも富農として批判されることになるとは念頭になかったようだ。叔父のところで一時期を過ごしたことで、私とも友だちになった。ときには、そっと私に日本語を話した。そして言った。「偽満州国時代に、高等小学校を卒業し安東市の東洋紡績工場で働いた。そこは、日本人の経営だったが、多くの中国人が働いていて、ときには日本語で西洋人をからかったりしたよ」と。

満州国が倒れた後は、彼は失業し家に帰って来た。土改運動後は農業をしたくなくて、単身で生きていくことに決めて叔父のところに一時期居候《いそうろう》していた。その後、大石頭林業局へ仕事探しに行って工事部に配属され、遠山の森の中で道路工事や建築の仕事に従事した。時間があると叔父の家にやって来たが、私に日本語を話すこともなくなり私もすっかり日本語は忘れてしまった。

新中国の教育方針は、小学校では、徳育・智育・体育を基本として全面的な発達をめざすものだった。古い封建思想から解放し、孔孟の儒教を唱えず、斬新な教育綱領を出した。新中国の新人として新しい道徳観念を持つことを求めた。それは、「少しも利己的なところがなくひたすら人のために尽くす」、「全身全霊で人民に奉仕する」というものだ。私の小学校時代、「人民のために奉仕する」ことについて、先生は何度も反復して詳細に解説し、私たちに小さいときからこの思想を培い、成人して働くようになったら、農村あるいは都市にかかわらずこの思想を体現して人に奉仕してほしいと教育した。政治教育は次第に強化され、私たち若者にマルクスレーニン主義を樹立し毛沢東思想の共産主義世界観を育むように求めた。小学校のときから遠大な目標を持ち、将来は祖国と人民と世界のために貢献することを求められた。建国初期は、新民主主義教育が唱えられただけだったが。

私は小学四年生を一九五二年に卒業した。一九五三年から国は社会主義建設のための第一次五か年計画を開始した。私が初めて小学校に上がったときは、李賢徳先生が担任で、二年生では于蓮芳先生、その後四年生まで特に私の力となってくださったのは、聞永豊《ウェンヨンフォン》先生である。

前述したことだが、小学校四年間の中で、私は一年に半期ずつ四期学校に通った。その期間の生活はとても充実していて、今考えてもクラス担任だった聞永豊先生の粘り強い個人指導に心から感謝している。半年の間に一年分の学業に取り組まねばならず、先生の支援がなければできないことだった。熱心な指導と学友たちのお陰で私は落第することもなかった。私は特に聡明な訳ではなかったので、先生と友だちに何かと面倒をかけ気苦労をさせたと思っている。終生忘れることはなく終生感謝している。

太平村では皆、鄧家が引き取った日本人の子どものことは知っていたが、鄧家の二人の老人の人柄と人望のために私自身がいじめを受けることはほとんどなかった。小学入学後、私より一歳年上のある同級生は、私の前に来ると小声で「小日本」と呼び、また「小日本鬼子」と罵った。当時私は心の中で、この人は顔を赤くしながら小声で言うということは、そもそも恥ずかしく褒められることではないと分かっているのだと思い、取りあわなかったところ、私に会うとよくいじめるようになった。度々私の顔を突いて「小日本鬼子」と言うようになった。あるとき授業が終わり他の同級生が皆教室を去り、私が一人復習を始めようとしていると、その子がまた「小日本鬼子」と言いながら暴れ私の前に来て勉強の邪魔を始めた。今ここで腕前を見せないと今後勉強することができなくなってしまうと思った、小学二年生十歳の私は、心を決めて、右手で彼のほおをひっぱたき左右に二回殴った。唇から血が流れ出し、態勢が悪いと判断したのか、その子は踵を返して逃げ出し、走りながら「小日本はほんとにひどい」とわめきちらし、止めないので、私は追いかけて行って運動場の南にある東西大道まで追いつめ、後から蹴って水路に蹴り倒し、左手で服の背を掴んで、白地に黒の縞模様の上着を引き裂いた。私は彼を引き起こすこともせず、さらにその尻を二回蹴った。彼は大声を上げて這い上がり家に逃げ帰って行った。その子の家は学校から近く、母親がすぐに学校へ来て先生に訴え、私に息子の服を弁償するように言い、また聞き苦しいことをいろいろ叫んだ。応対した聞先生は穏やかな態度で母親に丁寧に話をした。「私のクラスではこれまでつかみ合いや殴り合いなどはなく、今日のことはまったく突然です。ただ私は今日のけんかの原因を考えるに、人が一人教室で復習をしていると、あなたの息子が悪口を言い勉強の邪魔をしたことがそもそもの問題です。鄧洪徳の暴力行為は悪いことなので、学校として指導をします。あなたの息子が人を馬鹿にしたり人の勉強の妨げになることをしたのは、学校の責任でありまたご両親の責任でもありますから、我々双方責任をとりましょう」。私の暴力については、先生に事務室に呼ばれ厳しい指導を受けたが、私は先生の公正な裁きをとてもありがたく感じた。問題の全面的な分析による正しい判断と結論である。私自身にとっては波風は立たず何の打撃も受けなかったが、しかし、問題はそう簡単にはいかなかった。なぜなら、私が殴った子は村の古い幹部の息子だったから。小学校卒業後社会人となり、階級闘争の時代、とりわけ、何度かの歴史的政治運動、即ち農村合作化、人民公社大躍進、文革など、それぞれの節目のときには、私が富農の子弟であることは忘れられることはなかった。日本人には、さらに悪い尾ひれが付き先入観を持って攻撃され報復された。事実無根であっても悪意を持って攻撃された。しかし虚偽はいつまでも通用せず、最終的には人に見抜かれてしまう。俗に「人の目は節穴ではない」と言うが、真理である。

私とけんかしたその子とは、すべて子ども時代のことなので、後になって和解し良き友となった。その父親に至っては、教育を受けたことはなく無骨者で、心は狭く、ただ恨みだけを覚えていて、正に毛沢東が描いた頑固派であった。花崗岩のような頭は死ぬまで直らないのだ。こんな人はどこにでもいる。別に不思議はない。

次にまた私の人生の中で特に記憶に残っているある事件のことを書いておこう。

それは太平村の周囲で起きた希有な自然現象であり、また歴史的な現象でもある。太平村の背後には美しい山があり、その東面に何か動物の頭のような形をした山があった。その細い首が西に向かって次第に太く伸びて突きだし、一つの山頂ができた。村の平地から見ると、二、三百メートルの高さと言えるだろう。海抜千メートル以上はあるだろう。山の北には河があり、頭道河《トウダオフー》と呼ばれていた。南は緑の美しい山で村から近かった。一九五〇年、旱魃が起こり、その年は一年中雨が少なく、村の周囲の湿原は春の野焼きの後、草が生えだしたが、旱魃気味で、次の年の春も継続的な旱魃になった。枯れ草は焼かれて灰になるが、場所によっては根にも火が点き、さらにその下の泥炭も燃えだした。一九五〇年から一九五一年、村の周囲の北放牧地、西甸子屯附近の南面、西南溝湿原、東南溝韓文奎、王老八溝門湿原、李世山崴子から孫守業溝にかけての湿原は手のつけられない状態となった。村は、西甸子屯河南大道のそばに防火溝を造った。防火溝により泥炭の延焼は防げたが、その火は消えるまでかなりの時間を要した。半年経っても消えず、私たち放牧をする多くの人は、その火を利用して、とうもろこしやじゃが芋を焼いて食べた。今思い出しても面白い事件だった。火は断続的に二年も燃え続け、二年たった一九五二年春ほぼ消滅し、焼けた牧草地は広い灰色の平原になった。村政府はまとめて稗《ひえ》の種を買い付けて、そこに種蒔きを行った。一九五二年は雨が適度に降り豊作となった。灰の牧草地に蒔いた稗も大収穫が見込める状態だった。太平村だけでなく、文化屯、西甸子屯もいくらでも稗を刈ることができたが、大雨が降るようになっても刈り終わらなかった。当時農家は少なく耕地面積は広かったので、皆自分のところの農作業が肝要で、稗刈りは副業だった。文化屯の人々は東南溝を割り当てられ、大面積の稗はいくらも刈らないうちに雪が降り出した。刈った稗は括られて積まれたままで、次の年の春になっても家に運ばれず、ほったらかしになった様子を覚えている。七、八年後、食糧が不足した時、あの食料豊富な時代にほったらかし棄てられてしまった稗は本当に惜しいことをしたと思い出したものだ。

一九五五年、敦化地区の農業はまた大豊作となった。私が十三歳から十五歳だった三年間の農業は実際は個人経営で、自分の土地で取れた農作物の収入はすべて自分のものとなった。我が家では、牛二頭と馬一頭を飼い、二万三千平方メートルの土地を耕し、穀物生産量は五千キロもあった。周りの人は、私という労働力が年を追うにつれて大きくなり、「神のように正しい鄧瘸子（足が不自由な鄧さん）」の指導もあって村に「新富農」が生まれつつあることを知っていた。一九五五年、全国合作化の三年目、村の多くの農民は集団生産のための農業合作社に参加した。このとき村には三つの農業社があって、その中の一つは忠勝社と言い、主任は孫長有だった。この人は青年団員で、組織能力があり、大胆勇敢でまた細かな計画を立てられる聡明な人だった。党と政府は、農業の合作化を奨励し社会主義への道を押し進めた。孫長有を中心とする貧層下層中層の農民はすぐに、村で一番目の初級農業生産合作社を作った。これは一九五三年春に始まった。それからほどなくして村で二番目の合作社も成立し、これは中山社と言い、主任は周級三で、すでに六十歳近い老人だった。彼は社に対してとても積極的で、強い意志を持ち困難を恐れない人だった。普段は誠実で温厚で私欲がなく、仕事ぶりが真面目で信頼されていた。多くの人が周級三率いる合作社に入ることを希望した。人も馬も頑丈だった。土改後実力のある農家が皆中山社に参加した。例えば、土改後出現した四大家の楊家、牛家、馮家、韓家はただ牛家だけが忠勝社に入り、他の三家は中山社に入った。中山社には大工がいて農業用の車と鋤《すき》は自前で作った。また鍛冶屋《かじや》もいて牛馬の蹄鉄、荷車用の鉄製部品もすべて自分のところで調達できた。このように各方面でとても便利で集団生産の優越性を表していた。太平村の三番目の農業合作社は王殿春を中心とする中村社で、他の二社よりかなり遅く成立し経済力が弱かったが、一九五三年全国農業合作社運動の最中に成立し、県と郷、両方の農村工作部の指導の下、農村では前後して党員幹部会、積極分子会、民衆大会などが開かれた。そこでは、農民が社会主義の道を行くことの重要性、集団生産の優越性、集団経済の発展が強調され、幸福な社会主義農村を建設し農民全体が共同して豊かになろうと大々的に宣伝された。

私は当時十三歳で、私の記憶では、初級合作社を作ってもすべてが順調だったわけではなかった。当時の農業生産はすべて個人経営者の手に握られており、個人で生産し生活するスタイルをとっていたので、皆、集団生産という組織形態に不慣れで、ある人は入社しても制約があることに不自由を感じていた。また農繁期、農閑期に関わりなく毎日仕事に出なければならなかった。例えば、私の友人孫鎖子は、貧農で、社成立時には積極的に入社すべきだったが、彼は消極的だった。彼は各種大小の会に出席したが、なかなか入社しなかった。村の八十%以上の人が入社した後、彼はやっと入ったのだった。なぜ彼は上からの呼びかけに積極的に応じなかったのか? 前述したことだが、孫鎖子は副業の達人だった。雨天や農閑期には山に入って、きくらげやきのこを採り、党参や黄耆などの薬材を掘ったり、また、山梨、葡萄などの山の幸も楽しみだった。魚釣りに関するすべてのことにも経験豊富で、専門的な技術を持っていたので、一年中楽しみがあり家の収入は保証されていた。彼のような典型的な個人農民は、集団を作り合作社に入るなど、どうしても納得がいかない。彼は他の人より一年遅れてやっと中山社に加入した。もう一人の貧農の姜福元は手がける農業がすでに高度に合作されていたので、さらに一年だけそのまま継続した。それは彼の家の土地は、私たち第二隊の土地と繋がっていたからである。彼は一九五七年に第二生産隊に加入し、後日分かれて第三隊となった。周級三は下中農民で息子が三人いた。次男は周喜銘といい、北農場の国営農場の労働者だった。合作社成立当時、長男の周喜順と次男だけが主な労働力で、三男の周喜財は学生で、高等小学校卒業後、当地の購買と販売の仕事をする「供銷社」に就職した。周級三は積極的に上部の求めに応じ、互助組を結成するときかなり積極的だった。中山社は彼のその大互助組を中心としさらに拡大をしていった。長男の周喜順は感慨深げに言った。「父は先頭に立った縁で勉強しなければならない。毎日家で勉強会を開き、一グループ、また一グループと声をかけて来た。村幹部と工作組の称賛を受けて灯油を準備（当時は電気がなく、会のときは大きな提灯を点けねばならなかった）し、たばこやお茶を出し、毎日毎日このようにしたけれども、最後には『よくやった！』の一言も言われることはなかった。特に、老党員や老幹部もこの社に参加しようとしたが、彼らは、どうして人を家に連れてきて会をするのかと訝しがったり、小さな勘定をしたかもしれない。我々周家はそんなことはしない。父が最後に意図したかは知らないが」と。そうだ。村の人々は合作社の始まりのころを忘れるはずはない。周級三は一心に全体を思い、農民が皆一緒に豊かになれる道を歩いた人で、自分の私有財産はすべて寄付をした。彼が灯油やたばこ、茶など個人的な支出をどうして勘定に入れようか。彼の二頭の馬と車一台は合作社に投入され、低価格の生産基金となり、その他縄類、車の付いた道具類、各種の小さな農具はすべて無償で社に入れて大きな貢献をした。私は周級三と言うこの人を忘れることはできない。私の養父より五歳年上で、私は周おじさんと呼び、次男の周喜銘は私の素珍姉の夫である。私たちは親戚どうしなので、暇があるとよく彼の家に行った。従って私はかなりよく周級三老人のことを知っている。社成立当初は資金が少なく問題も多かった。春になると、皆春耕の準備に忙しい。鋤用の縄が必要だ。社の牛馬は草の湿地に放牧してある。牛馬をつなぐ縄も要る。この二件を解決するにはたくさんの麻が必要だが、なければどうしようか。買おうとすれば金が要る。周級三主任はまだ入社を許されていない我が家のことを思い出した。我が家に麻がたくさんあることを知っていたので我が家に来て買うことにした。私の養父は言った。「麻はありますが、売りたくはありません。お金があればどこでも買えるではないですか。今あなたは主任だから必要量は多いはずです。供銷社に買いに行けばいいではないですか」。周級三主任は笑いながら言った。「本当のことを言いましょう。今日、麻を買いに来ましたが、実際には掛けです。あるいは貸してほしい。始めたばかりの社には今、現金がないし急いでいます。方法がないんです。助けてください。君はずっと私の理解者だ。今回は私個人で借りることにしましょう。逆に言うと、私たちの合作社の資金のやりくりは個人より早い。社に金があるときにすぐ返します。どうか安心してください。私は周です。今回だけのことではありません」。養父は笑いながら、「よし、今回はあなたの顔を立てましょう。社の運営は簡単ではありません」。周おじは十キロの麻を計って、社へ持って行って春耕の小さな問題を解決した。当時はどの社の幹部も同じような状況で、社を自分の家とし、家を愛するように社を愛した。彼らは社の問題を自分のものとした。このような例は周級三主任だけでなく、忠勝社の孫長有主任も、中村社の王殿春主任も同様だった。太平村で作られた三つの初級農業合作社は、皆どれも平坦な道を歩んだ訳ではなかったが、党と政府の指導と支援があって農民組織を作り、集団社会主義の道を歩んでいた。いまだかつて誰も歩んだことのない道を創造しながら歩いて行った。誰も経験したことのない紆余曲折の新しい道は、三年間の様々な困難を乗り越え、初級社から高級社へと発展して行った。これは一九五六年早春の三月に始まったことである。

二十一　高度な農業生産合作社

高度農業生産合作社に進んだ事情について、まず、我が家のことから話さねばならない。我が家は富農に属したので、一九五三年秋、広い田が分割された後入社するよう強制的に決められた。郷政府の意見によると、県に報告し県の許可を得て、郷が各村の社に執行するよう指示すると言う。我が家は村政府の、「直ちに入社するように」という指示を受けて、我が家から最も近い中山社に加入した。入社が遅くなり、「工分（労働点数）」を稼いでいなかったので、我が家の土地の全収入は自分のものだった。私が十三歳のとき、秋の終りに入社し、年末までの分を勘定し、稼いだ「工分」はすべて社に納めた。合作社が責任を持って我が家の土地と畑を引き取り私と合作社が工分を交換するのである。私が合作社で脱穀し終わった後、年末に決算した。社員は皆新年度から一九五四年の工分を始めるのである。当然私も工分を稼ぎ始めた。一年目の年末に、中央が全国に一つの通知を出した。それによると、ある地方の地主分子が入社後破壊活動をして、社の牛馬を毒殺し合作社に深刻な損失を与えたことに対して、中央はすべての社に、徹底的に地主富農出身の農家を一掃するように求めた。我が家も有無を言わさず社から追い出された。入社時の二頭の大牛と土地はまた自分たちの手に戻った。即ち、一九五四年には我が家だけで農業をした。前述したが、この年は全敦化県から延辺地区まで冷害のため減産減収となった。

農家の多数は国からの支援食糧を食べたが、我が家は余裕があり、まったくそのようなことはなかった。一九五五年は敦化県は全体的に大豊作で、我が家は農業税を納めても余りがあった。余った穀物を売って十分な資金を得た。養父は働けなかったが、私と養母が働いてついにこのような大きな成果が得られたのである。養父は「合作社は自分たちを必要としていない。我が家は永遠に一戸なのだ。家の経営発展のために二頭の雌牛ではやはり不十分だ。馬を飼おう。今は牛車だが、何年か後の将来は牛車を馬車に替えよう」と言った。この年は収入が多かった上に、養父は私の体が次第にたくましくなったのを見て決心し、また一頭の白い雌馬を買い、今後大々的にやる準備を始めた。養父は我が家の指導者であり指揮官であって、彼の哲学と家を治める方針は「仁義は財を生み、労働は富に繋がる」であって、自分の話を信じさえすれば生涯にわたって経済的に大きな困難はあるはずがないと考えていた。

実際養父は美しい夢を見て、ずっと一戸で働いて仁義・慈善を行なえば美しい幸福を得ると夢想していた。自由な農家の生活は当時にあっては非現実的だった。彼は二十世紀五十年代の中国が、中央の指導の下、全国で農業の合作化を進めようとしていて、農村は個人経営から集団経営に転換移行しようとしていることを理解していなかった。全国の農民を合作化した上に、共同で豊かな社会主義への道を目指していたのだ。個人経営を発展させると資本主義への道を進むので、そのような行為は決して許されないのだ。その当時個人が先に豊かになるという経済観は妄想であり幻想であり、養父のこのような想像は久しからず破滅してしまうのである。

一九五六年春、中央指導部は、全国で三年間行なった合作化の経験をもとに、冬から春にかけて整理し各種の準備をした後、「農業を高度の合作化へ推進しよう」というスローガンを出した。太平村は勝利二社の太平管理区に変わった。当時私たちは民勝郷の行政指導下にあった。民勝郷は高度一社と高度二社に分割された。太平村は五つの自然屯即ち太平、文化、農場、西甸子、楡樹を管理していて、その最大のものは、太平で、地理的にはその他四つの屯の中心にあった。後になって東升屯ができたが、行政の中心は太平村に置かれた。今回の農業の高度合作化で、勝利二社の太平管理区となり、その他の屯は生産隊となった。同時に管理区と電話が繋がり、管理区に電話交換台が設けられた。この年の春には、全管理区の各家庭に有線放送のスピーカーがつき、一日三回敦化県放送局の放送を聞くことができた。朝晩二回、中央人民放送局と吉林人民放送局の番組が流れた。ニュース有り、各種文芸番組有りと当時としては進歩的な文化生活になったと言える。老人たちは感動して、「今の指導者はまさに生き神様だ。我々はその人を見ないでその人の話が聞ける。歌や芝居なども聞ける。本当に生き神様だ」と言って喜んだ。

続けて太平村の三つの初級社は大きく変わって三つの生産隊に改変された。第一生産隊は、中山社の場所（もとは李家の屋敷）にあったものは、第一青年突撃隊となり、共青団（共産主義青年団の略称）民兵を主体とし家族もそれに含めた。元中山社の牛馬や農具はその他の社より良いものだったが、今回の改変はとても大きく、共青団と民兵の資格がなかったので、他の二つの生産隊に移された。同時に二つの生産隊から選抜された青年たちが第一隊に移った。第二生産隊は、忠勝社があった元牛家の屋敷にあったが、後に自ら五部屋ある大きな建物を建てた。但し、倉庫は元牛家の屋敷においたままだった。第二生産隊の隊長は、張福徳である。第三生産隊は村の西の中村社（元邵王林の屋敷）で、村の西部の社員が主であった。孫鎖子も西部に住んでいたが、青年民兵だったので一隊の青年突撃隊に分配された。

我が家は富農に属し、強制的に入社させられた。当時言われていたことは「富農分子は自由に個人経営させてはならず、入社させて貧下中農の監督下において労働改造を行なわなければならない」ということだった。養父に障害があることは周知の事実だったので、労働に参加できず労働改造の機会もなかった。彼はずっと「帽子をかぶった」富農分子だったが、私の知る限りでは、養父は共産党と人民政府に対し不満を表すような言行はなかった。私たち家族は高度農業社に加入したが、養父は民衆の監督の外に置かれ、一日に三食有り、自由だったので何の不満もあるはずがない。私は十六歳で既に主要な労働力だった。入社するとき、馬一頭、牛二頭、鉄車一台、他に穀類の種、飼料など、合計すると当時の人民元で五百三十元を太平管理区に出資した。出資額は社員の中で最も多かったと言える。

我が家より資産の多い農家は入社前に余計な家畜は売り払うなどした。一人の労働力は二百元の基金が必要だった。当時、規則はあったが、多くの貧しい家は入社時二百元の資金はなくても同様に入社を許可された。

高度合作化太平管理区の生産隊の区分は、太平屯に三つの生産隊があり、文化屯は第四生産隊、北農場は第五生産隊、西甸子屯は第六生産隊だった。楡樹屯は三つに分かれ、河北と嶺後は第七生産隊、河南は第八生産隊となった。こうして太平村が管轄する区の八つの初級合作社は八つの生産隊に変わった。

私は十六歳で入社し、第二生産隊いわゆる壮年隊に所属したが、実は中高年隊だった。三十歳以下は十数人にすぎず、私は最も若い労働力だった。友だちの馬盛平は二十一歳、梁洪田と袁維清は義務兵だった。彼らは国で第一回目の義務兵だった。李春陽と周喜銘の二人は国営農場から農村に帰っても家族と同じ隊ではなかった。三十歳以下に他に王玉武、季広義、徐林芳、季広志、知識青年の小鄭がいた。小鄭は工分を記録する記工員をしていた。どう見積もっても、十二名の青年男子がいたに過ぎない。当然何人かの女性もいたはずだ。

第二生産隊は二組に分かれ、第一生産組の組長は李春財、第二生産組の組長は王玉武で、私は第二組に入っていた。十六歳だったが、どんな仕事でも他の労働力と同様で、半人前ではなかった。例えば春耕で犂《すき》を使って種を蒔くこと。普通の種蒔きは二人で一本の犂を使って行なえば、疲れないし大したことはない。人手が足りないとき私は一人でやったことがあり、大変な仕事ではあるが、やりこなせた。とうもろこしの種を蒔くときは必ず一人が犂を使い、もう一人のちゃんとした労働力の人が種を蒔くが、ときにはそんな人でも犂についていけないことがある。私は一人で問題なかった。夏除草作業の間、私は組長の王玉武にぴったりついて遅れることはなかった。秋の収穫作業でもしっかり働いた。退役志願兵の姜維徳は朝鮮の戦場から帰って来ていた。私の働きぶりを見て感慨を込めて「お前は本当に『鉄の子』だ。どんな仕事にも耐えられる丈夫な体を持っている」と言った。隊長の張福徳も「お前は気骨がある。しっかり働いてみんなの模範になれ」と誉めてくれた。

小学四年生を卒業後、翌年の冬から冬の期間だけ三年間行なわれる成人学校（夜学）で勉強した。私は主として高等小学校の課程を学んだ。この夜学の先生は小学時代の聞永豊先生だった。私のことをよく理解し、小学校時代に特別な支援と指導をしてくださった先生で、夜学でも変わらず熱心に教えてくださった。三年間の学習が終了すると、私は終に高等小学校の卒業証をもらった。先生は喜んで私を祝福してくださった。私も本当にうれしかった。生涯、恩師として聞永豊先生のことは忘れられない。高等小学校の試験の合格と卒業証の授与は民勝郷教育委員会責任者李琳同志の監督の下で行なわれた。一九五六年の冬、私は十六歳だった。夜学を卒業したのは三人だけで、私たちの成果を多くの人が祝福してくれた。

聞永豊先生は昼間は小学校で実直に教育の仕事に従事し、冬の夜は私たちや学生のためにずっと指導してくださった。そして私たちに中学への門を開けてくださろうとしていたその矢先、一九五八年、教師整風会に逮捕された。満洲国軍の憲兵をしたのは反革命だという理由だった。収監され労働改造を受け、一九七八年にやっと出獄し解放された。監獄に二十年入れられていたことになる。出獄後私たちは一回だけ会った。先生は年老いていたが健康そうだった。人生の道というものは、ときには苦難があり曲折があるものだ。

私は十六歳で正式に社会主義大生産に参加した。毎日忙しかった。仕事は個人で行う生産形態と同じではなかった。個人の場合は雨の日でも必ず屋外で放牧せねばならず、牛馬を餓えさせる訳にはいかなかった。集団体制では牛馬飼育専門員がいるので、皆が放牧に出かける必要がなかった。この一点に関して言うと、私は解放された。いわゆる晴耕雨読の生活即ち天気の良い日は集団生産に参加し、雨の日は十分な時間を自分の学習に充てることができた。そこで私は自分に学習のための規則を作り厳守することにした。そのころ自分への要求はかなり厳しかった。少年時代という貴重な時期に努力して学習しなければだめだと認識していた。小学校に入学したとき、先生たちに「君たちのような年齢では学習時間はとても大切だ。時間を惜しみなさい。一寸の光陰は一寸の金と等しい。一寸の金で一寸の光陰を買うのは難しい。一寸の金は貴重だが、例え一寸の金があっても学生時代の一寸の光陰を買い戻すことはできません。時間を無駄にしてはいけない。今学習に励めば、将来には明るい前途があります。若いうちに学習せず、年老いてから後悔しても間に合いません」と教えを受けた。先生方の言葉を心に刻み忘れたことはない。合作化から集団生産への移行は私にとっては大きなチャンスだと思っていた。学習を深め多方面の勉強ができると。同時に自分自身への約束を定めた。①トランプ等の娯楽の禁止　②雨天は自学自習し遊ばないこと　③学習を強化し十六歳から中学課程を学ぶこと　④二十歳になる前に（数理以外の）高等中学の課程を修了すること　⑤二十歳から大学課程の学習を開始すること。　大学の目標は一番目は文学、二番目は哲学、三番目は政治経済、四番目は心理学とした。私は十六歳のときこのような自分への約束事を取り決めた。二十歳までわずか四年間であるが、努力しさえすればできるはずだと考えていた。四年間少しの怠慢も許さず、文字通り刻苦勉励すれば必ず成し遂げられると信じていた。私は生産隊に所属していたが、どの部門に関わらず、また民兵訓練か林業の仕事かに関わらず、なんでも積極的に働いた。極めて困難な仕事や体力の必要な重労働をしている最中でも、わずかな休憩時間があれば私はすぐ学習に入った。独学は私の神聖な職責となり、辞退できない天職のようなものだった。後年、二十歳になったときついに一つの専門課程を選定した。哲学である。ある友は私に済南大学哲学科講義『弁証唯物論』という本を贈ってくれた。これが私の哲学研究の始まりである。

一九五六年十六歳のその年は、思想的に大きなストレスを受けまた精神的に厳しい試練を受けた一年だった。仕事と学習においていつも懸命に取り組んでいた。春耕、夏の草取り、また秋の収穫は農民にとって最も多忙な三大季節の仕事で、その中で最後の収穫時が特に忙しかった。俗に、「春の三日間は、忙しい秋の一日に及ばない」と言うが、平素、女性は毎日生産隊の仕事に出る必要はない。しかし、多忙な三大季節は女性も必ず参加しなければならなかった。例えば、春、じゃが芋を植えるときは、生産隊でじゃが芋の芽を切るのは女性の仕事であって、男性はほとんど関わらなかった。生産隊が広大な土地にじゃが芋を植えるときは、女性たちはじゃが芋の芽を切るだけでなく、その土地に行って芋を植えなければならなかった。夏の草取りでは、畑に入って草を鋤き、穀物畑に行き苗の間の草を抜かなければならなかった。秋の収穫期には女性の仕事はさらに多くなった。じゃが芋を掘ること、とうもろこしの皮を剥ぐ事など。当時養母は五十歳余りの年で、過去に纏足をしていた。多忙なそれらの季節には養母も女性労働にいつも参加した。収穫が終り、年末の決算時に養母の工分が公開された。しかし記録員は全女性の工分をしっかり記録していなかった。大雑把で、多くの女性の労働の記録帳がなく、漏れも多かった。この種の状況は無視できないものなのに、記録員は責任をとらず、いいかげんな態度をとっていた。男性の労働にも誤記や記入漏れが多かったが、男性の工分は毎月公開されていたので、誤りは随時訂正されていた。女性のものは年末に一回まとめて公開されるだけで、誤りがあっても記録員は認めなかった。養母の記録は漏れが多かった。私は自分で養母のために記録していたので、女性労働の記入漏れを指摘したが、記録員は認めなかった。そのため、養母の記録をすべて彼に見せた。しかし、認めようとしなかった。私は何月何日、何人の女性と一緒に仕事をしたという記録を、同行した女性に証言してもらったが、それでも認めなかった。このようにして私はその記録員兼副隊長と言い合いになった。口喧嘩でも当然双方気持ちがおさまらず、終には大喧嘩に発展した。

私は若くせっかちで、はっきりものを言い、何の策も持たなかった。私が養母の労働を記録したことが原因で、その記録員は我が家には「変天帳（社会制度を変えようとする反動勢力の復活）」があると言い出し、その話は「社教」と「文革」の二回の大運動にも繋がった。私は暴力はふるわなかったが、彼は私のことを凶暴だと言い、太平管理区の主任に報告した。訴状は当然全面的に私を悪者にし、彼自身の正しさを訴えるものだった。老幹部は六年前の、私が小学二年のときに起った事件を思い出した。

息子が私を「小日本」と馬鹿にし、私にやり込められた事件である。古傷を思い出し新たな恨みで逆上したのだろう。彼は電話を取り上げ、その劉副郷長に向かって尾ひれを付けて話した。「太平管理区の第二生産隊には造反を考えている「小日本」がいる。労働工分の細部にまでいちいち、けちをつけ、「変天帳」を書いて母親が労働に参加したのに記録しなかったと主張する。やくざのようなことをして工分を要求し、隊長を愚弄し記録員まで殴ろうとした。記録員の鼻を指差し野蛮なことをしようとした。あいつは我々生産隊の幹部を欺いた。今後我々はなす術はない。君たちどうにかしてくれ」と。

数日後、劉麻子副郷長が第二生産隊にやって来て、夜、社員大会が開かれた。第一と第三にも参加するよう通知が出され、大会には百人以上が集まった。管理区から主任一人も駆けつけた。劉副郷長は真先に挨拶をした。全国農業高度合作化の好形勢を取り上げ、また勝利二社の状況を話した。「全国全省全県全郷の素晴らしい成果の下で、打倒された階級の敵と帝国主義侵略者はしかし失敗に甘んじることなく、打倒され消されて退場したことを認めず、虎視眈々と機会をうかがっている。我々の弱点を見つけ出し、反革命を進めようとしている。狂ったような報復活動は我々の革命力に打撃を与えている。特に最近我々の太平管理区において小さな反革命勢力が出現し、我々新革命勢力に凶暴な報復を行なった。その者は我々の生産隊幹部に直接攻撃をかけてきて根拠のない「変天帳」を持ち出し、その者の家の工分を増やすように要求してきた。攻撃の矛先を直接革命幹部に向けて狂ったように幹部を罵り殴ろうとした。ここに来て、その狂気は頂点に達したのだ。そいつはどこにいる？　誰だ？　それは第二生産隊に隠れている「小日本」だ」と演説して、私を指差した。私は彼がどうして私のことを知っているのか疑問に思ったが、私はいきなり立ち上がった。彼はそれでも私への批判を止めず、「お前は日本侵略者の子孫だ。失敗し打倒されたことに不満を持っている。お前のおやじも同じだ。いつの日か再起しようといつも夢想している。しかし今一度中国人民を欺くことなど永遠に実現不可能だ」と続けた。劉副郷長は立派な国家幹部だ。しかし私は、この一人の十六歳の少年が、打倒された反動勢力の代表とされ、人民の敵とされ、日本帝国主義侵略者の子孫とされるなど、思っても見なかった。彼から見ると、私は日本帝国主義者の継承者なのだ。つまるところ、この夜の社員大会で、劉副郷長は、声の限り力の限り叫んで、私という「小日本」を脅し痛めつけた。私は人民ではなく人民の敵であると。これはどうしてだ、なぜ？　私は辛くてただ泣くしかなかった。頭の中は、ただワンワンと鳴っていた。このときの幼い少年は、このような政治的高圧の下でどんな道筋を見つけることができようか？　その「打倒」に身を任せ、再び足で大地を踏みしめることができるだろうか。私ははっきりと覚悟を決めた。この場合私に発言の自由はなく私に真実を釈明することも許されていない。

　民勝郷の劉副郷長という人は、村の老幹部の報告を鵜呑みにし、いかなる調査もせずに太平管理区内で一つの革命的行動を行った。しかし、私という「小日本」が人民の敵かどうか、本当にそうでないか、束の間の民衆大会の、一回の講話だけで到底決められるものではないはずだ。集まった人々もそんなに簡単に彼の暴言と討論を受け入れるはずはない。劉副郷長に至っては国家幹部である。彼の言行は国家を代表するものなのか、党と政府を代表するものなのか、人民を代表するものなのか。彼の社会的実践を見るだけでなく、その実際の行動を客観視しなければならない。人民の利益になるのかならないのか考えねばならない。彼は、太平村における革命的行動の中で、革命部隊の、一つの非主流の考え方をうまく表現した。

その夜、私は精神的にこれまで被ったことのないような衝撃を受けた。それは、私の人生と私の身体に極めて大きな打撃を与えた。そのとき、私がずっと考えていたことは以下のようなことだった。

私は日本人の血筋を持った一人であるにすぎない。私を「小日本」と呼んだのは、それが悪意でなければ、人格蔑視の態度でなければ、彼の言うことは正しい客観的態度だ。私を生んだ母親は日本人で、大石頭難民所で死に、日本人の父は行方不明で生死も分からない。中国人家庭に入ってすでに十数年、中国の養父母は私に優しく、生みの母親よりも身近な存在だ。私は日本語も忘れ、誠心誠意中国の父母の良き息子になりたいと願っている。恩義を忘れたことはない。この二人がいなければ私はとっくに死んでいた。今日まで生きられなかったはずだ。だから、人が何と言おうと、今、私は中国の父母の息子にならねばならない。私は生きねばならない。なおかつ、よりよく生き続けねばならない。私はまだ子どもだ、まだ青年ではない。冷たい刺激を受けて頭が冷静になればなお良い。これは新しい見方であり新しい試練だ。志を立て学習に励みより良き人になろう。人の役に立つ人間になろう。真実「人民のために奉仕する」人になろうと。

批判大会の翌日、いつものように仕事に出た。入社以来理由もなく休んだことはなく、また遅刻早退もなかった。雨の日以外は出勤し皆勤だった。

一九五七年は、農作業は前年と同様で大きな変化もなく、春は耕作、夏は草取り、秋は収穫、そして冬は柴を焼くなど一年中忙しかった。農業は、個人でやっていたときは繁期と閑期の区別があったようだ。合作化した集団生産体制では、生産隊は工場と同様で社員は毎日出勤して仕事をし農閑期はなかった。春耕前の準備をし、夏の草取り後は、田畑の管理と肥料やりなど、秋の収穫後も土作りなど基本的な作業があった。社員はこのように農家が必要とする仕事を一年中行った。

一九五七年には一つの大きな政治運動があり、それは農村と農業になにがしか大きな関係と大きな影響を与えた。右派分子の社会主義攻撃に反対する政治運動で、「反右派」闘争と呼ばれた。この闘争は建国以来八年、社会主義建設の過程の中で党の「百花斉放、百家争鳴（中国共産党に対する自由な批判を歓迎する）」の方針の下、大々的に進められた政治運動である。一部の資産階級右派知識分子は、この「大鳴大放」運動を利用して共産党指導の社会主義建設を大いに攻撃した。農村の知識分子は少なく、ただ小学校の教員数名ぐらいで、私たちは新聞紙上で公開されたその名前を見た。聞いたところでは、新聞紙上に掲載されたのは大物ばかりで、私たちはただの一人も知り合いはなかった。しかし、後日、村人はただ一人だけその名を知るようになった。太平小学校で教えたことのある人で、「管先生」と呼ばれていた。先生は山東出身の人で山東なまりが強かった。将棋が好きで、社員の多くは先生と将棋をしたことがあった。この反右派闘争の最中、文化屯小学校在職中に右派分子と認められ、後日、逮捕、当然免職解雇された。獄中に何年いたか知らないが、農村文化大隊に下放され労働改造を受け、一九七七年、反右派闘争開始から二十年後やっと、右派分子という「帽子」をはずされ解放された。以上が私たち太平村の人々が知っていた唯一人の知識分子の顚末である。結局、管先生がどのように党と社会主義に反対し、どこを攻撃したのか具体的な内容は太平村の人は知らなかった。文化教育界のことなので農民が知らないのも無理はない。

私は、生産隊では年が若かったからだろうか、生産隊以外の仕事をやらされることが多かった。七月下旬道路工事に行かされた。計五人に馬車が一台、一週間の仕事だった。八月上旬、生産隊は、また四人を防火線を作る作業に派遣した。私も含まれていた。三岔子溝の小さな駅に寝泊まりした。そこの責任者は黄玉明だった。太平村の人で、もとは榆樹屯に住んでいて北農場に引っ越して行った。黄玉明は全郷の防火線作業の全責任を負っていた。太平村本屯三隊から十二人が行ったが、食事を作れる人がいず、黄玉明は永楽隊から一人のコックを連れて来た。于何某という老人だったが、本当に料理が上手で、当時、小麦粉を使ってよくマントウを作ったり、甘い餅を焼いたりして太平村の十二人を喜ばせてくれた。そこで一か月働いた。山の中だったが、林業局の小さな駅舎ではよく映画の上映があり、出張の集団生活も面白いと思った。夜間や雨の日は以前と同様に本を読み学習に励んだ。私たち十二人は一部屋に寝泊まりし、夜や雨の降る日は、ときには第二隊から参加した李先生の話を聞きたがった。彼は、「精忠説岳全伝」を話してくれた。そのとき初めて聞いた詩は、五言七言の絶句で、当時誰が書いたものか尋ねもしなかったが、今になっても内容と題名は覚えている。この詩は、格律（形式と韻律）が合っていないが、五言と七言を分けて読むと七言の方が面白いと思ったことを覚えている。

十七歳で初めて詩に触れ、詩の中に意あり、文あり、情景あり、音声も美しく、とても趣きがあると思った。ただ、そのころは詩に平仄《ひょうそく》や押韻《おういん》、対句があることなど分からなかった。後になって、詩に関する本『唐詩三百首』、『李杜詩選』、『三曹詩選』などを買って読んだ。詩の私への啓蒙は十七歳のころから始まったと言える。ただ興味を感じて読むだけだったが。詩の創作は日本帰国後、中国残留孤児の同胞である松江長吉（于徳水）に学んだ。彼は詩人で、彼の第一詩集『寸草情』は、日本帰国後中国で出版された。一九九四年、私は彼に作詩の技術と創作の奥義を教わった。彼は誠心誠意丁寧に指導してくれた。自ら「格律詩常識簡介（簡単な紹介）」を書いて私の作詩の学習を助け、さらに、韻律方面の参考書と『寸草情』を贈ってくれた。私は心から感謝している。永遠の記念にしようと思っている。その後、第二詩集も贈呈された。これらのことは、また後で話すことにして、今はここで止めておく。十七歳のときの詩に対する所感を少し述べた。

第四章　私の道

二十二　ダムの堤防工事

一九五七年の冬まだ脱穀が終わらないうちに、太平管理区では農業水利基本建設が始まった。太平北河の東、河が文化屯の方に曲がって流れるところでダムの堤防工事を行い、一年を通して一定の水を保持し、さらに用水路を掘って水を文化屯北の十万平方メートルの平地に引き、太平管理区の統一水田を開墾しようとするものだった。太平高寒山区では水稲を植えようとした。県水利局専門技術人が測量と調査を行い、水田の位置および面積、堤防の高さと規模、施工方法を決めた。ダムから水田への用水路は地形も異なるので深さと幅を計算して設計した。

当時、水利局の人は、太平村に駐在して水田開発の全面的測量を行い、終了後、管理区に引き渡した。工事中は、水利局は技術指導の専門家を一人残した。堤防工事前は、全管理区八生産隊にそれぞれ柳の枝を束ねたものを百束用意させ工事現場へ運ぶように指示した。

十二月三日、堤防工事が正式に始まった。八生産隊から五人ずつ計四十人が引き抜かれ、指導員の下で、まず、氷を鋭いツルハシで割ることから始まった。冬季の河の水は三十センチ以上の厚さに凍っており、その氷の下はほとんど水が流れていない状態にある。氷をはがした後、束にした柳の枝を次々に敷き重ね、その上に、三十センチ余の土を載せる。それをくり返していく。凍りついた大地で、人の力によって氷を割り、凍った土を削り、黄色い土を掘り、土を入れた籠を運んだ。私たち堤防工事作業員の任務はこのような重労働だった。重点的な工事は、堤防の基礎を造ることから始まり、基礎部の上に柳の枝をしっかりと敷き詰め、その上に厚く泥土を載せて固めた。また、籠に石ころを混ぜながら掘った土を詰めて運んだ。この仕事は急がなくてはならず、皆、お互いを追いかけるようにして頑張った。太平管理区全部で四十人、私が最も若く、文化屯第四隊の宮本徳は十八歳で私よりわずか一歳上だった。私たちは早くからの知り合いだった。一九五六年の秋の収穫期、太平管理区で共同作業があったとき、私たちの属する二隊は、雪の降る前、刈り終わった収穫物を作業場に運んだ。しかし文化四隊はまだたくさんの大豆を刈り残していた。もう雪が降っている時節だったので、管理区党支部書記の梁俊生は、私たち二隊に文化四隊を応援するよう呼びかけて、私たちの隊長張福徳に集団体制の助け合い精神を発揚してほしいと説得した。隊長は私たち二十数人を連れて文化四隊に行き、一日応援の作業をした。私たちは、文化屯の雪の畑で大豆の刈り入れを行った。当日、文化四隊と一緒に作業し交流したことが縁で、私は文化四隊最年少の宮本徳と知り合い、旧知の間柄のように親しくなった。今回のダム工事でも、私たちは一緒に仕事をすることになり、その上長い期間毎日顔を合わせた。私たち二人は他の人と違って兄弟のように親しくなった。

あるとき、小さな坂の上で土を取るために発破をかけ凍土を爆破した。その土を、両肩に担いで堤防まで運んだが、これがたいへんな重労働だった。それでも当初は、多くの人が頑張ってやっていたが、一週間後には、いくつかの生産隊から「仕事量が半端じゃなく疲労がたまっているので、毎日こんなきつい仕事は続けられないから交替でやらせてほしい」と要求が出された。もっとも、私たちは、そんな要求は出さなかったが。第一隊の青年突撃隊の隊長はそんなに大変な仕事だと信じずに、副隊長に処理を任せた。副隊長は自ら現場に赴き仕事を体験したが、彼は足が悪く一日だけ働いて重労働だと納得し、この仕事に参加する第一隊の人には毎日二工分を上乗せすることに決めた。しかし、青年突撃隊の人は誰も長期間頑張ることはせず交替して作業に当たった。

この工事は、一九五七年十二月に施工を開始し、一か月足らずの一九五八年元旦には終了した。この堤防の規模と形状は、五十メートルの長さ、十メートルの幅があり、一列一列の柳の枝の束は根の部分が上を向き、堤の高さが増すほど斜めになる構造だった。垂直ではない。水位は一定に保たれ、水を用水路に導き、開発用水田に通した。太平管理区は、「苦戦奮闘の五十日で堤防を完成しよう」という目標を立て、指導を強化し、また、大きな関心を持ってよく現場を訪れ、民工（政府の呼びかけで労働に参加する人）たちと一緒に働き激励した。一九五七年十一月、党中央は「大躍進」のスローガンをかかげ、毛沢東主席が講演を行い、十一月十三日、全国に向けて大躍進運動を提唱した。太平ダム（堤防）が、十二月に工事を開始したのは、太平党支部が管理区の実情に基づき、水利資源を利用して太平稲田区を開発しようと「太平水田開発計画」を制定し、上級指導部の支持を得て、さらに、県水利局の技術支援とその他関連する方面の協力が得られたからである。土地柄に合わせ実情を見て、太平管理区に実地調査を行わせ、分析と研究を進め、党中央のスローガンに呼応する形で、この結果を獲得したのだった。

一九五八年元旦に一日休息し、一月中旬ダム工事が竣工しダムの現場で竣工大会が開かれた。太平管理区党支部書記梁俊生と管理区主任李春陽および八生産隊の隊長らが参加した。梁書記と李主任は、それぞれ講演し堤防建設の成果を認め次のように話した。「一九五八年の水田面積はぐっと広くなった。太平村のような高地で寒い地域に稲を植えるなど、私たちの祖先はできなかったことだ。しかし、私たちは、この一九五八年に、歴史的に初めてのことを、前人が成し得なかったことをやろうとしている。今回の事業は、成功すれば、農業生産が増加して農民の生活が改善されるという重要な役目を持っている」と。

この竣工大会では、同時に、水利建設に従事した中で、特に先進的生産者と模範的な労働者が選ばれ表彰された。私と宮本徳の二人も青年一等先進生産者としてその中に入った。私たち二人は工事期間中ずっと休むことなく第一線を堅持し、積極的に前に出て働き、辛い労働に耐えたからだ。太平全区の水利開発事業のため、農業の豊作のため貢献したと認められたのだ。一年前、一九五六年の秋、「人民の敵、日本侵略者の子孫」として批判を受けた者が、今回、一等先進生産者に選ばれるなど、誰が想像しただろうか。当時、私は、これはただの始まりに過ぎないのだ、これからも、私は、人民の敵ではないことを証明していこう、普通の人と同様に祖国と故郷を熱愛していることを示していこうと思った。

ある同級生の女性で、この年吉林省敦化県一中を卒業後、延辺中級師範に入学した人がいた。冬の休暇に帰省し私のことを聞いてとても喜び、私に長い手紙を書いて、勉学と仕事を続けて頑張ってほしいと励ましてくれた。その手紙の中には、「自分たちは、共に熱い青春の真っただ中にいる。学習に励み勇気を持って社会主義という新国家建設のために力を尽くして貢献しよう」と書いてあった。彼女は、その手紙を夜学に持ってきた。私が、そこで学習していると知っていたのだ。夜学は会議場のようなところで、人は多くなく皆適当に座っていて、その日は、聞永豊先生が、前の方で中学二年生の数学の授業をしていた。彼女は、私の左側に座って小声で私に「あなたはすばらしい。模範的労働者に選ばれたのですってね、おめでとう。どうか、学習も仕事もこれからも頑張ってね、私、あなたに小さな日記帳をあげます。ささやかな記念にしてください」と言った。私は、ただ受け取るしかなく、「ありがとう」と答えたが、中にその手紙が挟んであった。私たちは、小学校卒業後、ある一定の関係を持ち続け、彼女は私のことを固く信頼し将来に希望を託していた。

二十三　民兵の軍事訓練と人民公社

一九五八年、私を育ててくれた偉大な祖国は、雄々しく大躍進の烈火を燃やし、社会主義建設の高潮期が到来した。この年、私たちの地区の行政区画が改変され民勝郷はなくなり、大石頭鎮の行政区の指導下に入った。

大石頭鎮の党委員会は、全鎮で、一九五七年に模範労働大会、一九五八年に生産大躍進宣誓大会を開いた。大会は、当然、大石頭鎮で行われ、鎮クラブ会場で開幕となった。私は、太平管理区の指導者たちに推薦されてこの大会に参加した。このような大会に出るということは、鎮政府の奨励と表彰を受けることであり、今後、生産隊の中で、リーダー的役割を果たすことを意味していた。それに伴い、私の所属する生産隊の女性幹部、共産主義青年団（共青団）の由桂芝は、私に個人的に話をし、政治学習をし、団組織に近付き入団の準備をするように勧めた。それに対し、私は次のような態度で応じた。学習することと新聞を読むこと、あるいは、皆に新聞を読んで聞かせることは、私が当然すべきだ。学習は私の趣味だが、十三歳で通学できなくなり自分で『吉林文芸』、『農民報』などを購読し、自分の学習が充実するように図っている。しかし、入団はそんなに簡単ではない。私の家庭は富農だったし、私本人はやはり日本人の血筋を持っている。団員の皆さんに倣って学習することはできるが。

生産隊に新たな問題が起こった。以前の記録員に対して多くの人は不満を持っていて、社員大会の折、新しい記録員を選ぼうとした。人々の中で、ある雰囲気ができあがったころ、記録員選挙会で、隊長は私の名前を口に出した。「皆さん、鄧洪徳はどうだろうか」と言うと、ほとんどの人が異口同音に賛成の意を表した。こうして、多数決により決まったので従うしかなく、私は記録員になった。

記録員としての責任は、重大であると知っていたが、やるしかなかった。しかし、やるとなれば、必ずしっかりやろう、皆の期待に背いてはいけないと思った。前の老記録員は、私が記録員になったことを快く思わず、また管理区の副主任は、その後、私の粗探しをし、私の立場はさらに困ることになるのだが、当時は、そんなことは考えもせず、ただ任務を全うしようと心に決めた。いい仕事をするには、決心するばかりではなく、ときには心を鬼にすることも必要だろう、また、忍耐強く虚心にまじめに対応しなければならない。私は記録員の仕事を引き継いだが、毎日他の人と同様に働き、一方、隊全体の状況を見たり、また隊長が毎早朝行う仕事の分担も聞かねばならない。どれくらいの人が、どんな仕事をし、特に誰が、休みを取り、誰が出勤しなかったか、誰が、生産隊以外の仕事に行かされたのか、あらゆる方面において間違いなく把握しなければならない。状況によっては、早朝出勤前、あるいは、出勤時に、掌握する必要があった。午後は、また注意しなければならなかった。夜に、隊長、組長たちと全面的にしっかり確認するのだった。私は、隊全体の男女労働者、百余人の名簿で、一人一人、一日の仕事を逐一確認した。一つの誤記も漏れも許されない。一点でも不明があれば決して筆を置かず尋ねて明らかにした。社員の労働は、血と汗の賜物であり決して粗略にしてはならず、書き誤ってはいけない。

私が、世の中のいくらかの事情は、不思議で訳の分からないこともある。私に反対し私を攻撃する人は、生産隊の中で社員皆のために仕事をし、皆を満足させられるとはどうしても考えられないのだ。しかし、次第に隊長ら幹部たちも皆安心するようになった。

大躍進運動は、全国でさらに深く展開していき、敦化県では、県委員会の指導の下、新たに敦化山河の改造の企画案を出した。その中の主要な一つは、「牡丹江の根本的治水」だった。牡丹江は、敦化県境の最大の河流で、根本的治水の主なものは、水源地の馬号郷小牡丹江屯から一キロ離れた上流で牡丹江の流れを断ち、大規模なダムを造れば、発電ができ、大面積の水田の灌漑ができるという一挙両得を成し遂げようとするものだった。このダムを建設するために、県は牡丹江の抜本的治水を行うことを決定し、ダムの名称を「共青団民兵ダム」と名付けた。全県から、二千名の青年を募集することにし、条件は、共青団員あるいは志のある者、基幹民兵で、年齢は十八歳から二十五歳とした。太平管理区八つの生産隊では、各隊から二名を出し、私たちの二隊は三名を出すことになった。三名の中の梁洪田は、隊の責任者を務め、第一回義務兵で、部隊を退役して帰郷したばかりで上級からの指名だった。管理区の指示で、第二隊からは、私と馬盛平の二人が県のダム建設に派遣され、民兵として訓練を受けることになった。これは、管理区幹部の決定によるものなので、私たちの隊長は、私の今度の外出には賛成ではなかったが、なす術はなく従うほかなかった。私が出た後は、二名の女性青年に記録員の代理を頼み、私が帰った後は、また私がその仕事に就くことになった。

一九五八年八月五日（農暦六月二十五日）、私たちの隊三人と全管理区からの十七人は、各自、自分の荷物を背負って出発しダム建設地へ向かった。まず大石頭駅に着くと、全鎮から百余人が集合していた。全鎮の代表は劉立で、県の機関からしばらくの間下放され鎮政府で学習していた青年幹部だった。彼は、このダム工事の後、また県の機関に戻って仕事をした。私たち百余名は、劉立同志に引率されて午後の列車に乗り敦化に向かった。目的地は馬号郷小牡丹江である。敦化から五十キロ以上離れた場所で、そこへ行くには林業局の小さな列車に乗らなければならないが、その日の午後は、もう上りの列車がなく、敦化に一泊せねばならず私たちは南関の山東駅旅館に分かれて泊まった。次の日は江東敦林駅へ行った。当時、駅は造られたばかりで、「躍進駅」という新しい駅名がついていた。大躍進の開始の一年は、駅名もそれを意識して付けていた。私たちは、森林鉄道の客車には乗らず、上りは空車になる林業局の材木運搬車に乗って、馬号郷から二、五キロほど離れた紅旗駅に着いた。この駅も、新しい駅だった。下車後、荷物を背負い約十キロの道を歩いた。曲がりくねった荒れた山路を歩き、やっと小牡丹屯に到着した。駐屯地はダム建設の現場で、そこに宿舎が建っていた。宿舎はすべて、草で作った筏のようなものと粘土とで造った大きな筒形のもので、一列一列が長く、屋根は丸太を並べ、粘土で固めてあった。筒形の宿舎の両壁には丸太で支えて作った粗末なベッドが並んでいた。一部屋に十二、三人が住めるもので、部屋と部屋は繋がっていた。私たち太平村の人は一つの班となったが、残った三人は他の班に入った。私たちの班は、五班と言い、梁洪田が班長で私は副班長をすることになった。私たちの宿舎は兵舎で、この集まった二千人を超える人は一つの部隊と言っていい。兵舎は臨時的なものだった。指揮部は大きな部屋で、その他の倉庫、厨房はすべて臨時に作られた土房（粗末な部屋）にあった。各班の人は順に、自分の部屋と連なる厨房に食事を取りに行き、戻って来て班で一緒に食事をした。

八月六日、敦化県共青団民兵ダムは、始工式をとり行い、敦化県委第一書記の孫書記自らが、この現場に来て二千余人の青年を前にして講演をした。「全国の工農業が大躍進を続けているという情勢の中、私たちの県の工農業と各事業は全国と同様に飛躍的に発展してきた。党のスローガンの激励を受けて、県では「敦化の山河を改造する」という企画を制定し、まず牡丹江の根本的治水を行おうとしている」。孫書記は、さらに、治水の重要性を強調して次のように話した。「この大型ダムの建設は、防災、発電、農業灌漑と農業生産の発展のために、また、人民の福利事業の創造と増進のために、極めて積極的な作用を及ぼすはずであり重大な意味を持っている」。孫書記は、また、この建設に参加する青年たちを激励し次のように続けた。「共青団と民兵が積極的かつ前衛的な作用を発揮すれば、党のリーダーと工事指揮部の具体的な指導の下、困難を克服し懸命に闘い、そして、百日後には大ダム完成という輝かしい任務を達成できるはずだ。国内外の形勢はいい方向だが、逆流も一つある。台湾へ逃げて行った蒋介石のことだ。最近、「大陸への反攻」を叫んでいる。周恩来総理が、真っ向から反論し厳かな声明を発表した。『我々は、必ず、台湾を解放する』というものだ。国民党反動派蒋一味をやっつけるために、君たちはここで、ダム建設に従事しながら軍事訓練にも取り組んで「労武結合」を進めてもらわなければならない。君たちは、ダム建設のために、さらに、台湾を解放し蒋介石一味を滅ぼすために、その力量を発揮し貢献してほしい」。このような内容で一時間近く講演した。

続けて、解放軍敦化県兵役局責任者が話をした。主な内容は、「周総理の呼びかけに応じて我々はきっと台湾を解放しよう。二千余人が集まった我々の兵団は軍事訓練を強化して台湾解放に貢献しよう」と軍事訓練の重要性を強調した。

次は、工事指揮部の人で、ダム建設について、「工事開始後の主な仕事は、芝生を植えること、土を掘ること、堤防の基礎の整理、骨組みとなる壕を掘ることなどである。主な水利工事、具体的な工事の順序などは、大多数の人は、まだ理解できないだろうから、工事を進めながら指導を行う」と話した。その後は各連隊の代表が決意表明をした。最初は、私たち大石頭二連の連長、劉立が皆を代表して「党の呼びかけに応じて積極的に働き学習に励み、必ずや「労武結合」の輝かしい任務を達成して党の我々青年に対する期待に応えよう」と述べた。この大会では、その他の連隊の代表者たちも同じように、決意を表明しこの任務を完成させることを誓った。

宣誓大会の後、水利工事を急ぐことはせず軍事訓練が始まった。各連隊は、グランドで、二名の軍人の指導を受けた。当時の将校は皆称号を持ち、張という人は五十歳近くで衿章に四つの五つ星があり、その中に一本の金色の線が入っているので、大尉だと聞いた。李という若い人は三十歳にもならず当時は少尉だった。私たち二千余人は、この二名の軍人の指導下で、整列や列を作っての徒歩練習、横隊縦隊および左右から集中の総合練習を行ったが、目的は各連長の指揮能力の引き上げで、毎日各連の隊長が順に当番にあたり、当番の隊長が責任を持って二千余人を動かして隊列の練習を行った。毎日、朝の報告、夜の点呼も行った。機転が利き、覚えのある連長は、ほんの数分で二千余人の隊列を動かすことができたが、中には、長い時間かけてもうまく整列をさせられない当番もいた。

数日後、私たちは三グループに分けられ、三分の二の人は水利工事、三分の一は引き続き軍事訓練に従事した。私たちの大石頭連と他のいくつかの連は皆、ドイツ式の七八歩銃を持たされて、先ず銃の使い方を学習した。即ち、銃の部品を一つ一つ分解し、専用の布と油で部品をきれいに拭き上げ再び組み立てた。このようにして、どの人も銃についての知識を身につけ、一人で分解と組立ができるようになった。続いて、狙いを定めて射撃をする訓練を受けた。訓練場には、たくさんの射的台が設けてあってグループに分かれて練習した。順に、射的台に腹這いになり狙いを定める練習だったが、長時間に及ぶととても疲れるものだった。ダム工事現場の仕事よりもたいへんだと皆で言い合った。

私たち民兵の生活は、営房に住むようになってからは、ほとんど解放軍の軍隊生活と同じようなものだった。一部の人は、このような状況が続くことに不安を覚え始めて、「蒋介石の軍隊が攻めて来るか、我々が台湾に行くか、どちらにしても戦わなければならない、戦争だ、危険だ」と言って、頭痛を起こす人や、病気になって食事がとれない人、ベッドから起きられない人が出始めた。出勤したりしなかったり、また態度も消極的になり、動作がのろかったり、低く溜め息をついたりと元気がなくなっていく人もいた。そういう人たちは、ここの組織全体が軍隊化していることをとても心配していた。この組織の最も基礎となるのは、班で、正副班長がおり、当然班のあらゆることの責任者だった。班の上には排があり、ここにも正副排長がいた。排の中には団支部が設けられ、ときには団支部会が開かれたり、また、ときには拡大団支部会が開かれ、積極的分子がその会に参加していた。連には、正副連長二人がおり、さらに、政治思想教育の指導員が一人配置されていた。私たち、二連の指導員は友誼村の梁青同志で、党の責任者でもあり全連の指導員も兼ねていた。

私たち大石頭二連の牡丹江屯駐在地での軍事訓練は二十五日間ほど行われ、実弾射撃は二回あった。第一段階の訓練は、実際に狙いをつける訓練を経た後に各人二発の弾を発射した。射程は二百メートルだった。厳しかったのは、さらなる正確さを要求されたときだった。射的台で各々の銃で的に狙いを定める。銃には暗黄色の反射鏡がついていて、そばにいる人には狙いの定め方が正確かどうか分かった。梁洪田と私は五班の訓練の責任者だったので、正確さが足りない人には指導しなければならなかった。第一段階の第一回目の実弾射撃では、私たち五班は大石頭二連の前の方に位置し、全員優秀な成績で上級から表彰を受けた。その後私たちの連も、ダム建設現場で堤防整理の重労働に投入された。堤防整理とは、草のついた土の塊を掘り起こし堤防の外に運び出す仕事で十日間だけ行った。

私たち二連は、その後すぐに第二段階の軍事訓練を受けた。連長と指導員は、また私たちを激励し、努力を続けてまた優秀な成績を取るように力を込めて話した。ダム現場で仕事をしていたとき、梁洪田班長は、管理区に用事があると言って連部に休暇を願い出て家に帰って行った。班に関する仕事は、私という副班長の肩にかかって来た。排の団支部の金書記は連部の指示により、実弾射撃で最優秀の成績を収めたという理由で、五班を把握せねばならなかった。金書記は私に、「君は五班を代表して第二段階の訓練規模を書きなさい。それに基づいて、毎月の訓練の具体的行動をまじめに行わなければいけない。努力したことと五班の決意について実情を総括して書きなさい。君たちは優秀なのだから全連の模範になってほしい」と言った。私は、何か書くべきことがあるだろうかと考えた。自分の班の中で積極的な数名の名前を書き、さらに彼らがどんな積極的な態度で軍事訓練に参加したか、具体的には、射的台で、いかに忍耐強く熱心に照準の練習に励んだか、感じたことを書くだけだと考えた。それによって班全体が心を一つにし、力を合わせ団結心の向上に繋がればいいと考えた。それ以来私たち五班は、工事現場で土を掘るときも、荷の積み卸しをするときも、土の入った籠を担ぎ、また一輪車を押すときも、いつも相互助け合いと協調、団結の精神を忘れずに取り組むこととなった。とりわけ射的台で照準の練習をするとき、互いに助け合い指導し合い教えあった。私たちの班は集団主義団結の強い精神で臨んだので、第二段階第一次実弾射撃練習でも優秀と認められた。

第二段階第二次実弾射撃二百メートルの練習では、私たちの班は同様に苦学苦練の精神にのっとり、相互に支援し合い共に学び合って団結協力し、再びすばらしい成績を収めた。私は簡単な報告を書いて排の責任者に渡したところ、すぐに指揮部門前の黒板にニュースとして取り上げられ、大石頭二連のいい宣伝材料となった。連部は私の書いたものに加筆修正したのだった。このニュースは、私たち二連が先進的で模範的なことをやり遂げたと伝えていた。

一九五八年八月下旬、全国的な人民公社運動が始まり、史上空前の高潮期を迎えた。聞くところによると、毛沢東主席が、河南省のある村に行き各方面の調査を実施し、「人民公社はすばらしい。人民公社は、第一、規模が大きく、第二に、公有制であることがいい」と全国に宣伝してまわり、全国の農村に人民公社ができた。人民公社の始まりの時期は、村の「工農兵学商の五位一体」をめざそうと提唱された。その後、「農林兼牧畜業、副業、水産業の全面的発展」に改められた。そのころ、私たちの民兵駐在地に、馬号郷牡丹江屯の男女社員がドラや太鼓を叩き、ラッパを吹き鳴らし、ヤンコー踊り（東北地方の農民が豊作を祝って踊る）を踊りながらやって来たが、私たちの多くはその理由をまだ知らなかった。事情を知っていた人の話では、人民公社成立のお祝いだという。後になって知ったことだが、私たち大石頭鎮に人民公社が成立したときには、太平管理区の皆は、ヤンコー踊り連を作り、ダム工事現場と同じようにドラや太鼓を打ち鳴らしながら、にぎやかに鎮内を練り歩いたという。その場にいなくて本当に残念に思った。私たちは馬号郷人民公社成立のお祝いを見ただけで、自分たちの故郷のそれを見られなかったのだから。太平管理区の私たち少数の青年は特殊な使命を負い、国家の指示に従い国が与えた軍事訓練という任務を全うし、必要とされれば国家のために尽くさねばならなかった。

ダム建設現場と軍事訓練場で五十日という時間が過ぎて行き、第二段階第二次実弾射撃訓練も終わり、私たち二連、二排、五班は、また優秀な成績だった。全国的な人民公社の設営とその祝賀は、小牡丹宿営地の二千余人の集団にも三日間の休暇をもたらした。しかし、この三日間は、各連、各排、各班毎に、山へ木の実を採りに行くことになった。持ち帰った木の実は各連に集められ、正確に計量された後、指揮部に渡され倉庫に保管された。実際には二日間山へ入り、班が一つの単位となって活動した。その班に木登り上手がいれば、より多くの松の実が採れた。そういう人がいない班は、少しばかりの葡萄やハシバミの実その他の木の実を採った。私たち二連全体の民兵が採ったのは、松の実ばかりでなくその他の木の実もあって、すべて提出した。一年後、管理区の隊責任者、梁洪田は、そのときのことを思いだして、私に、二連皆で二日間で集めた松の実は結構な値段で売れたことを話した。

私たち二千余名の若者は小牡丹の現場に入り、県の孫第一書記出席の「開工宣誓式」で、「百日間苦戦奮闘し、牡丹江ダム完成の任務を遂行しよう」というスローガンを決議した。そのスローガンは、目をみはるような大文字で横書きされ、工事指揮部の入口に掲げてあった。しかし、五十日が過ぎたころに、やっと堤防の基礎部を造り、その上に黄土を積み基礎工事を強固にするという工程を終えたばかりだった。軍事訓練が優先されたため、ダム工事の進捗に重大な支障をきたしていた。

当時、台湾の蒋介石グループは、国際帝国主義右翼勢力の支援を受けて大陸への反抗を企てていた。一方、大陸の中華人民共和国は声明を発表し、「台湾は我が国の領土だ、必ずや台湾を解放する」と主張した。このような情勢下では、人民解放軍の強化ばかりでなく敵の来襲に十分な備えをするため、全国の民兵も、それに応じた訓練が必要だった。当然、二千余名の青年民兵の集団も、労働と軍事の統合とはいえ、やはり訓練が優先され、ダム工事が延期されるのは仕方がなかった。

五十日過ぎたころ、私たちに突然、命令が下った。軍事訓練は終了、ダム工事は中止、二千余名全員は解散し各自帰郷せよというものだった。大石頭連の大多数は、夕方解散命令を受け、即刻自分の荷物をまとめ帰郷することにした。一部の人は、夜出発するのを嫌って翌朝にした。私たちが、夜に入って宿舎を出発し十キロ余り歩いたとき、私たちの宿舎のあたりが火事になり、その激しい炎は西の空全部を真っ赤に染めた。小牡丹から敦化まで荷を背負って夜通し歩き、朝八時敦化に着いた。帰宅してゆっくり考えてみたが、夢のような感覚だけが残っていた。

二十四　大ぶろしきを広げる

故郷の太平村に戻ったとき、秋の取り入れはもう終わっていた。しかし全国的な人民公社運動が整ったばかりで、全国の農村は、また統一的な生産労働を行うという任務に取り組んでいた。これも命令であって、理解が得られたか得られないかにかかわらず執行されねばならなかった。即ち、農地を深く耕そうというもので、私たち第二生産隊の元貧農だった張福徳は、生産隊長になって三年が過ぎていたが、彼は、「深耕」に反対だった。彼の意見は、「深耕により、下の方の土が表面になれば、植物の苗が順調に育つはずはない」というものだった。大石頭鎮の会で彼が自分の意見を発表したところ、上層部は「右傾」だとみなし、ブルジュワ分子として摘発して隊長の職務を解いた。当時、張福徳だけでなく「深耕」に懐疑的、消極的態度を取る幹部は摘発された。「白旗」とは、いわゆる資産階級右傾分子を意味し、職務を解くものだった。「白旗」摘発運動が進む中で、真っ先に私たち第二隊の張福徳隊長が処分を受けた。太平管理区は、「深耕」作業が全区で最も遅れていた。遅々として進まなかったのは、皆それを望まなかったからだ。ちょうど、秋の取り入れと脱穀、平行して穀物を購入する時期で、「深耕」の任務は、なかなか全うすることができなかった。上層部は、太平党支部が右傾化していると批判し、太平党支部書記梁俊生も、「白旗」とみなされた。人民公社の指導部は「「深耕」は大躍進だ。作業が遅れ進まない状況になると、即ち、大躍進はないということだ。大躍進に反対することは、即ち反党であり反社会主義であり厳しく批判を受けることになる」と「深耕」を強く勧めた。

人民公社に大食堂ができると、太平本屯の三生産隊にもそれぞれ食堂が造られた。そのころ流行ったスローガンは、「大食堂の食事はおいしい。おかず四品にスープが一椀」。その後、養豚が大いに行われ社員の生活はより向上した。生産隊は「大豚圏」を作り養牧畜業は大きく発展した。使えなくなった老牛と弱った牛、子牛は、専業の人を決めて世話をさせ放牧をさせた。大食堂では、ときには豚や牛を屠り、社員およびその家族の食生活は大いに豊かになった。

人民公社はまた託児所を作り、太平屯の三生産隊も管理区会場の一角を利用して二部屋の託児所を設けた。二人の若い娘、崔喜芳と季桂花が選ばれて保母になった。同時に、太平管理区に衛生所が建てられ、紅星大隊から于医者に来てもらい、西甸子の六隊から于という姓の娘が看護婦に選ばれた。

大躍進時代、畑の「深耕」は、夜戦（夜なべ）となった。普通の耕作はトラクターなど機械を使うことなく、専ら、牛馬に木製の犁、あるいは鉄製の一枚刃、二枚刃の犁をつけて作業した。しかも、氷結前にすべての農耕地を鋤き起こすように要求された。昼間の作業だけでは足りず、夜なべをして時間を作り出した。どの生産隊も、十数組のグループを作り、昼は一人ずつで作業し、夜は灯りを持つ人が要るので二人で組になって進めた。犁を持つ人以外、その他の人は皆、「深耕」の作業に取り組んだ。「深耕」というのは、土を深さ一メートルまで掘らねばならなかった。一メートル物差しを持って測りながら、一メートルの深さで一メートルの広さの深い溝を数十メートルの長さに掘っていった。あたかも、戦場で壕を掘るようなものだった。掘り上げた溝を埋め戻すときには下肥と土を交互に入れた。一メートルの深さまで掘ると、五層もの下肥を施すことになった。しかし、五十センチより下方の肥料は、農地では何の役にもたたず、明らかに肥料の浪費だが誰も文句を言えなかった。一つの生産隊で秋冬の間中ずっと「深耕」に取り組んだが、約七百平方メートルをやり終えられなかった。生産隊が一年分として蓄えていた肥料をすべてこの「深耕」の土地に投入したため、翌年、ほとんどの農作地に施す下肥は残っていなかった。このようにして、一九五九年の農業収穫は、推して知るべしである。「深耕」は、増産どころか大減産になるのである。

一九五八年十月二十日、大石頭鎮人民公社党委員会は、上層部の指示に基づき「全面的耕作完成」のために全公社の緊急動員大会を開き、各管理区の生産隊長と組長に、さらに青年と婦女子の中の積極分子即ち先進的生産者にも参加を要求した。私もこの会に参加した一人だった。会の内容は、「右傾に反対し保守を打破し、大いに夜戦に努力して、氷結期前に秋の作業を完遂しよう」というものだった。特に、延辺朝鮮族自治州の党委員会は、この日、数県のいくつかの人民公社で、組織的に大規模会議を行った。山東省寿張県代表に来てもらい、「深耕」して、約七百平方メートル当たり五千キロの小麦を生産したという経験を紹介してもらった。私たちの大石頭公社も、大規模会議の開催を指示された中の一つだった。午前十一時、列車を降りて私たちの会議に来た寿張県代表は、率直に単刀直入にその経験を話した。「大躍進は大胆に行うことが肝要で、大胆であれば、「右傾」を退け右傾分子とその思想を打破できる。

人に度胸があれば土地は大きな生産をもたらす。一メートルの深耕は、一メートルの厚さに見合う生産量がある。大収穫があった私たちの衛星田の小麦は、収穫期には、人が麦の穂の上に立っても麦は倒れない。なぜだ？　それはかなりの密植を行ったからだ。「深耕」された土地に密植したので大豊作となったのだ」。この代表の話はわずか十分間で、全延辺州と全吉林省の一部で公開講演を行っただけだったが、全国で最も先進的に「深耕」に取り組んだ代表者の話を聞けることは滅多にないことだ。中央部が選抜した代表の、先進的で生き生きとした講演なので、私たち各生産隊から来た代表は、自分の目で見、耳で聞けたことを一種の「光栄」であると感動した。党委員会が企画した今回の会の目的は、全人民公社にまじめに上層部の指示を受け、「深耕」の任務をやり遂げさせようとするものだ。参加者たちに、疑うことなく自分の隊に帰って会の精神を報告し任務を行うことを大いに宣伝させようとするものだ。私たち参加者は寿張県代表の話を信じ込み、「深耕」運動に喜々として取り組み、やがて大きなうねりとなっていった。

太平管理区では、前年の一九五七年秋から冬にかけて、確実に水利事業を行いダムを造り一キロに及ぶ用水路を造成したので、今年から十万平方メートル余りの水稲を植えることになった。管理区の全面的管理により前年冬から今年の春にかけて水田を整地し、畦を塗り種蒔きをし田に水を入れるなどあらゆる農作業を行った。各生産隊は労働者を配分して作業に従事した。加えて、一九五八年は例年より気候が良かったので、第一年目の水稲は大豊作となった。収穫された米は、一部を国に納める以外は管理区の人口に応じて各生産隊に分配され、当然のことながら人民公社の大食堂では自分たちで作った米を食べることになり、皆大きな幸福を感じた。このようにして社会主義大集団の力で農民を組織化して水利事業を行い、生産を発展させて得られた成果は、組織化することの優越性を表しているといえる。

しかし、折しも、こうした一定の成果を出したこの時期に、「土地を深耕して風を動かそう」という強い風が吹いて来た。普通の労働者として先祖代々田を耕してきた農民たちは、「深耕」がいわゆる「七百平方メートル当たり五千キロの収穫があった」という衛星田の例は信用し難いと思っていた。もし、全国的に衛星田の例を目標にして行ったなら、行き着く先はどんな未来が待っているのか疑いを持っていた。太平管理区党支部書記梁俊生は、二年近くの現地体験を総括して事実に基づいて集団化の優越性を発揮すれば、今年の豊作という基礎の上に、さらに、五万平方メートルの水田を拡大し、さらに、堤防の整備と用水路の延長という計画を考えていた。「深耕」は、労働力の浪費であって農民の力を弱めることは明らかだとの意見だった。彼の「深耕」に対する消極的姿勢は、工作組により党委員会に報告され、「白旗」とみなされ指導者として資格を剥奪された。上層部は、ある老幹部を副主任に任命し秋の農作業の指揮を任せた。大会を開いて各生産隊に、毎日八万平方メートルの土地を整備するよう命令した。無意味な言葉をただ叫ぶばかりで、皆は実際的意義はないと知っていた。彼が上層部の指示を忠実に執行しようとすれば、その下の幹部や農民は従わざるを得ないが、良い結果が出るはずはないと、皆分かっていた。

大地が凍り普通の掘り返しはできなくなった。大方の仕事は脱穀となったが、人民公社は、太平村の後ろ、北大河にダムを建造しようと計画していた。全公社から三百人以上の労働力を動員し、太平屯に行って適当にそれぞれの家に宿泊し凍った大地にダムを造る事業が進められた。

一方、各生産隊の「深耕」作業も継続して行われていた。大地が三十センチ凍っていても、一メートルの深さまで掘らなければならない。鋭いツルハシでも削れなくなり火薬で爆破させたが、いくらも耕さないうちに作業はまた進まなくなった。一九五八年末、大食堂の食事を改善しようと、太平三生産隊から各々二人の労働力を選び出し漁をしてもらうことに決まった。第一隊からは、王玉国と孫喜義、第二隊からは、王玉武と私だった。私たちは、毎日北大河に行って氷に穴を開け魚を獲って公社の食堂に供給した。余った魚があるときは、直接供銷社に売り、そこから町に売り出された。農村の人にとって、魚獲りは他の仕事より疲れるし技術も要ることなど思いもよらなかっただろう。技術がなければ魚も釣れないのだ。私たち漁専門の二人の働きで、食生活は改善されたし、これまでと異なった料理もテーブルに並ぶことになった。

私たちの家に、一九五八年少し変化があった。養父が私のために考えてくれたことだが、息子が結婚すれば今の住まいは古いし狭すぎる、何年か後に子どもが生まれたりすると、どうしようもなくなると、養父は家を造ることを決意した。

養父は決心すると即行動に移す性格だったので、何日か後には木材を仕入れ、続けて村の最も腕の良い大工の李天保に三部屋ある家の骨組みの製作を依頼した。李天保老人は養父より二歳年上で、集団労働にはとうに参加せず、他の人が彼に大工仕事を頼んでも引き受けなかったが、しかし、鄧家には特別で、誠心誠意取り組んでくれた。骨組みを作っている間に、私は石を買い砂や土などの材料を準備した。私自身が、一九五六年と一九五七年の秋に刈り取った藁は三部屋の家を造るのに十分だった。骨組みができ上がったときには、ちょうど春の種蒔きが終わった農閑期だったので、付近の隣人たちに手伝いを頼み、午前中かけて骨組みを立ち上げ、堅固な石で基礎を固めた。昼食後も隣人たちは続けて手伝おうと言ったが、養父は、手伝ってくれた皆に「ありがとう、皆さん、基礎工事ができれば、今回はこれで十分です。皆さんは、今、しばらくの休息の時期だから、各々の家には、やり残している仕事があるはずです。どうか自分の仕事にとりかかってください。後のことは専門家にまかせましょう。心配しないでください。本当にありがとう」と礼を言った。

骨組みを立ち上げる前に、養父は、「趙瓦屋」に家のことを依頼していた。当時、家では、二百元の費用を準備していた。三部屋の壁を塗り、屋根を葺くこと、オンドルと竃を据えること、最後に家の中と外の壁を塗ること、このような全工程を「蓆を敷き、オンドルに上がる」と言い、その意味は、契約通りに工程が終わり引っ越して住むことができるようになったことを表している。この甲乙双方の協議契約書二通は、私が筆で書いて作成した。甲方に私たち家主の名を記し、家の建築に関わる材料、必要な工程項目を書き、工事前に甲方が百元を支払い、契約通りに工事が終了した後、残りの百元を支払うという内容だった。乙方は、工事請負人および責任者の趙金堂（趙瓦屋）と周級三、安慶武、房存礼、李茂盛の計五人だった。一九五八年、三月二十八日、甲乙双方が押印し契約が成立した。

周級三は、もとは中山社の主任であったが、一九五六年、高級社を離れ、老いて体が弱ったため指導グループに入らずに、家族全員で第二生産隊に編入された。農繁期に生産隊で少しばかり仕事をするだけで、普段は働く必要はなかった。趙瓦屋が私の家を請け負ったとき、周級三のほか、三人に頼んで一緒に仕事をすることになった。大躍進の一九五八年、家造りは順調には進まなかった。五人の老人が一段落仕事をしても、次には一段落止めなければならなかった。その年、生産隊の指導者たる人は、いつも五人に田畑に行って働くように求めたからだった。

私が小牡丹に行って民工としてまた民兵として五十日間勤め、帰宅したとき、新居の工事は終わり引っ越しもすんでいた。しかし、私は依然として父母と一緒の部屋で生活した。新居の一部屋は、太平小学校の三人の女性教師が適当な宿舎がなかったので、管理区の指導部が父に相談し、しばらくの間、住まいとして提供することとなった。我が家の新居が公に使用されるとは思いがけなかったが、管理区指導部の差し迫った問題が解決できたのだった。

二十五　一九五九年の大躍進で

人民公社の二年目、それまで農業生産、すべての栽培計画、各種農作物の栽培面積、面積単位の予定生産量、春の耕作・種まきを、農民は先祖代々の経験から、適切な時期を選びしていた。公社の指導者は上部の指示のもと、統一された指揮・指導を強調し、多くの工作組を農村大隊や生産隊に派遣し、直接生産を指揮引率した。農民は通常の適切な時期に種まきをするのは右傾であり、早期種まきと早期収穫、種まきの進度が強調され、結果、速すぎる種まきをした田畑は、出たばかりのか弱い芽が、早春の霜でだめになった。各生産隊の農民は、指導者たちも、普通の公社員も、農耕ができなくなった。大面積の田畑の新芽がみすみす寒さでやられていく。仕方なく工作組は農民に、それを掘り返して再度栽培をさせた。労力や種の浪費も無視された。適時の農耕栽培をしなかった結果、秋になってまだ作物が熟さず、今度は秋霜の打撃も受けた。農業収穫は激減し、農民の生活はひどく苦しくなった。それでも工作組は無茶な指揮の責任を取らず、一九六〇年の深刻な食糧飢饉をもたらした。

私たち第二生産隊の状況や農作物の輪作の実情では、二十万平方メートルもの面積の小麦を植えるのは無理だった。しかし、公社の統一指揮指導及び管理方針のもと、末端現場は指導者の指揮に従わねばならない。二隊はどうしても二十万平方メートルの小麦を植えることに従うしかなかった。麦が花をつけたころ大雨になり、二隊の小麦は広範囲で減産となり、全公社員の生活に影響した。痛い目にあうのは決まって公社の人々であった。

その年の六月、大雨が数日降り、河川が増水したが、雨の後二、三日晴れた。農民らはあくせくとすきやシャベルで土を耕した。私たち二隊の全公社員は、「こえだめ」のトウモロコシを耕した（現在の太平小学校東側）。雨の後の太陽はとても暑く、午後一回目の休憩は二時半くらいに、耕地の北の端まで耕してから休憩した。男性公社員は北大河の安家大院の大井湾近くへ、女性公社員は川上の草むらに向かった。私たち男性は川辺で服を脱いで水に入った。この猛暑たちこめる午後に、川の水に入り、さらに汗べっとりの体を洗い流して、本当に気持ち良かった。皆が楽しく泳いだり、浅瀬で体を洗っているとき、岳徳新《ユエデーシン》が川の中心へ泳いだ、あるいは北の岸に近づいたというべきか。ほとんどの人は南岸に面した川にいた。岳徳新が川の中に沈んだのを見て、岳さん、南に泳いでこい、と彼に叫ぶ者がいたが、彼は泳げず、浮き上がってもこられず、水面に頭のてっぺんだけ出ていた。それで大勢が「岳徳新、岳徳新」と叫びだした。皆恐ろしくなった。岳さんが自分で上がってこられない、どうしよう？　誰か河流の中心に行って彼を助けられないか。だが河流の少し北寄りの岳徳新が沈んだ場所は、ちょうど安家大院の大井湾で、水深が深く流れの急な場所である。誰が岳徳新を助けられるか？　皆は叫んでも、入っていく勇気はなかった。私はこうなったら自分しかいない、もう一刻も待てないと思い、泳いで川の中心の岳徳新のもとへ向かった。彼の頭のてっぺんが見え隠れしていた。私は左手で水をかき、右手で彼の右手をつかんだ。そのとき彼はまだ意識がしっかりしており、私の手が彼の右手首に触れるや、彼の左手がさっと私の右手をつかみ、右手を放し、今度は左右両手で私の右手首をしっかり握った。私がつかまなくても、彼の両手がしっかり私の右手を握っていた。私は必死で彼を一気に南岸に引き寄せ、私の両足が南岸の川底についたとき、私自身もへとへとになっていた。安喜有《アンシヨウ》と馬盛平《マシェンピン》の二人が私と岳徳新を水辺から引き上げ、彼の両手を私の右手首から離した。彼はまさに死んでも手を放さなかった。いや彼は死なず、ただ水におぼれて意識朦朧としただけだった。

皆は口をそろえて、岳徳新は今日本当に危なかった、もし鄧君がいなかったら、生きて戻れなかったろうと言った。

私はこれくらいは当たり前だと、気に留めておらず、帰宅後養父母にも言わなかった。だが旧暦八月十五日の中秋節のとき、岳徳新の次女岳広蘭《ユエコアンラン》とその弟岳広福《コアンフー》のきょうだいが二人でうちにお礼を持って来た。私は留守していた。私の養母が岳広蘭に「娘さん、これは一体？　こんなたくさん、月餅にケーキにたばこに酒、四種の贈り物、なぜこんなのを？」と尋ねると、彼らは「お宅の洪徳兄様にお礼にまいりました。父の命を救ってくれたのです。そうでなければ、誰も父を助けられないところでした。」と言った。養母は彼女が何を言っているのか、何が起きたのかわからなかった。「うちの子があなたのお父さんの命を救ったってどういうこと？」岳広蘭は「ご存じないのですか？　夏に農耕のとき、皆さんが北大河へ水浴びに行って、父が深水にはまり抜け出せなくなったのです。誰も深水に助けに行く勇気がない中、兄様は泳ぎがうまく、深水まで泳いで父を救ったのです。生産隊の公社員も皆知っていますのに、ご家族がご存じなかったとは。」と答えた。養母は「本当にそんなことは知らなかったわ。でも私たちは皆同じ生産隊の人間だから、息子ができることをやるのは当然のことです。お礼はいいのですよ。」岳広蘭はそれに対し「一人の人の命が救われたのに、お礼を言わないわけにはまいりません。どうか兄様に、うちの家族全員が感謝していることを、お伝えください。」と言った。

麦の収穫の季節になった。まだ青い麦の穂もあった。特に春の種まきが遅かったものの成熟度は、とても収穫できるものではなかった。工作組の指導者で公社の農業を管理する張《チャン》補佐が、太平大隊で三つの隊の公社員大会を招集して、緊急動員を行い、私たち公社員に麦の収穫に全力を投じよと命令した。いわく「我々の鎮の全公社の小麦の豊穣いかんは最終局面に達した。上部は小麦の収穫を実際の行動で全力を投じろと号令を出した。すべての労働力、通常労働に従事しない婦女や老弱者、障害者も、動ける者はすべて目下の小麦収穫に打ち込め、小麦がまだ青くて収穫できないと言う者がいるが、それは右傾な思想であり、小麦の豊穣というものをわかっていない。我らは小麦収穫にあたり、右傾思想とも闘争し、それに徹底反発し、迷信を破り、思想を解放し、大胆に、着実に、一日も早く、小麦収穫任務を完了するのだ。」まさか、麦畑の実際の状況を見て、ありのまま、今小麦はまだ青くて収穫できないと言うことさえも、「右傾」として、闘争の対象になるとは、思いもしなかった。

養母が体の具合が悪い。風邪らしく、夜もご飯を食べなかった。生産隊は夜を徹して小麦収穫しようとしていたが、私は婦人隊長に、母は風邪で具合が悪く、ご飯も食べられないからと休暇を申請した。私が休暇理由を告げると、女隊長は「だめです。少しの病気ならやりなさい。皆同じです。」と、どうしても許可をくれない。「皆が同じなんて、母は病気だから同じなわけがないです。風邪です。今夜雨なのに、風邪のうえ雨にぬれたら、たまりません。どうか、一晩休みをください」。婦人隊長はそれでも「だめです、婦人が誰も参加しなかったらどうなりますか。今日は何としても麦畑に行き、夜戦に参加するのです」。私はこの女隊長の態度を見て、温和に言うのでは通じないと思い、きっぱり言った。養母は風邪で今夜ご飯も食べていないのだ。参加できないから、休暇をいただきに来た。あなたが同意しないなら上に報告していかようにも処分してくれ。待っているから。

この婦人隊長は本当に工作組に報告した。翌日に麦畑で、あの張組長が全公社員の前で、厳しく私を批判した。汚名がまた私の上にのしかかった。いわく、私が「右傾」で、麦収穫夜戦を破壊し邪魔した、つまり大躍進を破壊し邪魔した、人民の社会主義路線の足かせである。目下の小麦収穫という闘争中に、消極的な右傾思想が現れた。我らはこのような堕落した、反社会主義的、反大躍進思想を徹底的に批判すべきであり、これをのさばらせてはならない。今回は私のいわゆる「右傾」の反動思想を批判しただけで、私が富農分子の子弟であるとか、日本帝国主義侵略者の子孫であることを吊るし上げて批判はしなかった。

小麦収穫の苦戦は、日夜行われた。私たち二隊の麦畑の面積は二十万平方メートルあり、例年通り五日の作業で任務を完了するのは不可能だった。そこで生産隊はまた大会戦を繰り出し、工作組の指揮のもと、他の、小麦畑の面積が小さくすでに収穫を終わった生産隊の一部の労働力を、二隊に調達して刈り入れにあたらせた。ある昼休み、私と馬盛平の二人は畑のあぜの林で涼みながら、持参した昼食の弁当を食べ終わって、連続の夜戦で疲れていたため、林で眠ってしまった。他の人は、午後一時から刈り入れを始めたが、私たちは午後三時まで、他の人より二時間多く休息してしまった。その後工作組に見つかり、私たち二人は批判を受けた。だがそれだけではすまなかった。麦の収穫が終了した後、これが深刻な問題にもなった。百人以上の太平大隊公社員大会上で、私を厳しく批判し、私たちが小麦収穫作業中の消極派で、右傾になりうる主義の者であり、このような反動思想は徹底的に批判されなければならないと言われた。工作組の張組長は、特に私の名を指して、私をこの百余人の前に立たせ、続いて、言った。「今年の小麦収穫戦は、激しく複雑な階級闘争であった。鄧洪徳は右傾分子であるだけでなく、打倒された地主富農の反動立場に立ち、打倒された日本帝国主義侵略者の立場に立ち、我らの党が指導する大躍進、人民公社に狂気的な進攻をし、社会主義に反対しこれを破壊しようとしている。我ら人民は、目を覚まし、警戒を強めなければならない。彼らの思うままに、つけいらせてはならない。彼は今回の小麦収穫で、我らに二回の攻撃をしかけた。収穫を始めたばかりのころ、大胆不敵にもわが婦人幹部に攻撃と打撃を与え、彼の母親を夜戦に参加させず、我らの戦略部署を破壊し、麦の収穫の進行を妨げた。最後にはまた消極的阻害方法により、他の落伍的青年をそそのかして我らに対抗した。彼の陰謀、獰猛な野心の何と毒々しいことか。今日、我らはこの地富反壊（地主、富農、反動派、悪者）で、日本侵略者たる反動代表者、および彼の反動的言行を、徹底的に批判し、決して彼を自由にのさばらせてはならない。」

この会場で、私の発言権はなく、釈明の余地もなかった。彼が私を消極的右傾と呼ぼうと、生産隊の公社員は、私個人の生産労働はこの集団中で一度も落伍したことはないと知っていた。あの日二時間寝坊したとはいえ、私の小麦収穫の進度は、多くの人を上回っていた。私が生産労働の進度と質において上位であったことは、私の隊のどの工作組も認めることは、彼自身も分かっていた。あの工作組メンバーは、自分の「進歩」を誇示するため、私の仕事の実情をかえりみず、ひたすら私の右傾反動思想を批判した。他の工作組のメンバーも異口同音に私の右傾と反動思想を批判した。こうしてこの反右運動は一段落した。このような事実をかえりみず、ただ人を吊し上げるだけのものは、多数の幹部や民衆の不満や反抗を引き起こすだけである。

批判会の後、私は通常通り出勤した。一九五八年から一九五九年まで、私の生活に別の出来事が起きた。一九五八年度はじめから人々に推薦され記録員となり、晩夏初秋のころ小牡丹ダム建設および民兵軍訓練に五十余日行った後も、生産隊に戻り記録係を続けていた折、ある女性と二人で隊全部の記録を担当していたが、時間がたつうちに、恋愛感情が芽生えてきた。そのうち彼女がその思いを言葉に出すようになり、私のような人と一緒になれば一生悪くないと思ったようで、そして私と仲良くなった。周囲の人も私たち男女記録員に、特別な感情が芽生えたと察知した。

当時彼女の三番目の叔父が生産隊の副隊長で、噂を聞いて、また私たちが仲良いことをその目で見て、叔父は私たちの状況を彼女の父母に伝えたら、父親が強く反対した。彼女は父母に自分の強い意志を伝え、泣いて私と婚約結婚すると主張すると、母親は娘の態度を見て、理解を示した。しかし父親の頑固な態度と強烈な反対、さらに彼女の省で仕事していた上の叔父の指導教育もあり、彼女は自分の主張を改めざるをえなかった。三番目の叔父は彼女の生産隊での記録員の仕事をやめさせた。つまり私とのつきあいを止めた。後に彼女は近縁の甥と結婚したが、彼らの結婚が幸せだったかどうか、私は知らない。しかし私も、自分は富農の子弟で、日本の血統を引く者である。政界が係る者や、革命家庭と名乗る家族とは結婚できないことは自覚するべきであった。新時代新社会、男女の自由恋愛結婚、青年が理想と志を持って、自分の希望と未来を追求し、二人がお互い心に刻んだ共通の幸せを求めるとはいうが、彼女はどうしても政治的圧力、家庭親族権の圧力にあらがえず、自由恋愛はまだ自由結婚にならないうちに、もくずとなった。しかし新時代の社会で、家庭親族権の圧力を受け、新しい「階級教育」や政治的圧力を受け、それが青年の日常生活に影響し、無力の反抗、無力の叫び、美しい婚姻の夢が最後に音もなく消え去った人は多い。

二十六　一九六〇年の飢饉

ご存じのように、中国全土の三年に及ぶ自然災害と、ソ連の中国への返債要求で、大躍進の三年目、全中国人民の生活が困難に陥った。吉林省の状況は遼寧省や他の省よりまだよく、春夏秋三季は飢饉が起きず、大躍進の農業生産隊や人民公社の大食堂も順調に運行していた。しかし、遼寧省は春季から飢饉になり、東溝県の人民公社の大食堂は営業停止し、多くの農家は食べ物がなく、故郷を離れたり、北上して吉林省や黒竜江省各地に逃れた。わが太平村に来た家族は十余世帯であった。このうち鄧洪久《テンホンチウ》ら私の従兄一家とそれ以外の三家があった。彼らはいずれも鄧家と関係ある人だった。それと林《リン》一家は、党支部書記梁俊生の親族で、やはり飢饉で遼寧から来た人たちだった。私の妻の父は一家で十一人おり、鄧洪久のつてからうちに来た。彼らは遼寧にいたころ、一粒の穀物もなかったという。食べ物がないからやむなく自分の慕う故郷を離れ、やっと我が家にたどり着いた。

うちには多少の食糧の貯えがあったので、遼寧から来た親族は、みなうちを頼ってきて、やり過ごした。このうち二人の若者が生産隊で働くころになったが、上の大隊が、生産隊が外来の労働力を受け入れることを拒否した。義父は仕方なく遠くの大隊へ落ち着き先を探し、幸いすぐに敦化城西の鄭家に落ち着くことになった。

遼寧から来た鄧家の親族庚《ケン》家の紹介で、私は義父の長女と結婚した。私たちの結婚登録は一九六〇年四月二十日、公社民生職員の馬淑琴《マシュチン》が手続きした。結婚証書を発給され、二十尺（七メートル）の布と四斤（二キログラム）の綿の配給券をもらった。私たちが正式に結婚したのは五月十四日だが、大躍進の年代のため、婚礼も簡素なものだった。新しい服を少し、新しいペアの布団、家具は新調せず、花嫁に少しばかり新しい化粧品、クリームなどを買ってすませた。婚礼に来たのは二十人ほどの、親族、隣近所、友達くらいで、家に五つのテーブルを置き、特に盛大な宴会でもなく、ささやかなおかず、それも大した魚や肉はないが、ただ皆が心ゆくまで白酒を飲み合わす、これがつまり喜びの酒、私たちの新婚の披露宴であった。皆が楽しく祝いの酒を飲む。一番うれしかったのは私の養父母で、養母が自ら料理をし、近所の主婦たちが手伝ってくれた。養父が私らに、皆に対してお酌させ、感謝の意を表させた。隋家の上の姉さんは遠方にいたので来なかったが、お祝いの言葉をくれた。周家の姉さんは駐屯地にいた。彼女は多忙を極めていたが、最高に喜んでくれた。これから弟の嫁さんが家事をして母親の負担を減らすことができる。私の二人の義兄弟房志信と丁徳財ももちろんお祝いに来てくれた。また丁徳福の弟も祝いに来てくれた。私たちはこうして簡単に結婚式を終えた。二十余人、五つのテーブルはあまりに簡単ではあったが、当時の飢饉の年代においては、それでも比較的「豪華」な婚礼だった。祝ってくれる親戚、友人、近隣がいるのは幸せなことだった。私が結婚した時期は、ちょうど春の耕作の季節で、翌日には私も生産隊の労働に参加した。

各生産隊の食堂はまだ稼働していた。各家庭、各人が量を決められており、皆満腹にはならなかった。

この頃はどの家も、食事は職場から持ち帰り食べており、大食堂は大人数の食事を作る場所にすぎなかった。今は大食堂で食事をすることもなくなった。

わが妻君英《チュンイン》は私と結婚してから、大隊の小さな食堂へ派遣され、別の女性と食事作りをした。この小さな食堂は工作組と大隊の外来客専用に用意されたものである。

大躍進から起きた統一指揮の風雲がますます強まり、農村の工作組の人員が、農村の農民と幹部らにより徐々に増強された。農村の農民と幹部は、工作組の監督がなければ、生産が成り立たないようであった。工作組のメンバーは、主に公社機関内部の各課の人間、直属機関および街の事務所の人員、直属の人民公社経営の企業の幹部および一般作業者、他に理髪店、鍛冶屋、大工、ブリキ屋、店の販売員、病院の職員、銀行信用協同組合の事務員、運送業の馬車乗りなど片端から工作組に編入された。いくつかの工作組に分けられ、指定された工作組の長が統率し、全公社各大隊の各生産隊中に入り込んだ。当時「始めたら最後までやり抜く」をスローガンに、各生産隊に工作組がいてその指揮監督により生産し、大躍進生産の急速発展を促した。多くの農民たちは「われら農民は耕作をできなくなった。あの販売員、散髪屋、馬車乗り、鍛冶屋、大工、鋳掛け職人、靴屋やらが来て耕作の指導をする。仕方がない。指揮通りにやる。従わざるをえない」。これが大躍進の統一指揮の風雲の真実である。農民が農民以外からやってきた人の指揮を受けねばならず、農民は自分の主観、能動性、自覚性、積極性を発揮できない。当時は工作組の指揮督促で推し進めるしかなかった。

特に農作物の耕作方法では、過分な密植を強調し、それを科学的農作、革命的農作と謳った。農作に革命が必要で、右傾反対、保守打破、既存の戒律を打破し、新時代の革命的農作を実現するのだと言った。一九六〇年の春の耕作では、大面積のトウモロコシを植えることを強調した。工作組の指導のもと、トウモロコシの密植を「一か所に二本植えて肥料を十分やる」と吹聴し、トウモロコシの二倍増産を実現しようという。全公社が統一行動し、各大隊、各生産隊も「一か所に二本植えて肥料を十分やる」の指導方針を実施しなければならなかった。その他大豆、粟、小麦もすべて「密植倍増、増産倍増」が強調され、工作組の指揮力と指導力が充分に発揮され、真の監督管理作用を発揮した。

夏の耕作時、人々は不満があっても正面切っては口に出せないでいた。その意見は、この広い畑のトウモロコシは、作付け距離がこれまでよりすでに密なのに、一か所に二本植えるとは、密度が高すぎる。秋になってもトウモロコシの実がならず、増産どころか減産になるのを心配した。

一九六〇年、工作組が指揮する農業生産は、春の耕作から密播密植を強調したが、秋になっても密植による豊穣は得られず、この一年はまた特別な減収減産であった。人々は、これは天災人災がまとめて来た大災害の年だ、農民全体の受難で、農民はどうしたらいいのだろう？　秋になり、工作組は指揮、指導およびその監督管理をより強めた。農業不作で、収穫した食糧を国家に納めることとなった。第二生産隊にまた一人メンバーが加わった。崔汝挙《ツィルーチュ》という名で、工作組は彼を第二生産隊隊長に任命した。この崔汝挙は大石頭鎮運送機会社の主任兼党支部書記であり、私たち二隊で隊長となった（のちに崔汝挙は敦化市第三運送公司の総支配人になった）。彼は私たちの隊の隊長になり、民衆をよく理解し、人々の生活に心から関心を持ってくれた。彼は、ただ国家に食糧を納めることばかり強調し、農民の生活を顧みない他の工作組メンバーと違っていた。彼は農民に一人毎日三両（約１５０グラム）の食糧しか与えないのは、農民にとって危機であると理解していた。生産隊が全隊の人口各人毎日三両（約１５０グラム）の一年の食糧総量以外に、彼はさらに一部を食堂運営のための食糧として確保することを主張した。食堂は営業停止していたが、彼は農作繁忙期には営業する必要があると言った。このような理由で、食堂という名義で、生産隊はさらに一部分の食糧を備蓄し、年末と次の年の初春に公社員に配給した。これで当時人々は大いに助かった。

一九六〇年の年初、私は生産組長に選ばれ、記録員も兼任した。崔汝挙が隊長になったのは秋からであったが、生産において彼は農業の知識はなかった。だから彼は他の副隊長や委員など指導者とかけあうことはできたが、多くの業務を直接、組長たる私に委託した。彼は私が、組長であるが、事実上隊長レベルの働きをしていると言った。その年もと管理区大隊の副主任だった孫長有が二隊に復帰し隊長となった。孫隊長はこの一年の大躍進中に、いつも私を大隊の会議に誘った。公社はしばしば各種会戦の基層積極分子中堅会議を開いたが、彼はいつも私を連れて参加した。何か発言したいとき、資料を整理したいとき、彼が口頭で言い、私がそれを書き出し、整理し、発表し、ある意味代表的役割をした。この崔隊長もまた口才があり、弁舌で、演説が得意だった。生産隊の年末総括書も、私に書かせた。あるとき、会計担当を食堂管理員に異動させたとき、彼は私に会計の代理をさせた。事実上第二生産隊のこの年の会計決算も、私が作成した。

穀物の脱穀が終わると、外は大雪が降った。崔隊長は雪の後の脱穀場の北の端でたくさんのキジがエサをついばむのを見た。彼はキジをつかまえて、生活の足しにするのもいいと考え、私に相談した。私はいちばん簡単な、毒を入れた豆を食わせてキジをしとめることを教えた。私は十三歳のときこれでキジをつかまえた。当時はそれを自分らが食べるだけでなく、売って金稼ぎもした。しかし今キジをしとめる毒薬が手に入らない。崔隊長はそれを聞いて、よし、これは僕らの秘密にしよう。いいか、他の人にはしゃべるな。私は承諾した。彼は、「キジの毒薬は自分が入手する。そして君が毒豆を作る。朝晩の、人々に見つからない時間帯に君が豆をしかけ、キジをしとめる。僕ら二人で半分に山分けだ。だが絶対内緒だ。誰にも知られてはならない」と言い、私たち二人は実行した。あの、三両の食糧しかない苦しい時期、彼の家は街にあり、食べ物は農民より豊かだったろうが、野菜や肉類を買うのはやはりかなり難しかった。そんな中私たち二人はこんなささやかなチャンスで、その後しばらくの生活の足しにした。これについて、多くの人を助けるのは不可能であった。もし誰かに見つかり、公社に通報されると、大変な事態になる。公社の党が派遣した工作組の、しかも生産隊長に任命された者が、農村の青年と結託してキジを密猟したとなると、当時もし見つかっていたら、きっと免職のうえ処罰を受けただろう。私たちは各自それぞれ十数羽のキジを捕まえた後、ここらが潮時とやめた。もし長期間やっていたら、人に見られてばれたら……。あの時期は、人知れずに行うしかなかった。これは公開できない秘密であった。

一九六〇年十二月末、工作組はすべて撤退した。崔隊長も元の職場に戻り、元の運送社の主任に戻った。

一九五八年から一九六〇年、この三年間の大躍進と人民公社、全国の農業は連続三年減収となり、さらにソ連の中国への債務請求で、多くの食糧や大豆その他の農産品を持って行かれ、全国は飢饉と経済危機に陥った。国家に食糧がない、国民に食糧がない、これは国家の災難であり、国民にとっての苦痛である。

二十七　国家農村政策の転換

三年の自然災害を経て、党中央もようやく悟った。一九六一年一月、党の第八期九中全会（中国共産党第八期中央委員会第九回全体会議）が招集、同時に拡大的中央全体会議も招集された。北京を始点に全国農村各地に至るまで、全体的大調査を行い、三年続いた農業大減産の原因を調査した。調査チームは農村の各生産隊の農民の内部まで入り、農民に個別インタビューした。「引き回さない」、「暴力をしない」、事実を話しても「反動右傾ではない」と約束した。農民たちは「深く耕した畑」、「試験畑」、「七百平方メートルで五千キロの収穫」のような大げさな吹聴に怒り心頭であった。山東寿張の虚構モデル樹立、全国で推進された「深く耕した畑」、労働者の損害、人為的農業減産と「盲目的指揮」、これらが広範囲の農民から激しい非難と厳しい批評にあった。特に工作組派遣、毎年の盲目的指揮が、農民の生活と農業生産に重大な損失をもたらした。広範囲の農民から意見が出され、大げさな吹聴、盲目的指揮への厳しい批判、党の政策の指令を出す中で出た、いろいろなミスが、今回の調査で、党の農村を指導する方針政策や方法により、本当に大きな改善を見た。

一九六一年から、太平大隊の生産隊の規模形式が変更された。基層部生産隊が縮小された。太平にはもと三つの生産隊があったが、この年これが六つの生産隊に分かれた。もとの一隊が一隊と二隊に、もとの二隊が三隊と四隊に、もとの三隊が五隊と六隊になった。私はもともと二隊にいたが、分割により四隊所属になった。隊を分けるのは大変である。土地、家畜、農具、生産基金、通帳までも分けるから、口座を新規開設したりした。

資本主義思想を改造されたもと二隊の張隊長は、二年余り隊長職についていなかった。彼は四隊に配属され、その隊長になった。私は四隊でも、依然生産組長と記録員を兼ねていた。生産隊の規模は小さくなり、以前の半分になったが、それでも集団生産には変わりなく、生産経営方式も変わらなかった。

一九六一年から一九六三年までの三年間で、農民への政策がゆるくなった。党中央は『農業六十条』を発布し、公社員が自留地を農耕し、そこで栽培された農産品を、自分で消費する以外に、自由市場で自由売買できるようになり、公社員たちの個人経済を活性化させた。

同時に公社員が小さな荒地を耕作し、瓜、野菜、食糧その他家計の足しになる作物を植えることも許可され、公社員の経済的困難や食糧不足の窮地を補えるようになった。この三年で、私も雨天の日など休みの時間を利用して、小さな荒地を耕し、瓜、野菜、トウモロコシを植え、主に自分の家庭で消費した。

新政策六十条では、公社員が豚を飼ったり、牛や羊を牧畜できるようになり、少量の養蜂も可能になった。新政策が実行されてから、我が家では毎年二頭の豚を飼い、さらにもう一頭を国家（売買協同組合）に販売した。

大隊が蜂群を売り出したので、私は一箱買った。翌年には二箱になり、毎年百斤（五十キロ）の蜂蜜を国家に売り、百元余りの収入を得た。養蜂が順調で、蜂群が売れて、収入も増えた。私は一九六四年まで養蜂をした。全面的社会主義教育が始まり、資本主義の発展が制限され、資本主義の尾は切り落とさねばならなかった。その年私が出荷した養蜂はすでに四箱だったが、再び大隊に納品して集団養蜂が始まり、壮大な集団経済を発展させた。私は四箱の蜂をすべて大隊に納めた。私の蜂群は育ち具合が良く、四箱を合計五百元で買い取られた。その後この五百元は生産隊の不良債務解消に充てられ、我が家の大問題たる借金も解決した。

一九六一年から一九六三年、農村には生産を指揮する工作組はなかった。やたら早く植えろだの、過密に植えろだの、夜戦だのはなくなったが、生産は年々よくなり、農業は毎年増産増収で、国家に多くの食糧を販売してもなお、農民の生活は大幅に改善し、経済と食糧危機の悩みから脱した。

二十八　面と点の社会主義教育運動

一九六一年から、党の農村政策調整が変わり、大量の工作組を農村へ派遣し、生産指揮する方式が大幅改正された。農村に正しい方針政策が打ち出され、広範囲多数の農民の積極性を引き出した。太平大隊の農村にうれしい新現象が現れた。

一九五八年から一九六〇年までと、一九六一年から一九六三年までの、二つの三年を見比べると、農業生産額と農民の生活水準は差が大きく、比較ができない。主な原因は農民の労働積極性が異なり、労働生産結果もそのため異なるからだ。

一九六四年から一九六五年まで、あるいは一九六六年春まで、全国の農村では「社会主義教育運動」略称「四清運動」あるいは「社教運動」が展開された。この運動の中で、さらに農村の二つの路線闘争が展開し、大討論が繰り広げられた。テーマは社会主義路線か、資本主義路線かである。当時の宣伝では、国家は資本主義復活の危険性があり、現代社会上に鋭く複雑な二つの階級の二つの路線の闘争が存在するとしていた。当時、その重点は農村人民公社中の「四清と四不清」という主要問題上に表れていると言われた。また重点は後者の幹部と農村大隊および生産隊幹部の身にかかっていた。「四清」運動の主な内容は、政治を清める、経済を清める、組織を清める、思想を清めるである。四清の目的は「資本主義の尾を徹底的に断ち切る」ことで、皆が軽装で、共同で豊かな社会主義路線を歩むことである。

社会主義教育運動は二つの形式で行う。点と面という二つの形式である。まず大規模な面的社会教育を行う。主に県委員会が中心とする幹部を、それぞれ各公社各生産隊中に派遣する。主な目的は民衆を組織し、中央の文書つまり前十条と後十条を学ばせることである。前十条は『中国共産党中央の農村社会主義教育運動の問題に関する規定』、後十条は『中国共産党中央の農村社会主義教育運動の問題に関する決定』、規定と決定は文字一個の違いであるが、後の文化大革命において、群衆はその二つの文章の一文字の差の意味を知ることとなる。当時「社会教育運動」中の二つの階級、二つの路線の差と二つの路線闘争の党内での反映であった。

私たち太平大隊が行う社会教育運動は、まず民衆を集め、党中央の二つの十条を学習・宣伝することである。当時県に派遣された徐《シュ》宣伝委員、つまり県委員会の宣伝委員は、群衆大会で一字一句丁寧に中央の文書を読み上げ、各段落に明確な解説をつけ、人々はそれで党中央の二つの文書の重要な意味をしっかり学んだ。当時、後十条は前十条の補充で、皆に、農村に鋭く複雑な階級闘争と二つの路線の闘争があることを認識させるものだと思われていた。前十条の規定では四清と四不清の問題をしっかり把握していなければならず、把握していれば、あとは資本主義の尾を断ち切れば、皆は軽装でしっかりと社会主義路線へと歩むことができる。四清の思想教育を成功させることが、面における「社会教育」の中心問題であった。

党中央の二つの文書を学び、人々と十分な討論を重ねるうち、二つの階級の二つの路線闘争の太平大隊における様々な反応を認識した。まず一部の党員らが、個人が牛を飼い、養蜂していること、荒地で農耕していることを挙げ、以上がどれも政治が清くない、思想が清くない表れで、ゆえに率先して資本主義の尾を断ち切ると言った。人民たる私もまた資本主義の尾を断ち切らねばならず、自分の養蜂を差出し、価格を抑えて、五百元にした。現金渡しではなく、私個人の投資生産基金の帳面に記されたのみである。面における「社会教育」が、学習や運動を経て徐々に行動に移されていった。人々は、一九六一年以来、国家の農村農民への緩和政策が、またひきしめられようとしていると感じ、実際一部の人は不安を覚えていた。

点における社会教育運動は、公社以上の行政機関が、省州県各部門から、多くの幹部や、一部の軍隊に相当する幹部を選び出し、工作隊を組織し、学習や教育訓練を経て、派遣され、指定された農村大隊中に入り込み、大隊を中心に、点における社会教育運動を行った。各生産隊が一、二名の工作隊員を派遣し、まず貧・下層中農協会、略称「貧協」を組織した。貧協ができたら、苦情会を開く。まず一、二名の旧社会で受けた苦難がもっとも深い、恨みの最も大きい、つまり苦しみが大きく恨みが深い者が、貧協会で無実の罪と苦しみを訴える。次に公社員大会上で、旧社会の罪状や地主富農が貧民から搾取しその生活を圧迫したことを訴える。広範囲の貧・下層中農が、階級の苦を忘れず、血と涙の恨みを胸に刻み、自覚を高め、階級闘争を徹底進行させることを呼びかけた。

社会教育運動で、党中央後十条の文書中に「党内の一部の資本主義路線に走る実権派」が、社会において階級の敵（つまり地富反壊右：地主、富農、反動派、悪者、右派）が、荒れ狂うごとく社会主義に進攻し、資本主義を復活させようとしている。「貧協」貧・下層中農は決してそれに応じない。決して道を戻らない。もうあの暗黒の旧社会には戻らない。貧・下層中農はもう牛馬のごとく使われない。またあの日の射さない苦難の生活に戻ることはできない。幾度かの苦情会を経て、貧・下層中農の階級意識が高まり、貧・下層中農の革命への熱情を触発した。次は地富反壊右という階級の敵の反動言行を調査し、対敵闘争大会を招集し、人々が会上でそれらの反動言行を暴露し、その反動的階級本質を批判した。批判の重点は、地富反壊右という五種類の人が真面目に労働改造を受けるかをチェックした。通常の生産労働において、どんな毒を吐き、どのように集団生産を破壊するか、どのように社会主義を破壊するか、彼らはどのように旧社会を復活させたい、天国のない生活を復活させたいと願っているのか。とにかく彼らの反動性、反社会性を批判し、すべては審議にかけられ、階級闘争という網、二つの道の闘争という線から離れることはできなかった。私たち第四生産隊に二人の富農分子、つまり工作隊の定義するところの階級の敵がいた。一人は董維志《トンウェイチー》といい、労働を受け入れたが真面目に改造を受けなかった。彼の反動言行は「大躍進反対」であり、しばしば大躍進の悪口：労働者が経済的損失を負ったとか、農業大躍進で大減収だったとか言っていた。彼の罪名は三面紅旗へ反対したことと、おおっぴらに社会主義路線に反対したことである。最後には彼に富農分子・階級の敵という「帽子」をかぶせた。彼は文化大革命が終わらないうちに亡くなったので、富農分子の「帽子」を棺まで持って行き、地獄まで持って行った。彼は「帽子」を取る素晴らしさを目にすることがなかった。

もう一人の富農分子は私の養父鄧兆学である。彼は身体障害者だったので、生産隊の労働に参加できず、群衆の監督改造を受けていないと見なされ、間もなく貧協や工作隊から「改造されていない富農分子」とされた。彼の反動言行をアピールするのに、最も重要だったのは、集団活動に参加していないことだった。あまり人と接触していなかったので、特に新しい反動言行があるわけでもなかった。それでも、土地改革がちょうど終わったころ、養父が貧農梁俊生に、貸した一つのテーブルを返してくれるようかつて言ったことを指摘する者があった。そのテーブルは年越しのとき祖先の位牌に供え物をするのに使うものだった。梁俊生は当初党支部の書記だったが、我が家の実情をよく理解しており、彼はそのテーブルを持ち帰って、間もなく我が家に返してくれた。当時のある農会の積極分子が、土地改革工作隊にこの事を報告した。工作隊は、梁俊生が階級の分別をしっかりつけず、貧下中農の立場にしっかり立っていないと批評し、彼に過ちを徹底改正するよう求めた。そのため彼はまたそのテーブルを我が家から梁家に持ち帰った。この事により、私の養父鄧兆学が土地改革後、貧下中農に反撃し奪い返しをしたと遡及し、土地改革の成果としての罪名を強要した。もう十八年も前の事である。今回の「社教」は敵に対する闘争で、古い材料を蒸し返し、また養父に反抗奪い返しの「事実」を認めさせ、頭を下げて罪を認めさせ、再度監督改造を受けさせた。しかし文革後の一九七八年、養父は「帽子」を取れる日がやってきた。この階級の敵たる富農分子の「帽子」を三十一年余りかぶされ、ついにそれから解放された。年齢が七十八になる養父は当時にわかには信じられなかったが、党中央の英明な決断は農村の基層部にも徹底され、養父は格別に喜び、党に大感謝した。彼は身体障害者で、身体はがりがりに痩せていたが、八十一の高齢まで生き、亡くなった。

私自身は一九五八年から一九六五年末まで八年間、記録員をした。一九六〇年から一九六五年末まで六年間、生産組長をした。社教工作隊に入ってから、四清の政策をもとに中央の文書と照らし合わせ、私の身の二つの重要な汚点に気づいた。一つは今の家庭が富農であり、富農の子弟であること、もう一つは私が日本の血を引く者で、日本帝国主義侵略者の子孫であることだ。工作隊が貧下中農大会を開き、私の問題を討論した。討論審査の結果、一人の階級異分子が生産隊の主導権を奪ったとされ、翌日、公社員群衆大会が開かれ、私の生産組長と記録員の職務を罷免した。罷免はされたが、特に処分は受けなかった。毎日の多くの仕事から解放され、かえって楽になった。それでも私の反動的言行を必死にあら探しするも、どうしても見つけられない人もいた。もし一九五八年と一九五九年のように帽子をかぶされ、打倒右傾と棒で殴られるような頃だったら、恐らく私を階級の敵とまつりあげたろうが、今回の社教は、費用投入も減り、特に慎重であった。だがそんな帽子や棒も、ふだん積極的に生産を統率し、まじめに働く者には無用だった。また党の政策も打撃を拡大するものではなく、特に今回の社教運動は、掲げる主義は、明確に社会教育の推進すること、思想教育活動をしっかりやること、四清を徹底実行すること、幹部や民衆を社会主義積極の道に導くこと、一切の「四不清」の間違った空気を正すこと、社会主義の新しい農村を作り上げ、社会主義の新しいブームを築くことだった。

私は免職されたとはいえ、毎日出勤し、皆と共に生産労働に従事した。私は変貌も落胆もしなかった。かえって自分には有利だった。今までより多くの時間を自分の学習に注ぎ込め、自分の知識水準を向上できた。仕事の休み時間は、皆に新聞を読み聞かせ、皆に国家と世界で起きている大事件やニュース、社会的な各種の新しい文化的生活の各種の変化を伝えた。皆も、私が新しい事物を宣伝し、皆に貢献しているとわかってくれた。若者も高齢者も、夜に政治や毛主席の著作を勉強する者が多かった。社教運動中、夜の学習でよく理解できずじまいとか、まったく文章の意味を理解していない人に、私は翌日の休日時にもう一度昨晩学習した主な内容を復習し、皆がより理解するようサポートした。

生産隊は工作隊のサポートで、男女青年の特別学習を強化し、青年がはやく進歩し成長するよう、「社会主義青年学習グループ」を結成した。二十五歳の私もこのグループに入れられた。私は一番年上だった。工作組は張学文を青年グループの組長に、私をこのグループの学習補導員に推薦した。実際は私が率先し、このグループの学習を指導した。その後、この点における「社教」で、私は生産隊の学習積極分子と評され、大隊の積極分子会議にも出席した。私は青年学習グループの学習を見ながら、工作隊が指揮する生産隊の全体公社員学習のときも、毎回最後に今回の学習の主な内容を説明した。生産隊の具体的問題を結合させた、個人的な学びの場であった。

わが四隊に派遣された「社教」工作隊のメンバーは、解放軍の幹部だった。彼はいつも黄色い軍衣をまとい、当時既婚で、四十代で、体格は中くらいで細め、饒舌だが、落ち着いていた。彼は姓が劉で名が保民《バオミン》といい、駐在軍の某中隊の指導員だったそうだが、皆は彼を「老劉」と読んでいた。

近くの三隊の工作隊員も解放軍の幹部で、年若く、大柄でややふくよかで、身長は一メートル八十センチ以上だった。彼は姓を高《カオ》といい、人なつこく、第三生産隊の公社員は皆、彼が好きで、話しかけていた。

ある日、工作隊の老劉と一緒に働き、帰宅時、私と一緒に歩きながら彼は言った。鄧君、君はしっかり勉強して、仕事をがんばれば、将来はきっと明るい。私は「はい」と言いながら、その意味がわからず、言葉を返せず、続きを聞いた。彼は、学んだことは、実際の場面に応用しなければならない。君は理論の実践化がよくできている。彼が私をほめるほど、私は反応に困った。あせりながら彼が何を言っているか考え、平静を装って彼の話を聞く。彼は言った。「君は五年前に一人の人の命を救った。君が助けなければ彼は生きて戻れなかったらしいね。そのような人命の危機に際して、君は自らを省みず助けに行き、その人を岸に連れ帰った。彼の体格は君より大きく、その小柄な体で水の中から大きな体を引っ張るのは、並大抵ではない。だから私にはわかる。君の品格は高く、真なる学習模範である。君は生産隊でずっと努力してきた、さらにいつも先進的生産者であった。君は本当に学問を現場に応用した典型である。だから私は、君が社会主義青年学習グループの学習指導員になることに同意した。」私はやっと老劉の言うことを理解した。彼は私が北大河で岳徳新を救ったことを三隊公社員から聞いたのだ。三隊と四隊は以前の二隊であり、もともと同じ生産隊の公社員である。

一九五八年、集団養蜂をやることになり、大隊は敦化実験蜂場で六箱の蜂を購入し、大石頭の駅に送った。当時太平には三つの生産隊があり、各隊から労力のある者を選び、大石頭駅へ往復し、蜂の選別をした。当時は、曇り・雨が続き、大雨で、志願を募った。二隊では私が志願し、他の二つの隊の人と行った。三人とも若く、私が一番年下だった。往復には午後いっぱい費やし、雨のぬかるみを進み、私たちは任務を果たした。大石頭駅から三人で六箱の蜂を持ち帰り、太平の最初の養蜂に多少の貢献ができた。

生産隊の共用トイレは、冬は凍結し、尖ったつるはしで大便をくだいた。これはまだ容易だった。夏にトイレからくみ出す大便は臭くてきたなくて、非常に苦労する。若者の中でもほとんどやりたがる人がいない。私は冬でも夏でも、できる限り自主的にやった。私は、汚い仕事も疲れる仕事も、自分にとっては貴重な鍛錬であり、自分にできないものなどあるとは思っていなかった。

もともと私たち二隊にいた「五保戸」の丁華清《ティンホワチン》は、隊が分かれてからも私と同じ四隊になった。私はこの老人のため水をくんだり薪を割ったりした。またもと一隊の飼育員高有《カオユウ》も、新しい二隊に来たときやはり年老いて仕事ができなくなり、五保戸となった。五保戸とは、子供がいなくて、老後も面倒を見る人がいない独身老人のことで、生産隊の集団による介助が必要であった。しかしどの生産隊も、彼らの食糧や燃料を調達するが、特定の誰かに老人介護させるのではなく、義務的に彼らをサポートするだけであった。私は自分の隊の五保戸以外に、五保戸たる高有に薪を運んだ。この人は本当に苦境にあった。以上は社教工作隊が来てから始まったことではなく、私が十八歳で人民公社に入ってから実施していた。

社教が導入されてから、私は特別な仕事はなかった。一九六六年の三月、各生産隊は耕作準備にかかっていた。私たち四隊公社員は糞運搬がほぼ終わり、うまやの後ろの肥料場で肥料精製をしていた。一部の使い古した炉の炉穴の土を細かく砕き、ふるいにかけると、上質な精製肥料が出来上がる。トウモロコシやアワを植えるのに適した肥料である。または糞を土と混ぜて、やはり細かくし、ふるいにかけて、糞により生成肥料にする、これも良質な肥料だった。ある日、私たちが精製肥料を作るとき、空が突然暗く曇り、間もなく雨が降り出した。今日は作業できないと、解散して帰宅した。私が家の入口まで来ると、二隊の公社員が忙しげに生産隊の建物を藁で覆っていた。一隊と二隊はもとはひとつの生産隊だった。一九六一年に隊が分かれて、東の五つ部屋の新しい建物は一隊に、西の五つ部屋の古い建物は二隊に分配された。この二つの生産隊はうちから近く、百メートルも離れていない。我が家の目の前である。私は、雨の中で建物を覆うのに、一人でも多くでやれば少しでも早く作業が終わるだろうと思い、家に帰らず、直接二隊に行き、二隊の公社員とともに建物を覆う作業をした。私でも藁を屋根にくくりつけるような作業はできたので、最後には私は建物のてっぺんの端で作業した。三層を覆い終えたところで、作業終了、二隊の公社員とともに解散して帰宅した。

　私は四隊では幹部ではなかったが、隊長や指導者がいないときでも、私は中堅的主導的役割を果たした。私が積極的に仕事をすることは皆が知っていた。何かあれば、私は出来る限りの努力をし、生産隊のようなグループでは、最後までしっかりやりとげた。私はまじめで責任感を持ち、仕事が複雑でも、どんな仕事でも、私は必ず一定のレベルでやりとげ、絶対適当にしたり手を抜かない。

一九六六年四月、春の耕作が始まる前、工作隊は撤退した。撤退前に、太平大隊では重点的社教後初の政治工作会議を開いた。各生産隊は太平党支部の指揮者や工作隊の支援により、今回の大隊の第一回政治工作会議を開いた。各党で会議に参加したメンバーは、政治隊長、貧協主席、さらに二名の党員幹部、あるいは学習積極派だった。私は生産隊の幹部でもなく、共産党員でもなく、ただの学習積極派として指名され、太平大隊の第一回政治工作会議に参加した。ご存じの通り、政治工作会議と言われるが、すべての党員あるいは共産党青年団員が参加できるものではない。会議は二日間開かれ、主な内容は、社教運動の成果のまとめと、重要な経験教訓を学び取ることだった。党中央の社会主義教育運動で規定決定された二部の文書の重要な指示精神に基づき、教育運動のなかで、広く多くの党員や民衆の学習における意識を向上させ、四清運動のすべての業務を重点的に遂行する。工作会議では太平大隊の今後の任務も制定し振り分けられた。「社教」運動の成果を確固たるものにし強化する、政治業務を強化する、マルクス・レーニン主義や毛沢東思想の指導と学習を強化する、社会主義への方向性を固める、社会主義革命を徹底推進する。工作隊は大隊の業務任務をすべて太平大隊党支部に委託した。だがもっと大切なのは、上級党委員会の指導者に従い、全国において党中央の指導のもと「社教」運動の成果をより確かにより大きくすることだ。

四月末、太平大隊の「社教」工作隊が撤退後、五月十六日、中央の「五一六」通知が出されて、新たなる巨大な革命の嵐がやって来た。

二十九　史上前例のないプロレタリア文化大革命

一九六六年四月三十日は土曜日、次の日は五一国際労働記念日、曇りで小雨が降っていた。午前八時、工作隊が撤退してから、全大隊の第一次党支部拡大会議が開かれた。拡大支部会だったので、非党員である私も参加を求められた。五月六日立夏、高寒山区の敦化は、立夏には春の耕作の繁忙期を迎えた。党支部書記李春陽が、党員全体と積極派を集め、社会主義教育運動成果の強化を動力とする、政治のリーダーシップを取り続け、全力で春の耕作生産の進行を推進すること、我が大隊の実情をもとに、有力な時機を逃さず、適切な時機の種まきを実施し、春の耕作の生産任務を早急に完了させることを呼びかけた。李春陽《リチュンヤン》は、春の耕作生産というこの戦いにおいて、皆が各生産隊中で、すすんで先頭に立ち、真の中核的リーダーシップの作用を果たすよう指示した。会議に参加した全体党員と積極派に、広大な民衆との団結をさらに強化すること、私たち自身のために共に目標に向かって闘争し、確固として、全力で赴くこと、進む道の先にあるすべての困難を克服し、私たちが春の耕作生産の第一戦で勝利を勝ち取ることを呼びかけた。

李春陽はもともと二隊の公社員で、第二隊の政治隊長をしていた。隊を分けたときもまた私たち四隊に分けられた。彼は大隊のリーダー業務を担当して以後も、しばしば四隊の生産労働に参加した。彼と家族はすべて四隊で食糧配給を受けていた。その年の春の耕作では、彼はすきを手に、春の耕作のすべての労働をこなした。彼は休み時間を利用して、私と話をし、私に入党申請書を書くよう勧めた。私が生産隊の各方面で、積極的に努力し、ずっと民衆の中核であり続け、リーダーシップを発揮するために、早く入党してほしいと言った。私は内心考えた。私が勉強や仕事に頑張るのは入党するためではない。一人の人間が人民や社会のために貢献するのは、入党しなければできないことではない。私が尊敬する文豪たち：ゴーゴリ、ゴーリキー、魯迅、郭沫若らもすべて党員ではない、あるいは入党前にすでに人民、社会、人類の進歩のために彼らがやるべき貢献を果たしていた。ましてこの階級闘争社会において、農村の基層は身分論を格別に重視する。私は富農家庭の出身で、日本の血統を引く者である。今党組織はこれを問題にしてはいないが、一部には気にする者もある。だから私は入党せず、申請書を書かなかった。党支部のリーダーが私にどれほど期待しようと、組織が以後私をどう見ようと、私は自分の実情から決めるしかない。

春の耕作中の五月、文化革命が始まっていた。各大手新聞上に文芸界の評論文が載せられ、『海瑞罷官（海瑞《ハイルイ》の罷免）』を批判した。次に「三家村」黒（反動）組織およびその三人の親玉を批判し、公開指名で鄧拓《テントゥオ》、呉晗《ウーハン》、廖沫沙《リァオモーシャ》の三人の「反動」的資産階級文芸ルートを批判した。批判対象は当初文芸界の黒ルート、および反動的資産階級文化およびその学術権威であった。文化文芸界のことだろうと、農村ではまだ静かであった。文化大革命、文化という二文字のため、しばらくは農村、農民、公社とはつながりがなかった。

しかし中央の五一六通知後、各地の紅衛兵運動が立ち上がった。雨後の筍のように、文化大革命は全国で急速発展した。私たちの太平中学でも紅衛兵が結成され、共産主義青年団を中心にした社会青年も紅衛兵を組織しはじめた。これら紅衛兵組織の成立は、表向きは毛主席をトップとする党中央を守り、毛主席をトップとする無産階級司令部と無産階級革命路線を守り、党内最大の一部の資本主義路線に逃げる実権派および彼らが推進する資産階級反動路線を批判するというものだった。

後に紅衛兵は社会に進出し、四旧（四つの古い物）を破り、四つの新しいものを打ち立て、封建主義と資本主義の旧文化を壊し封じ、無産階級社会主義の新文化をうち立てると言った。全国の紅衛兵たちは、各地の伝統文化、一部の名所旧跡、古くからの寺院やその中の仏像神像を粉々に壊し、壊さなければ立たない、これら古いものを粉々にしてこそ、新しいもの、社会主義の新しい事物をうち立てられると主張した。敦化県政府所在地と私たちの地区から最も近い大石頭鎮でも、紅衛兵が行動を始め、その地区のすべての古い寺を粉々にし、さらに敦化の紅衛兵と大石頭の紅衛兵が連合して、二河大隊にひそむ沈《シェン》という者が、疑いなき反革命黒組織派であると言い、紅衛兵はその沈という者を捉え、彼の家をあさった。聞くところでは、彼の家から多くの反動的書物が見つかり、すべて反党反社会主義であり、沈という者は二河群衆大会上で批判闘争を受けた。当時批判闘争と言われたが、実際は彼を瀕死の状態にたたきのめした彼は数度の批判闘争中にたたき殺されたという。また沈という者は批判闘争でたたき殺されたのではなく、家で自殺したのだとも言われた。私たち太平は二河から十キロメートルほどしか離れていないが、確かな情報は得られなかった。沈は他殺であれ自殺であれ、冤罪には違いない。文化大革命後期に政策が実行され、沈は階級の敵ではなく、人民内部の矛盾だとされた。結論的には誤解および自殺で、冤罪は晴らされることがなかった。

当時は文化大革命の初期で、敦化の紅衛兵が大石頭の紅衛兵とともに実行した第一歩の革命行動、それは二河の沈を冤罪に追いやったことである。

太平中学の紅衛兵と大隊社会青年紅衛兵も革命行動を開始した。まず太平村南西角の土地神のほこらを倒し、石をすべてばらばらにし、これは疑いなく封建的な四つの旧であり、ここから新をうち立てると言った。

その晩の深夜十二時、紅衛兵はグループに分かれ、統一行動をした。武装した民兵とともに、武器銃弾を持ち、すべての地、富、反、壊、右（地主、富農、反動派、悪者、右派）、という黒五類の派を逮捕した。この時の行動は大隊党支部のリーダーの指揮下で行われ、組織があり指導者がある計画的革命行動と言える。主には逃走中に紅衛兵を訓練し、群衆を訓練した点においてである。

養父は深夜に紅衛兵に捕まり、大隊に連れていかれ、他の黒五類とともに集められ、一人ずつ審判が行われた。審判中に体罰を受けた者もいた。養父は拘禁されたが、幸い殴られなかった。紅衛兵隊長は、鄧は富農分子である。調査によると、四清の審査中も反動的言行は見受けられなかった。彼は身体障害者であり、我々は軽々と障害者に暴力をふるうわけにはいかない、と言った。紅衛兵たちは隊長の意見に同意し、養父は三日間拘禁の後、釈放された。拘禁されていた三日間、私の妻君英が毎日食事を持って養父を見舞った。養父は、心配するな。青年達は私によくしてくれる。優しくて、誰も私を責めたりしないと言った。多くの紅衛兵も、心配しないで、お父さんはとても正直で、我ら（紅衛兵）は誰も乱暴しないからと言った。そう、私はとても心配だった。養父は身体の弱い障害者である。紅衛兵からの殴打や叱責に耐えられるわけがない。彼らは黒五類の悪人どもに対して革命行動を起こしているのだ。幸いなことに、紅衛兵の隊長は私たちの生産隊の中学生であった。公社会の紅衛兵隊長は三隊の隊長であった。私たちは同じ生産隊の者であった。また民兵中隊長、共産主義青年団支部書記もふだん私と仲良くしていた。この共産主義青年団副書記は西甸子に駐屯しており、やはり私の同窓であった。また社会教育に新任された大隊長は、うちで作男になり、また小僧だったこともあった（前に書いたが、彼の父親が重病で亡くなる前に私の養母が看病したことがある）。新任の若い副大隊長は私の友人の弟であった。太平の紅衛兵、民兵、共産主義青年団、および行政大隊責任者、若い指導者グループは私にとって悪い印象はない。養父には「保」の字をもって接してくれ、肉体的苦痛を受けることはなかった。それ以上にこの富農子弟であり小日本である私にも、かなりの「保護」をしてくれた。

文化大革命の敵対闘争が始まる前、予備会議が開かれた。党支部の主宰者が開いた老中青年のリーダー中堅会議である。実際は紅衛兵、民兵、共産主義青年団が主体となる敵対闘争発動会議であり、少数の老幹部老党員も参加した。この予備発動会は、「帽子をかぶった」黒五類分子を主な逮捕の対象としていた。また他の、国民党兵歴があるもの、旧満州国で日本人のために働いた者など、大きな歴史的問題がある者はすべて逮捕し、この会議上で逮捕の名状を決めた。当然撹乱をもくろむ地主富農子弟も含まれた。会議上である老幹部が私を名指した。うちは富農で、私自身が小日本鬼子であり、逮捕して闘争にかけなければならないと。老幹部の提議は紅衛兵、民兵、共産主義青年団および二隊大隊長から反対された。皆私を逮捕するのに反対した。最後に党支部書記が決定した。鄧君を逮捕はできない。彼は社会主義教育運動後の大隊の第一次政治工作会議の参加者で、社会主義教育運動の中で成長した人であり、社会主義教育工作隊と大隊党支部が確定した積極派である。彼は生産隊や大隊のために一定の働きをした。彼の働きの成果は誰も否定できない。だからこのような人を逮捕することはできない。最後は、私の逮捕を提起した老幹部とそれに同意した幹部は言葉が出なかった。

最後に逮捕が確定したのは、中央のひげ中隊長の張某、西甸子《シーティエンツ》に住む、国民党の特務をしていた李某、地主の子弟李某、富農の子弟孫某と張某であった。すべての「帯帽」する五つの派の逮捕が決まり、帯帽していないのは以上五人と確定され、一夜のうちにすべて捕まった。

捕まった人は黒五類と呼ばれ、毎日群衆大会上で批判闘争を受け、態度が悪いと殴られた。太平での「敵」への闘争大会で態度が最も悪いとされたのは、地主の子弟李某で、肉体的に受けたダメージが比較的ひどかった。

西甸子のあの国民党員だった李某は、数度の審判大会の批判闘争において、肉体的ダメージはあまり受けなかったが、納得がいかず、運動のことも理解出来ず、最後には自殺した。

「黒五類」は胸元に大きな看板をかけ、手にも持ち、頭には縦長の帽子をかぶり、紅衛兵、民兵に監視されながら大通りを練り歩いた。農閑期であったせいか、文化大革命が太平大隊で進行した。うちは富農で、また誰かがうちには「変天帳」があると指摘したので、紅衛兵が我が家を捜索した。紅衛兵の責任者が、まず私と話し、次に養母と話した。恐れなくてよい。指摘する者がいるから、我々は行動しなければならない。ただ事実を理解するためだと言った。私たちはそのような物は持っていない。私の心は一点の曇りもなかった。紅衛兵が各部屋をことごとくあさり、洗いざらい捜査する。炉の底、オンドルの底、倉庫の棚から地下まで、鉄の棒であさりつくした。院内の豚小屋、トイレの周囲、畑の各地、溝、果樹の根の下各所、すべて鉄の棒で探った。我が家の探せる場所すべて詳細に捜索された。結局何も成果は得られず、彼らはそそくさと撤退した。太平大隊の対「敵」闘争で家をあさられたのは、私たち二家だけだった。我が家では「変天帳」は見つからず、それで養父は釈放された。私を逮捕することもかなわなかった。

太平大隊の紅衛兵運動が行った敵対闘争は、五日ほどかかり、敵対闘争の勝利を宣言し、一応の決着をみた。

文化大革命運動が浸透するにつれて、各地の紅衛兵運動が浸透し展開し、さらに市や鎮の各部署職場、特に工場・鉱山企業の労働者や職員も、民衆組織を作り、皆革命の造反派と名乗った。紅衛兵と群衆造反派が連合した。当時いわゆる革命大連合は、引き続き権力争奪にかかった。敦化の各群衆組織は、省政府のある長春や北京の動向を見て、矛先を党の指導者に向けた。敦化の群衆組織はまず県委員のリーダーを批判闘争にかけた。県委員の書記方振鐸《ファンジェントゥオ》、副書記王春先《ワンチュンシェン》の二人を群衆大会に連れて行き、批判闘争をした。それから各郷鎮の党委員のトップらを、すべて県に集めて批判闘争を行った。各中学の党組織責任者、全県の権力者および当時反動学術権威とみなされていたもの、および町内の「黒五類」つまり地富反壊右分子も、すべて敦化一中のとある会議室に集められ、「牛鬼蛇神（妖怪変化）」に対して民衆の独裁を行うと言い、実権派と「黒五類」をまとめて監禁し、紅衛兵の造反派が日夜交替で監視した。犯罪者と同様で、ひそひそ話したり、内緒話をしたりできず、夜も昼も毛主席語録を勉強せねばならなかった。毎日これら「牛鬼蛇神」を群衆会場に引っ張り出し、批判闘争を行い、その後は高い帽子をかぶせ市中引き回しであった。私が後に崔汝挙から聞いた話では、大石頭鎮公社党委員書記劉庚忠《リウケンチョン》は、大石頭党内最大の実権派であり、崔は当時は運送会社の主任兼党支部書記であり、企業の代表かつ最大の実権派であった。劉と崔の二人は、大石頭の紅衛兵造反派に逮捕され、大石頭で何度も批判闘争を受けたすえ、敦化一中に送り込まれた。崔はこう言った。私のようなたいした権力ない人間も、大きな場に引っ張り出され、大実権派の県委員会の二人の書記や各郷鎮党委員会の最高責任者、さらには市の「黒五類」とも一緒に監禁された。毎日造反派が銃を持ち私らを監視する。私らは皆牛鬼蛇神になってしまった。県委員会書記に批判闘争するとき、私らのような小さな実権派も同じように批判を受けなければならない。私らはいったい何の罪を犯したのか、何の法律に触れたのかわからなかった。彼らは、私たちは民衆を鎮圧し、革命を鎮圧し、党内最大の走資派に従い資本主義路線へ走り、中国に資本主義を復活させようとしたという。当時私たちに監獄の受刑者のように、縄や手錠を次々とかけ、私たちに「群衆独裁はすばらしい、牛鬼蛇神は一人として逃げられない」と強制的に言わせた。それを言わず口をつぐむとなぐられた。私たちが「監獄」から出て批判闘争を受けるとき、方振鐸《ファンチェントゥオ》第一書記を先頭に、王春先《ワンチュンシェン》副書記、最後に各郷鎮の党委員会書記の順で並んだ。崔は続けて話す。崔はずっと劉庚忠《リウケンチョン》書記の後ろにいた。隊列は五十余人くらいだったろう。部屋を出るとき一斉に大きな声で「群衆独裁はすばらしい、牛鬼蛇神は一人として逃げられない」と叫んだ。「監獄」に戻るときもまた「群衆独裁はすばらしい、牛鬼蛇神は一人として逃げられない」と大声で叫ばねばならなかった。県で批判闘争を一定期間受けた後、私たち二人は、今度は本公社に連れて来られ、待っていたのはやはり大小の批判闘争、きりがなかった。各級の革命委員会が成立して、私たち実権派への批判闘争はようやく落ち着いた。

太平大隊も同様で、社会の黒五類を批判闘争した後、紅衛兵（中学大隊）が組織され、即時行動を始めた。突然、黒五類を逮捕したように、党支部書記の李春陽を逮捕した。この「逮捕」は縄で縛りはしなかったが、精神面で李春陽に大きな打撃と圧力を与えた。黒五類を取り調べるように、彼に深く自己反省を強いた。なぜ走資派とともに太平に資本主義を復活させたか、お前は太平の最大の走資派である、なぜ太平で「三自一包」つまり、小さな土地を開墾して、公社員に養牛、養羊、養蜂を推し進めたか、お前の家の養蜂数は最多である（実際は彼の老父が養蜂していた）、お前は全大隊を率いて資本主義復活を図った。紅衛兵は続いて、お前のような太平大隊最大の走資派は、我々は必ず徹底的に批判根絶させると言った。次に群衆大会が開かれ、太平大隊の資本主義路線に走った実権派の批判闘争をした。文革のこのやり方は、多くの人々にもよくわからなかった。党支部書記李春陽に批判闘争をしたことも簡単に適当に扱われた。もちろん老幹部の中には、李春陽に不満を持つ者もいた。特に社会主義教育運動中に、李春陽は工作隊といっしょに大隊の編成をしたとき、ほとんど古い老幹部を起用せず、新人を大隊のグループに入れたことから、李に反感を持ち、今回の実権派への批判闘争の機に、個人的恨みを晴らした。だが多くの党員や民衆は、李春陽は悪い人ではなく、まして我々の「敵」ではなく、いつまでもかこつけて批判闘争するのは不合理だと言った。よって基層部の人々の中で、現地の走資家に批判闘争を起こすことは、反対の結果をもたらした。人々の文化大革命への積極性とその思想や思いは低落した。革命が党支部のトップにふりかかるなど、どうしてもわからなかった。特に党委員会書記劉庚忠は、公社で闘争を受けてから、各大隊へ下放され労働改造を受けた。名目は貧下中農の再教育を受けるというものだが、労働は各生産隊と公社員が一緒に労働し、食事は〝黒五類〟の家で摂った。党委員会書記が走資派とされてから、地富反壊右分子同様に、各生産隊に下放され、発言権を奪われ、言動を制限され、ただ黒五類と同様におとなしく民衆の監督改造を受けるしかなかった。

文化大革命の特徴は「四大」を行うこと、すなわち大鳴（大いに意見を述べ）、大放（大いに議論し合う）、大字報（壁新聞）、大弁論である。革命の民衆組織は両派対立すると、互いに大字報を貼り、宣伝車に拡声器で互いに攻撃弁論した。後に都市の群衆組織は皆武装を始めた。省政府がある長春市の大きな各学院大学および工場や鉱山の大きな部署は、武装民兵を中心として民衆組織を成立させた。省市には主に二つの大きな派があった。「赤色革命委員会」が一つの大きな派で、もう一つの大きな派は「長春公社」であった。この二つの大きな派はいわゆる保守派と革命派として互いに非難しあい、時には武力抗争も起きた。双方とも代表を中央に派遣し、告訴した。結果、中央は両派ともに革命民衆組織であると認め、各地の左派解放軍部隊の働きで、両派は和解し、大連合を結成した。最後は省、地、県、社各階級が「三結合」の革命委員会を成立させた。三結合とは、解放軍、老幹部、民衆組織の結合である。こうして各地の麻痺状態であった地方行政組織は回復した。

当時敦化城にあった二つの派の組織、「紅革会」と「紅到底」二派も武力抗争した。城楼内の堡塁戦から城壁外での野戦まで発展した。双方攻撃による死者が出た。私たちの太平大隊西北部の大橋郷崎嶇《チーチィ》大隊の南山頭生産隊の周鳳春も戦闘中に死亡した。私の養父母が山地に住んでいたとき、この人と仲良くしていた。周鳳春はしばしばうちに来て、私も南山頭の彼の家へ行っていた。彼の家は老母が一人いるだけで、周鳳春の死によりその老母は極度に悲しみ、とても痛ましかった。

文化大革命の深化と発展、各地の民衆組織問題、および各種政治政策問題は、地方では解決ができず、中央に陳情に行くと早急に解決できた。私は自分の身分問題に思い至った。現地が私を富農家庭出身とみなし、富農の子弟とみなしていることは不合理だと思った。党支部の農村土地改革と身分階級分けの政策は、土地改革前の三年すなわち満三年の者はすべてそこの家庭の出身とみなすことを知っていた。だが私は一九四六年二月に富農家庭に入り、一九四七年の七月に土地改革運動があった。つまり私が富農家庭に入って一年半たたないうちに土地改革と身分階級分けが始まった。党の政策では、三年に満たないものは、その家庭の身分階級とはみなされないことが明確にされている。社会主義教育運動も文化大革命も私個人の身分問題を明らかにはしなかった。そこで､私は北京に陳情に行き､自分の身分をはっきりさせようと決心した。これは自分にとってとても大きな政治的問題であった。

一九六七年十二月、農閑期に、私は太平を出発して北京に向かった。当時文化大革命も予断を許さない状況で、各地で銃声が聞こえた。間違いなく各地の両派武力闘争であった。例えば長春、瀋陽、天津などの地で乗り換えるとき、駅の外から銃声が聞こえ、さらに各造反派の完全武装した人や車の隊列も見えた。数々の大型トラック、拡声器から甲高い声をあげる宣伝車が、駅前広場を通り過ぎ、大通りへ、市内の繁華街へ向かった。また各派各組織の人が、駅の待合室で、旅客たちに自分らのビラや小新聞を配っていた。

私は北京駅に着くと、すぐ天安門広場へ向かった。天安門の東側に、労働人民文化宮公園がある。そこに、党中央と国務院が設立した文化大革命群衆来訪接待所があり、全国各地から来た人々に応対していた。応対する人数が多く、毎日数千人の来訪があったが、とても整然として秩序があり、大人数でも乱れがなかった。

陳情に来た人は入り口で陳情内容および主な理由を書く。民衆組織および相互闘争で解決困難な事柄は、現地のカウンターに多くの相談窓口が置かれていた。各種政策に関しては、国務院内政部、外交部、工業部、農業部、商業部などがあり、工業企業類のことは工業部第何部へ行く、人民公社のことは農業部へ行く、文化教育関係のことは文化部あるいは教育部へ行く。ともかく、群衆労働接待所の入り口の受付員は非常に聡明で能力のある人だった。陳情者が書いた内容を見て、内容理由により分類し、知りたいあるいは解決したい問題に対して、中央の該当する部門を案内し、そこが解答をくれる。北京へ行って無駄足ということはなかった。

入り口の受付員が私の書いた表の内容を見て、これは土地政策の問題なので、西四路の、国務院講堂内の民政部へ行けば、解答をくれると言った。そして私に、国務院方面の交通路線図をくれ、交通手段を教え、おかげで私は無事に国務院の講堂にたどり着いた。見ると多くの人が長い列を作っていた。皆明らかに、全国各地から各種の政策問題を尋ねに来た人である。ここで二日二晩並んでいる人もいるという。私は午後暗くなるまで並び、今日は自分の番はまわってこないとみて、他の人にならい一枚の段ボール紙を拾って、自分の名前を書き、そこに置き、並び場所を取っておいた。お腹がすいたので、食べ物を買って食べた。暗くなり、休み場所を見つけて休んだ。翌朝早くまた段ボール紙を置いた場所へ行き並び、ついに国務院の接待責任者に会えた。私は現在の家庭身分問題を話した。簡潔に、私は戦後残された日本人孤児であり、生まれた家、経済財産状況は不明であること、五歳のときに富農家庭に入り、七歳のとき土地改革運動が始まった、この間わずか一年余りであるが、私は富農家庭出身となるのか？二人の責任者がこれを聞いて、答えた。あなたは幼くて自分の家庭出身状況を知らないうちに、富農家庭に入り一年あまりなら、当然富農家庭出身とはみなされない。戻ったら大隊の責任者にはっきり言いなさい。国家には明確な政策規定があり、富農家庭に入り三年未満の者は、決してその家庭の身分階級とみなされない。戻ったら、国務院政策事務室の人がそう言ったと言えばよい。私は往復十日の時間を費やし、自分の身分の大問題の解答を得た。帰宅後大隊に行き、党支部書記李春陽に今回の陳情状況を報告した。身分の政策問題について、李春陽は言った。我々も知っている。当時身分分けのとき、前の三年が重要であり、三年に満たない者は、その家庭の身分とはみなされない。三年は区切りである。君は三年に満たないから、関係ない。我らリーダー幹部は政策に対して、当然確信を持って対しなければならない。しかし多くの人はこの状況を知らない。それも仕方ない。特に各運動においては。しかし我らリーダー幹部は君を富農とみなしてはいない。少数の一部の人が対立感情から、政策を知らないまま、身分にかこつけて人を論圧するのは、単に彼ら自身の個人的問題である。彼らのそれは党組織を代表できないし、地方の行政を代表もできない。君にはどうか我ら農村大隊の現実の状況を理解し、君自身は政策をよく知っているので、必要なときには、民衆に説明宣伝し、党と国家の基本政策を理解把握させてほしい。今後は君も勇気をもって着実に有益な仕事ができる。

三十 「最高指示」を学ぶ

「文革」中、二つの階級二つの路線の闘争の党内での意見が大々的に宣伝された。林彪は当時有名な政治家で、ずっと権力のために闘争をつづけ、毛沢東主席を権力の最高点に推し上げ、四つの偉大、つまり偉大なリーダー、偉大な指導者、偉大な舵取り、偉大な統帥として崇めた。毛沢東が話したことはすべて「最高指示」と呼ばれ、それが全国に推し広められ展開し、どの分野、業界でもすべて最高指示を学んだ。さらに朝に指示を仰ぎ、晩に報告する、忠字舞（文革時期に隊列を組み踊られた毛沢東を讃える集団舞踊）を大々的に踊った。身体障害者は困った。踊り方が悪いあるいは忠字舞を踊らないのは、忠義に反する表れで、政治的問題と見なされた。

外出して道を尋ねる、何かを尋ねる、電話をかける、返すにもすべて最高指示を読み上げる。出勤、退勤、各種仕事や会議でも必ず最高指示を読み上げる。最高指示は真面目に学ばなければならなかった。

当時農村の生産隊は、多くが貧下中農民衆だと言われ、階級闘争には慣れたようであった。批判闘争するのは地主・富農・反動派・悪者・右派、敵への闘争とは牛鬼蛇神を一掃することだった。しかし批判闘争や党内の走資派だの、大隊党支部のトップや、公社党委員会のトップや、県委員会書記など、特に党内最大の走資派たちとは誰を指すのか、どんな大きな原則的問題を犯したのか、人々は耳慣れず知らなかった。それより、何の原則的問題に抵触するか、いつとばっちりを食らうかと恐れ、顔色をうかがう生活をしていた。

党中央で「九大」が開かれ、「党内最大の走資派」が名指しで批判されると、人々はこの「文革」中に、正式な批判ターゲットができたようだ。党内最大の走資派を批判する、つまり無産階級独裁下の革命継続を維持することだった。最高指示を学び、総路線、大躍進、人民公社という三つの赤旗を推挙し、断固として社会主義路線を歩む。

当時全国各地で、両派の民衆組織が対立し、武力闘争にまで及んだ。両派はともに最高指示を学び、ともに毛沢東思想を指針としていたが、最高指示を学ぶということを、ともに都合の良い解釈をして、実践したのだろう。ご存じの通り「文革」の武力闘争の期間、お互いに銃を使い、多くの死傷者を出し、お互いに傷つけあい、残酷極まりなかった。都市建築の破壊、各工場鉱山企業生産の損失、各学校教育の授業停止、国家教育事業にもたらした重大な損失、もっと大きく言えば、国家国民経済全体への重大な損失は計り知れない。しかし武力闘争が後期になると、対立していた両派民衆組織は、最後はやはり座って談判せざるを得なくなった。当然中央の指示、軍隊の監督、最高指示の共同学習において、両派が大連合をして、「三結合」の各級の革命委員会を成立させた。

最高指示を学び、「四つの偉大」を崇拝実施する背後で、全体の流れは最高指導者の後継者が決まっていたのだろう。だが後継を急ぎ、最高統帥になることを急いだ林彪だが、一九七一年九月十三日、皆が知る「九一三」事件の後、全国の人民はいわゆる「最高指導者」と「四つの無限の偉大」を推進した目的と意義が何だったのかを知った。

三十一　積極支援と緊急戦備

文化大革命中、国内では資産階級反動路線を批判し、資本主義復活に反対した。国際では二つの超大国の覇権主義に反対した。一つ目の超大国つまりアメリカ帝国主義がベトナムを侵略し、中国はベトナムの反侵略戦争を積極的に支援し、超大国の世界覇権主義戦争に反対した。当時は「革命に力を入れ、生産を推進する」を実際に行動してベトナムを支援した。農村の農民はしっかり耕作をし、食糧を多く生産してベトナムの反侵略戦争を支援しなければならなかった。軍事秘密とはいえ公開された秘密もあり、普通の農民も、中国の軍事工業部門所属の軍事工場が、新しい武器弾薬を製造し、ベトナムに送っており、ベトナム人民と軍隊を支援し、徹底的に侵略者を攻撃し、反侵略戦争の早期の勝利をめざしているのを知っていた。ベトナムは中国の近隣国であり、中国が積極的にベトナムを支援するのは必然のことである。中国の積極的支援および、世界の他の、平和を愛し、侵略に反対し、正義を堅持する国による多方面の支援により、国際世論もアメリカの侵略を非難し、さらにベトナム人民のかたくなな抗戦により、アメリカのベトナムを占領するという覇権の夢は打ち砕かれた。アメリカが遭った失敗は必然のことで、その結末は悲惨であった。

当時中国が反対したもう一つの超大国は、ソ連の社会主義であった。ソ連は一方で中ソ友好同盟条約を破棄し、中国への援助を停止し、中国支援専門家を撤退させ、支援資金を回収した。有名な一九六〇年のソ連の返済要求である。

中ソ国境上では、ソ連はしばしば紛争を起こした。例えばご存じ珍宝島（ダマンスキー島）武装挑発は、中国に戦争の危機をもたらした。文化大革命中であった中国も、緊急戦備をしなければならなかった。当時全国人民は、毛沢東主席の二つの重要な指示に呼応した。それは、戦争に備え、自然災害に備え、人民の利益をはかることと、深く地下壕を掘り、広く糧食を貯え、覇をとなえないことである。中ソ国境珍宝島の武装衝突後、東北地区は全面的に戦備をし、戦略都市では深く長く、四方八方に広がる地下道を掘った。農村でも地下穴を掘り、随時戦闘準備をしていた。

大石頭鎮人民公社革命委員会では、戦備指揮部が結成され、革命委員会の郗《シー》主任が総指揮を担当した。まずは太平大隊に一つの別名「四号工地」と呼ばれる戦略組織が結成された。この四号工地に連指揮部が発足し、責任者は鎮三貨運の崔汝挙で、さらに三〜五人の責任者がいた。この四号工地は一つの連合指揮部を設け、責任者は鎮三貨運の崔汝挙と、他の三〜五人の責任者であった。この四号工地の主要任務は道や橋の補修で、戦争に備えて全公社内の戦略交通要道を補修することであった。戦争のとき、もし交通が破壊されたら、「四号工地」の人は緊急行動に出て、すぐにこれを補修し、戦略道路のスムーズな交通を保たねばならなかった。人数は三十人以上、十台の大型車が確保された。民兵連形式で、中隊長を置き、指導員と三人の小隊長からなる組織だった。中隊長は宋徳貴《ソンデークィ》、指導員は韓喜龍《ハンシーロン》、小隊長は私と魏建民《ウェイチェンミン》、李秀嶺《リシウリン》の三人が担当した。私たちはまず太平から南西の溝山の中の二キロ半にわたる道路の補修から始めた。戦闘時、山へ入る道路がスムーズに行き来できるように、上層部の戦備システムの具体的な指示に従い、我が鎮の一つ目の戦略部署を作った。具体的に任務を執行した組織は私たち「四号工地」の中隊指揮部であった。

私たちが補修したのは、一本目は南西道路の長白山の入口道路であった。二本目は太平から大楡樹《ユィシュ》へ続く主要道路で、やはり長白山へ続く幹線道路であった。この道路の補修には一か月の時間がかかった。太平での工事が終わったら、「四号工地」は他の道路補修を行うため、中隊指揮部も大石頭西のトラクターステーション（ＭＴＣ）に移され、引き続き補修工事を行なった。公社は中隊長宋徳貴《ソンデークィ》を指名したが、太平で五日間工事に当ったただけで、他の用事のため業務を継続できなかった。崔汝挙は公社の備戦指揮部に、四号工地のリーダーグループの問題を挙げた。太平での作業の一か月では、第一小隊長鄧洪徳の協力指揮で、業務は実際的で全面的な配備を行い、主要箇所は組織の他の人と一致協力し、「四号工地」の業務は一定の推進をみた。彼は私に中隊長を兼任するよう言い、郗主任は崔汝挙の意見に同意した。「四号工地」から大石頭に移動すると、崔は私を郗主任に紹介した。作業所の作業報告は、時には私が直接鎮指揮部の郗主任に直接単独で報告しなければならず、作業所で必要な道具や各種物質、例えば火薬や雷管（発火具）等は、私が直接戦備指揮部に申請して受け取っていた。

大石頭西のＭＴＣにある「四号工地」指揮部は、まず北大橋、つまり大石頭から河北および常勝大隊、板石、駱駝砬子《ルオトラッ》方面に繋がる主要道路を急いで修理した。もと木の厚い板で作った北大橋は長年補修しておらず、たくさんの小穴が開いていた。北大橋補修にあたり、上層部から早く補修を完了するよう求められた。崔汝挙と私たち中隊指揮部は、どのように早く丈夫に北大橋を補修するか、会議を開いて討論した。大大たる戦備任務であった。私たちは討論の結果、最終的に、直径四センチのブナの木の棒を橋に敷き詰め、さらに土で埋めることで丈夫にし、車が難なく通行できるようにした。ただし橋の骨組みはすでに相当老朽化していたので、戦車が通行できる保障はなかった。崔汝挙は公社の戦備指揮部のニーズをみて、直接大石頭林業局に連絡し、ブナの木の柱を伐採した。伐採地点は十三公里ダムの上面である。決まるとすぐに実行した。伐採し、輸送し、橋面にかぶせ、砂土で固めた。私たち指揮部と民工全員が、上部の正確な指導と全公社各大隊のサポート協力のもと、反侵略戦争のための十分な準備をし、ともに奮闘した。わずか二週間で、北大橋の補修は完了した。

「四号工地」は休む間なく、今度は大石頭西大橋の交差予備通路を補修した。戦争で大橋が爆破されることを想定して、その大橋の両側に即席の浮橋を作り、我が軍が戦略中通行ができるようにする。私たちはＭＴＣに住み込み、毎日大隊が派遣した大型車を指揮して、西大橋の交差予備通路に砂や石を運んだ。こちらの工事も成果が出てきて、交差予備通路はほぼ出来上がった。浮橋は戦争中に臨時的突貫修築するもので、これも「四号工地」の任務であった。この交差予備通路も一応のめどがつくと、今度は大石頭東側の東孤山橋の戦備庫に移った。指揮部は東孤山橋の交差予備通路を修理するため、戦備庫に住み込んでいた。私たちが来てみると、その前に補修した西大橋の交差予備通路と同じで、重点となる作業は、予備橋の交差予備通路に砂や石を運ぶことであった。私たちは、公社戦備指揮部があらかじめ林業局に連絡したのをうけて、現場に来た。この戦備庫は林業関係すなわち省林業管理局が大石頭に設置した戦備庫であった。各種の倉庫の専有面積が比較的大きく、常に林業関係の車が物資を積んで出入りしていた。警備管理人は一人だけで、姓を範《ファン》といい、年齢は五十を超えていた。彼は人格が良く、親切で、やはり戦備のための仕事をしていたのだろう。私たちや私たちの臨時の「四号工地」指揮部をよく気遣い、私たち指揮部と民工の宿泊もしっかり世話してくれた。私たちが必要なものが足りないと、彼はできる範囲内で解決してくれた。特に私たちの食堂での食事では世話になった。

冬になると、土や砂石の採取が困難になり、山を爆破して砂石を採取しなければならなくなった。私が公社の指揮部に連絡すると、公社のリーダーはまたも私をその担当者に任命した。公社戦備指揮部の紹介状を持って、敦化六頂山戦備庫へ行き、雷管、導火線、爆薬を持ち帰り、私が担当者を指定して使用させた。指導員韓喜龍《ハンシーロン》は朝鮮族で、仕事真面目な優秀な党員であった。彼と小隊長が全員を率いて土石を採取する作業を積極的に行った。私がもらってきた雷管、導火線、爆薬をすべて韓喜龍に渡すと、彼はそれをしっかり管理使用した。

政治学習、会議は、本来指導員の仕事であるが、彼は読み書きがあまりできなかったので、ずっとこれを私に頼み、私も従うしかなかった。皆が団結協力して、ともに努力奮闘の精神で、中隊本部の仕事を遂行した。

八月から十二月末まで、五か月にわたり「四号工地」の道、橋、戦備用浮橋の交差予備通路の補修を行い、大石頭公社の戦備交通運輸の戦備工事はほぼ完了した。もし中ソ両国が本当に戦争を始めたら、私たち「四号工地」は実際の工兵連隊となっていた。私たちの日頃の編制や実地工事の訓練は、すべて軍隊の組織方式をとっており、戦備の必要により、いつでもどこでも戦闘準備状態にあった。政治学習や実地の戦備訓練も軍隊と同じであった。幸い戦争には至らず、戦備任務を完了したので、私たちは解散して帰宅した。

当時敦化県革命委員会と現地の駐在軍の統一指導のもと、戦略的意義のある六九二大江橋の工事はまだ進行中だった。長春図們の幹線道路、敦化大石頭から長白山奥へ通じる主要交通、コードネーム大石頭「四号工地」は戦備の観点から、戦略戦術の実際の図面上まで、戦機主導権を握る軍事家指揮者も、誰もがこのプロジェクトが発揮する主要な作用を無視しえなかった。

三十二　反小郷の大字報

一九七〇年以後、全国各地の省、地、県、公社および鎮の工場・鉱山企業と農村大隊が、立て続けに三社結合した革命委員会を立ち上げた。特に各地の大型群衆組織は、解放軍支左部隊の援助のもと、各群衆組織間の対立を停止させ、革命の大連合を実現した。各級の革命委員会は皆、党の基本路線をかなめとし、革命に力を入れ、生産を推進し、毛主席の、工業は大慶に学ぶ、農業は大寨に学ぶと言うスローガンに呼応した。当時、吉林省革命委員会も小郷という農業の赤旗を立て、「大寨に学び、小郷に続く」というスローガンを提起し、全省の農村に小郷というこのモデルを広めた（大慶、大寨、小郷はいずれも地名）。具体的に小郷の経験をまとめ、『小郷生産隊調査報告』を書きあげ、全省の農村にさらに深く踏み込んで全面的に広めた。

文革中に生まれた省革命委員会で、この小郷の赤旗が建てられた。当時太平村の二人の若者（うち一人は私）は、この小郷赤旗は、中央の大寨に学ぶという赤旗と対立していると感じた。この対立感情と当時の政治情勢と照らし合わせ、これは正しくない方向へ向かう企図であり、別方面からの形勢であると感じた。確かに、私たちも当時、文革の風潮の思想の左的影響を受けていた。私たちは、なぜ党中央毛主席と対立をするのだろう？　省革命委員会の主要なかしらはどう考えているのだろう？と考えた。私たちが小郷と大寨の基本的状況を分析すると、その結果は全く違った。比較して私たちが得た結論は、この小郷赤旗は、中央に対抗するということだった。

そこで私たちは大字報（壁新聞）の形式で、小郷の評論を始めた。二部連続発行し、二万余字書いた。革命委員会のかしらはこれを不安に思い、省州県社四級連合調査班を組み、省五七事務所主任劉班長をトップに、メンバーは政治、軍事、公安機関で経験と実力がある幹部たちが、太平大隊に来た。当時の省最高官僚の考えは、たかが二名の農村の青年が、省革命委員会に反対し、小郷に反対する大字報の記事を考えたり書いたりできるわけがない、きっと「後ろ盾」や「黒幕」がいて、後ろで操作しているに違いない。これは組織的計画的な「反革命事件」である。よって太平に「事件解決」に行くというものだった。調査チームが大石頭に到着すると、太平大隊で反革命事件が起きた。まず二名の若者を反革命現行犯で逮捕する。二名の犯人のうち一名は死刑、もう一名は無期懲役にすると広まった。この「無期懲役」者の妹は食糧倉庫に勤めているが、公社で働く友人からこの知らせを聞いて、驚いて大泣きした。車を拾ってその晩家に帰り、父母に報告した。父母も大泣きした。一家全員涙に暮れた。しかし当事者の郭《クオ》某はこれを信じず、家族に説明した。私たちは絶対反党反革命行為はしていない。安心してくれ。調査の中で、どうも突きとめるべき真実があるような気がする。水落ちて石出づという。真相は明らかにしないといけない。彼らが内容の真相も知らずでたらめを言うのをうのみにするな。

四級連合調査班が太平大隊にやって来た。二日一夜にわたる調査をした。まず大隊と生産隊の二つの級幹部の中で調査が行われた。二人の大字報を書いた青年に政治的調査と分析研究を行い、二人のふだんの政治、労働、生活の実際の状況を調べた。大隊と生産隊二級幹部は異口同音に回答した。二名の青年は生産隊の中で政治学習の積極派であり、生産労働における中堅者である。彼らを大寨に学ぶのを妨げる者だとか、「革命に力を入れ、生産を推進する」を壊す反革命現行犯だというのは、信じがたいし、ありえない。多数の党員、幹部および民衆の証言があるのだから。

黒幕を探すにも何も手がかりがなかった。生産隊に二名だけ、それぞれ家族がいて、省都長春から下放されてきた「五七」幹部が、もっとも黒幕として疑わしいとされた。だが二人の青年が書いた大字報に、この二人の「五七」幹部と通じている気配は全くなく、彼らも大字報とは何かも全く知らなかった。調査班のリーダー劉班長は黒幕がいる可能性をまだ疑っていたが、どの調査でも証拠が出ず、手を引くしかなかった。こうして私たち二人に対する取り調べ調査と分析研究がメインとなった。彼らは、私たちが大字報を書いた動機、目的、および主な内容を質問し、私たちの回答と大字報原文に矛盾がないか見て、そこから私たちに「後ろ盾」や「黒幕」がいるか判断することにした。特に執筆者たる私には、やはり老幹部を探し出し、私に関連する富農家庭と日本の血統のことまで調査された。しかし調査班は彼らが言うことを主要な課題としなかった。調査班の私への尋問調査は、調査班全員と太平大隊の全党員からで、劉班長が質問を出し、私が回答した。私は、私たちが大字報を書いた動機目的およびその背景、私たちが分析した資料および総合的な主な内容を詳しく説明し、当時文化大革命の背景、またそれにより九大以後、社会に繰り広げられた階級闘争、農業界に繰り広げられた大寨に学ぶという問題上の闘争についてはっきり述べた。私たちが得た知識だけではどうしても十分な分析ができないが、そのわずかな知識の範囲内と文化大革命の経験から、目下の情勢を分析し、大字報を書いた。私たちの動機と願いは、省革命委員会が立てた赤旗が、赤旗をもって赤旗に反対することがないよう、ましてそれが毛主席路線と対立する反動路線のモデルとならないようにである。分析した大量の事実から、私たちは「小郷赤旗」は毛主席路線に反対するモデルであると認識した。毛沢東主席は「階級闘争は人の意志で動かすものではない」と言う。私たちはこの「小郷生産隊調査報告」を何度も学び分析研究したが、党の基本路線とは相反するのである。なぜなら今、党員民衆とともに党の基本路線を学んでいるからである。私たちは小郷を実際に見たわけではなく、ただ省革命委員会の「小郷生産隊調査報告」、私たちが略称「小調」と呼んでいるものを論拠としている。私たちはどんな時も自分が絶対に正しいとは言い切れない。もし私たちが間違いをしたら、それは個人の問題である。私たちはどのような処分も受ける。もし省革命委員会が路線を誤ったら、その影響と損失は推して知るべきである。だから私たちは「小調」を具体的に分析し、様々な論証を行い、大字報の形式で直接省革命委員会に郵送した。私は、書いた研究報告の動機目的と書いた理由を説明した。私が上記を述べ終わると、その場にいた全員が驚いたようだ。農村の二名の青年が、このような分野の内容の報告書を書けるとは意外であった。

三〜五日後、太平の全員が、私たち二人が反「小郷」の大字報を書いたことを知った。町全体に噂が広まり、さまざまなことを言われた。これは反党反革命事件だろうと言う者もあった。調査班は調査で得た実情を、民衆に公布しようとしていた。わずか二名の青年が書いたもので、「後ろ盾」や「黒幕」もいない、だから思想認識の問題であり、人民内部の矛盾として処理するというものだった。太平で「路線分析大会」という群衆大会が開かれた。私たち二人はそれぞれ大会で、小郷を批判した大字報の内容および理由、動機、目的を報告した。一部の下放で来た知識青年、五七戦士、一部の幹部、党員、民衆が発言し、私たちの「誤り」を批判した。私たちが大胆不敵に省革命委員会に反対したと言い、赤色政権に反対する、反党反革命反社会主義的行為であると攻撃した。ある者は路線分析会の意味も理解しないまま、お前たち二人は農業を大寨に学ぶことに反対するのは、毛主席に反対し、党中央に反対する、万死に値する罪であり、すぐに逮捕して法により処罰するべきだと言った。一人の老幹部は私が「小日本もお前の親父も同じだ。侵略者の本性は変え難い。今回またもお前らは失敗を認めようとしない」などと指摘批判した。一方で、多くの人はこの機に毒々しく攻撃せず、善意的な批評をくれた。また多くの人々が、発言はきりがない、つじつまも合わない、つながりがない、空論にすぎない、何が分析大会だ、と明言していた。

省州県社四級連合調査班は、太平で十日の調査と処理を行って、すべて撤収した。私たちの問題は二年後の一九七二年に、公社党委員会李書記が太平に来て、群衆大会において、「小郷」を批判し大字報を書いた私たち二人に対し、当時すでに省州県社四級連合調査班による事実確認と処理を経ており、二年間観察しても「後ろ盾」や「黒幕」はいないので、当時の背景や二人の動機目的からして、明らかに個人の思想意識の問題であり、いかなる処分もしない、これを結論とし、過ぎ去ったことは追及しないとなった。

大規模な「文革」運動中、多くの無実の罪の案件、つまり、込み入り複雑で判定もできない敵対事件があったが、多くのリーダー幹部は自分が無実の罪や複雑な事情を受けながらも、他の幹部や民衆の問題を解決するときには、党の原則と立場を堅持し、党の政策を正しく実行し、国家の民族間の問題に関することに対しても、むやみに罪を着せたり罰したりせず、正確に善意と悪意の発言と意見を分析し、私のような外国の血統の人間、過去に敵国の人間だった外国籍者の孤児も、中国人民とともに社会主義建設路線を歩ませてくれた。この、敵味方、複雑な境界の区別が極度に困難な中で、私が人民の立場に立っているとしっかり認め、私を人民内部中に引き込み、私の内心の公正な思想活動を理解してくれたことに、感嘆と称賛を禁じ得ない。中国共産党と中国政府が国外、国内を問わず、民族が一律に平等であること、差別がないこと、大国のショービニズム に陥らず、極端な民族主義に反対することも、私はより理解した。国家は少数民族を保護・優待する政策をとり、少数民族の伝統文化と風俗習慣を保護・尊重し、それにより各民族が団結強化し、相互学習し、交流を深め、民族間の友情を深めた。中華の各民族は団結の中でより繁栄し豊かになり強くなる。国際では一貫して国際主義の人道主義を施行し、戦争で取り残された日本人孤児たちは、多くの善良な中国人民に引き取り育てられ、中国政府に保護され、中国軍隊の高級リーダーに保護された。中国は世界の人民の友好・平和事業に偉大な貢献をした。

私たちが「文革」の嵐の中で書いた反「小郷」大字報は、他の多くの大字報と同じく「文革」の産物であり、「文革」の終結とともに終結した。

三十三　水田管理とその研究

一九七二年、太平大隊に電気が来た。十キロ以上離れた大石頭鎮から、高圧電線が太平大隊に引かれた。当然ある程度の大隊の資金と大隊全体の人力を費やした。それは九月の初め、高々とした空に雲は薄く、見渡す限りの金色の穂の秋、豊作が見込まれる景色の頃であった。私は飼育員の袁維成《ユァンウェイチェン》が病気で休んだので、代わりにその仕事をしていた。高圧電線を太平屯中心の大変圧器に引くには、まず大隊本部に引いてから、各生産隊部に送電する。

党支部書記李春陽が、四隊に、二つの四十ワットの電球を持って来た。私はそれを生産隊の部屋に一個、もう一個をうまやに付けた。太平大隊の電球は、まず大隊と各生産隊部で明かりがついた。それから数日してやっと全大隊の公社員の各戸で明かりがついた。私は四隊で臨時の飼育員をしており、電気が来た晩も多くの公社員が来て、一緒に電灯の明かりを堪能した。長年油ランプをつけていた辺鄙な農村で、突然電気の照明を使えて、やはりとてもうれしかった。続いて各生産隊の機械食糧加工も電気を使うようになり、広範囲で公社員の生産と生活がたいへん便利になった。

太平大隊は一九五八年に、ダムの自然水利条件を利用して水田を耕作していた。栽培技術、除草、強い寒気などの問題から、数年後水田を耕さなくなり、その後畑に改造した。今回電力が使えるようになり、機械による灌水を試み、水田を開いた。太平大隊の計画が各生産隊で具体的に実現された。単位面積の生産量を上げるため、公社員が自分で栽培した水田の米を食べられるように、一九五八年に私たちが得た水稲栽培経験をもとにこれを実施し、公社員の皆はこれを共用した。

一九七三年、私がいる太平四隊で、大面積の水田の栽培を始めた。当時の若い隊長郭中文《クオチョンウェン》は、大隊革命委員会の主任も兼任していた。全大隊の計画では各生産隊の土地の状況により、機械で水をくみ出し水田を灌漑することになった。一、二、三隊はすべて小面積の水田（約一万〜五万平方メートル）を開いた。四、五、六の三つの生産隊は大面積の水田（各隊約十万平方メートル）を開いた。

私と張学文《チャンシュエウェン》の二人は隊長の信任と指導のもと、四隊水田の機械灌水、苗付栽培、一部の田植え、水田間の水管理を担当した。水田を管理する、いわゆる水田技術員である。当然水田を開くのに、隊長とその他幹部も皆大きな心血を注いだ。リーダー幹部と公社員たちは一緒に膨大な準備作業と実際の応用作業をした。水田の栽培計画を立て、水田の位置、使用する土地の面積、高圧電線を引き込み距離を測定するのに必要な建設費用を判定した。用水路を掘る、水田の近くに貯水池を作る、電動水ポンプ機械設置室、高架引水パイプを作る、田に水を入れる高層用水路の修築、木材木板の加工、機械設備購入、製図および書類作成、これらを公社と県水利局および他の関連方面に指示を仰ぎ、県と公社の承認をもらい、各種の準備が済んでから着工した。当時四隊で政治隊長兼大隊革命委員会主任をしていた郭中文は、四隊で具体的な指導作業にあたり、また全大隊の水田栽培作業も担当した。

四隊で水田栽培をした翌年、私とともに水田を管理していた張学文が、家庭の問題で父親とけんかし、ジクロルボスを服毒して自殺した。私たちが水田を作付けした三年目、生産隊はまた一人の労働力を得た。名を張礼鎖《チャンリースオ》といい、水田耕作経験があったので、水田技術員に任命され、私と一緒に水田管理をした。水田管理は、年を通して機械灌水したり、水田間の貯水池の水を管理し、さらに太平の特殊な高寒山区の地理条件を研究する。無霜期が短い気候の特徴から、そこの気候条件に適応しそこでの成長成熟に適応する品種を観察、培養および選定する。その中から優良な品種を選んで種とする。長期的に水田栽培を続け、より高い生産量をめざして努力する。これについて、私たちは実験田を開いた。当時にもうあった除草剤で、薬剤の除草効果を徐々に発現させようとして、私は水田でその薬を使っていて中毒になり、隊長および他の五名の公社員により、担架に乗せられ、鎮医院に送られ、入院治療した。一週間後退院して、自分の水田管理の仕事を続けた。

私は水田管理中、春の耕作、秋の収穫、毎年の実際の無霜期とその日数（春の種まきから収穫前まで）を記録した。水稲の各品種、実際の生長状態およびその必要な生長期間、この太平の無霜期と合うか、すべて詳細な記録をし、各品種を比較研究した。二年間の試験比較を経て、三年目に「早安」という品種が理想に近く、採用した。実際の生産量は一万平方メートルあたり一万斤（五千キロ）に達した。水稲の品種研究以外に、外地での経験、本からの知識を学習実践しながら、実際に繰り返し試験を行った。浅い水での温度上昇、田の水が引くと苗の伸びが止まり苗が太くなること、水を深くしたら雑草を水没させ死滅させること、薬物による除草、害虫除去等、すべて実際の操作と実験比較により、徐々に少しずつ験を積んだ。だが成功とか貢献というものではなく、たかが三年の具体的な水田管理業務をしただけである。今思うと、とても意義のある三年であった。自分が最大の努力をしたことは、誰も否定しえない。ただ三年というのはやや短く、入門段階であった。もしあと三年、十三年と続けて、私にもっと深く実践する時間が与えられたなら、おそらくリーダーや民衆の私への信頼と期待を裏切ることはないだろう。

三十四　生産隊長

一九七六年は「文革」の最後の一年であった。社会では強烈な「右傾反撃の転覆風」が吹いていた。農村の農業生産はきわめて不安定で、当時の政治の風雲の衝撃を受けた。一人の「最大の走資派」を捕え批判したが、またもや一人の「転覆」を図る大走資派が出たと言われ、いったい何事か、党内に資産階級がいるとは、人々は理解できず、思想が混乱した。またこの年の九月九日は毛沢東主席が逝去し、この国家は新しい試練を迎えていた。同時に新しい段階へ向けて前進しており、目標は依然として社会主義現代国家の建設と実現であり、全党全民が共同して努力奮闘する必要があった。

農村の基層部では、生産隊長の仕事は当時もっとも難しかった。左でもなければ右も違う、どのように働いても非難を受けた。隊長はだれかがやらなければならないが、ほとんど毎年交代していた。在職期間は長くても三年を超えなかった。こんな状況の中、私は民衆に推薦され、四隊の隊長になった。当時太平に出向していた公社党委員会宣伝委員の黄新宇《ホアンシンユィ》が、民衆の意見を聞き、さらにそれを大隊党支部に提出し、十分な討論のうえ通過させた。また黄宣伝委員は、基層部の民衆と責任者の意見を公社に持ち寄り、党委員会郎書記に報告し、さらに党委員会上で討論のうえ通過させた。また県に報告登録して、やっと正式に太平四隊の生産隊長が認可された。なぜ四隊の隊長になるのに、大隊と公社二つの級の党組織の討論を経なければならないのか？　それは候補者の私には「富農の子弟」という重大な身分問題があり、養父は健在で同居していること、第二に私が日本の血統を持つ者であり、日本側の社会的関係が不明なこと。よってこのような人を隊長に選ぶには、慎重に注意して行う必要があり、おろそかにはできない。たしかにそうである。何より「文革」がまだ終わっていなかった。

私は隊長に選ばれ、生産と財政・経済の二種類の業務を主管した。当時の状況はこうだった。大隊は一名の知識青年を政治隊長に任命した。私は生産隊の主要業務をとりしきるので、生産と財政・経済について、公社員や民衆は皆私の指揮に従わねばならない。政治隊長は政治学習以外特にすることはなかった。彼は業務隊長の私が全生産隊の大きな権力を握ったと思い、陰で群衆をあおるように、我ら四隊は劉少奇や林彪のような人物を隊長にしたと言っていた。

私は生産と財政・経済の二項目の業務をとりしきったが、これは全隊公社員の日常生活に関わり、翌年の公社員全員の生活が改善されるか、増産して国に貢献ができるかも関わってくる。鄧は隊長になって公社員により大きな利益をもたらしたいと思っているか、それとも隊長になって労働者の財産を損失させたり、民衆により多くの苦痛を与えたいのか、一部の人は心配しただろう。しかし多くの人は、私が隊長になったのは大きな間違いではなく、やはり公社員全体に何かを残したいと先々を考えているだろうと固く信じていた。私自身は、絶対上司や指導者の私への信頼と期待を裏切ることはできないし、周りの農民たちのために頑張ろう、私がとても世話になっている農民たちによい思い出を残そうと思った。人の言論と行動は時間歳月を経ても残るものでなければならない、それが十年後であろうと二十年後であろうと。

私ともう一人の副隊長宋樹立《ソンシュリ》の二人は思案していた。私たちが住む高寒山区は、農作物被害が頻繁にある。つまり不作の年でも公社員の食糧を安定生産しなければならない。私たち四隊の土地は多くが北大崗にある。私は気温、田畑の温度を知っていた。北大崗は南溝の西朝陽の土地と比べ条件が悪い。うちが自作農をしていた土地は南溝にあり、一九五四年に低温冷害による不作を受けたが、自宅の食糧は安定生産していた経験がある。私と宋二人は決めた。まず公社員の生活を保証しなければ。それから不作年への基本対策をうち立て、不作年が来ても全隊の基本食糧は確保できるようにしよう。

四隊の農業生産、良品種を選ぶ、植える品種の調節、適切な時期の早めの栽培、合理的な施肥、適切な時期の鍬入れ除草、田畑管理の強化、このような普通の農業常識は、誰でも知っている。要はしっかり把握して行えるか、もっとも重要なのは、増産増収を実現し、公社員の生活を改善し、長期的利益を生み出すことである。気軽に楽しく簡単にできることでないのは、誰もがわかる。

太平村の駐屯地が一九五六年の高級社（高級農業生産合作社）から、人民公社になった後の一九六〇年まで、この五年の間、ずっと三つの生産隊でやってきた。そのうち第二生産隊の生産量と収入は、常に他の二つの生産隊より高かった。高級社のころ青年突撃隊を一隊設立したとき、その生産量と収入は二隊より低かった。一九六一年に新政策が実施され、太平の三つの生産隊が六つの生産隊に分けられてから、状況が変化した。一つの隊が二つの小隊に分けられ、隊の規模が縮小した。隊を分けられた後の五年間は特に大きな問題は見当たらなかったが、五年以後に差が出てきた。二、三、六隊の収入は比較的良かったが、一、四、五隊の収入があまりよくなかった。私は四隊にいたので、隊長になると、リーダーとして働いた。私はさっそく四隊と三隊の差の問題の根っこはどこにあるか分析にかかった。分隊直後の五年間は、前述の通り、大きな差はなかった。当時の四隊は三隊より収入がやや上回っていた。一九六五年の「社会主義教育」運動のため、当時四隊の張隊長が「高利貸し」行為を行ったが、これは重篤な資本主義搾取形式であり、それで彼は隊長の職務を解任された。次に異分子たる私の生産組長兼記録員の職務も罷免された。私の免職については、生産隊に何か影響あったかあえて言わないが、張隊長が解任されてから、四隊の隊長はほぼ毎年交代して、安定した指導者グループがいなかった。生産は下降の一途だった。四隊は他の隊と比べて、差はますます大きくなっていった。一九七三年に郭忠文が四隊の隊長になってから、四隊の生産は水田面積を拡大し、栽培する品種を調整し、農業季節に副業をするなど多方面で措置がとられ、四隊の生産とその収入は回復に向かい、新しい一歩をふみこんだ。三隊と四隊はもともと一つの隊で、皆が旧二隊と呼ぶものだ。三隊が四隊より増産増収した原因は、私の分析では三つある。第一に指導者グループが比較的安定しており、長期的計画と予定を組んでいた。第二に分隊後、統合拡大した土地、端部の荒地を開拓し、耕地面積を拡大させた。第三に彼らは旧安家大院周囲および南溝孫守業崴子の二つの地にかぼちゃを植え、副産品収入を増やした。私は四隊の、東南溝老鄧溝南の狼洞子の下に約五万平方メートルの新しい荒地を開墾して、私たち四隊の基本食糧畑にしようと提案した。私は宋隊長と相談した。彼は私の意見に賛成し、指導者グループ会と群衆会議の討論を経て同意も得られ、私の提議が正式に生産隊の計画に組み込まれた。私が隊長になった一年目、荒地開拓がはじまり、四隊の耕地面積が拡大した。社会主義教育運動後に開かれた約四万平方メートルの荒地は、一年栽培しただけで、耕作しなくなっていた。私たちはまたトラクターを借りて、その荒地を再び耕した。それからその四万平方メートルの荒地から西に向かって開拓した。新しく開拓した土地は七万平方メートル余り、四隊がこれまでにやったことのない大面積の荒地開拓だった。四隊の耕地面積の拡大は、私と宋、李ら指導者グループと公社員の人々との共同奮闘の成果であり、四隊の後の人へ残した記念である。

　私たちとその前任の隊長指導者グループとには似たような志向があった。水田の建設にも全力投球した。後に田植えや除草などの問題が解決できず、水田は畑になった。また当時私たちは多種経営を大々的にやった。例えば薬材を植え、たばこを植え、野菜を植え、東山多種経営基地を設立し、木造小屋を建設し、農閑期を利用して、荷車で荷を運び、道路を補修し、建築したりなどの副業を行った。

　私が隊長のとき、県で招集された四級幹部会に参加したことがある。当時は政治隊長でなければ参加できないような会議であった。しかし特例もあって、私は指名されて四級幹部会議に参加した。当然、会議に参加するからには、会議から学ぶ精神を体得し、また自分の生産隊の過去一年中の生産状況をまとめ、県と公社二つの級の指導者に報告をし、さらに新しい一年の生産計画を作り、県、公社、大隊の三つの級の指導者に報告しなければならない。これは私が会議に参加するうえでの職責であり、生産隊と我が隊公社員の人々への責任でもある。

私のいる四隊は、大隊および兄弟分の生産隊から、森林保護・防火の林業模範生産隊に推挙された。私は一九七八年九月に全県で招集された林業模範大会に参加し、私たち四隊は「林業模範赤旗生産隊賞状」をもらった。また私は個人に贈られる記念品――敦化県林業模範大会記念ノートももらった（今も手元にある）。これは四隊公社員が自覚を持って国家の法令を守り、一貫して国家の森林資源保護に関する方針政策を維持実行し、自覚を持って森林保護・防火活動をしてきたことを表すものである。毎年薪を伐採する季節、四隊では乱獲乱伐現象は起こらなかった。上部の林業署の責任者が太平に来て、全面的詳細な調査を行ったが、大隊の報告は実際通りであった。そのため四隊は県の林業模範赤旗生産隊に評され、県の赤旗栄誉掲示リストに載り、全県に発行された。

三十五　大隊の森林保護員および新農村区画員

一九七九年の冬、私は風邪を患い、四十度以上の発熱をした。楊全忠《ヤンチュアンチョン》がテトラサイクリンなどの薬を点滴してくれたが、数日点滴しても熱が下がらないので、大石頭南山林業局医院に送られた。三週間入院してから退院した。入院期間に、医者から「結核性胸膜炎」と診断された。だが退院しても毎週三回ペニシリンとストレプトマイシンの点滴を受けねばならず、三か月後には毎週二回、その後も結核が再発しないよう、一年の間定期的に毎週一回これらを点滴した。

一九八〇年、国家は山林地区の農村に私有山を分配した。郭忠文、武永祥を中心とする大隊指導者グループは、私の病をいたわり、私が農業生産の重労働に参加できないので、私を大隊の森林保護員として、毎日大隊の私有山を監視する任務を与えた。後に大隊は新しい農村の区画員が必要になり、大隊の指導者は新農村の区画員も兼任させた。

私は大隊の森林保護員と新農村区画員を任じている間、上層部の指示に従い、まじめに国家の林業方面の法令や政策を守り実行した。大隊と民衆の利益を守るため、自発的に責任を持って仕事をした。どこにいても職責を果たし、大隊の指導者および人々の私へのいたわりに報いるようにした。

私は常に、大隊の指導者の私への信頼といたわりに恥じないよう、太平村の多くの人々にも恥じないようにと思った。私はまた、太平村の森林保護員と新農村区画員の仕事をするのに、他の村の森林保護員や区画員に劣るわけにはいかない、指導者や人々の期待を裏切らないよう、太平村のこの二つの仕事をしっかりやろうと決めた。これもまた村の新しい仕事だった。新しい仕事には、人々の理解と協力が必要である。だから私は皆に繰り返し宣伝し、何度も話をした。各種会議、出し物や映画があるとき、そのチャンスを利用して解説、宣伝した。

私は村の公有山林を監視し、何も損害を受けることなく、新農村の区画の仕事に真面目に取り組んだ。上層部会議の指示によると、その村の区画青写真を完成することが最重要であった。羅針盤や製図器具がない中、私は昔の人にならって、目測と手書きで、建物と建物の間の距離、各建物の前後左右の位置、将来建築できる空き地を測量し、建物ごとにデータを取り、測量した。太平村の裏通り、大通り、複雑に入り組んだ太平街道を、細心の注意をはらって旧式の測量で、整理して図面化して、最後には一枚の比較的わりと大規模な太平村の区画図が完成した。太平村に今後必要な新しい青写真でもあり、太平村の人たちには役に立つ。当時の自分が作成したあの図が今もまだあると聞いて、心からうれしかった。太平村の人が私を信頼、尊重してくれたことを非常に感謝している。

三十六　国家森林保護員

一九八二年春、山西省の某地で、ひどく残酷な農村森林保護員殴打事件があった。国家林業部は国家林業の保護を強化するため、国家森林保護員を増やすことを決定し、通知を出した。大石頭鎮林業署は、上層部の指示の主旨と本鎮の具体的状況から、森林区中にある全鎮二十六個の村、三十余個の自然駐屯地に対して、森林保護・防火業務および林政検査業務が多忙で負荷が高い実情から、分割管理と、森林保護員の責任制を実施した。大石頭鎮林業署には八名の森林保護員が加えられた。農村農民の負担が増加しないよう、国家が森林保護員の給与を支払うこととなった。私が林業署の仕事に選ばれたのは幸運だった。私の森林保護員の仕事は、村の指導者が決定したことで、元の大隊長袁《ユアン》維臣《ウェイチェン》から村の保護員の仕事を引き継いだ。

九月より、鎮林業署で勤めることとなった。当時林業署は鎮政府機関の中に設けられていた。私が日本に帰国以後、林業署は鎮政府から分けられ、独立してビルを建てて、大石頭鎮林業管理署という名になった。以前と同様、業務上は林業局林政課が直接指導し、行政上は当然現地の鎮政府と切り離すことはできない。私は当時、署の指導者の命令で事務所に残り林政業務管理の仕事をした。他の七人はそれぞれ鎮の各村や地区に派遣され、区画ごとに分かれ、山林の巡視と保護および人々への宣伝業務を行った。グループは時には林業署に集まり会議をしたり、任務を与えたりした。時には各村で林政検査を行った。もしどこかで乱獲乱伐事件が発生したら、数人、少なくとも二人で赴き、調査処理した。私は勤め始めてまもなく、許淑英《シィシュイン》と三河村へ行き、大石頭林業局が通報した三河村の指導者を、集団で国家の木材を盗伐した容疑で処分した。私たちは三河村に着くとすぐに村の指導者を招集して面談したが、彼らは最初、攻守同盟を結んでおり、どうしても容認しなかった。私たちは摘発された資料から、すぐさま大量の木材の証拠を見つけ出した。最後は事実を突き出されて、彼らも容認するしかなかった。公共の村事務所用のものだったので、私たちは調査結果を公社党委員に報告し、市林業局にも報告した。結局三河村への処分は、盗伐した木材を全部没収し、罰金三百元であった。村で使う事務所建設のための木材は、別途許可を仰がねばならず、具体的な申請書を書くことになっている。後に私と他の人員および森林保護員は一緒に、乱獲盗伐、あるいは森林を壊して勝手に土地を開墾するなどの事件を処理したこともある。

私は太平の家から大石頭鎮内の林業署へ通勤するのに、自転車で十キロ走った。朝の体の運動にとてもよく、夜帰宅もやはり自転車で十キロ走ったが、それほど疲れはしなかった。太平から大石頭鎮まで自転車で通勤する者がもう一人いた。彼は若くて行動派で、活力あふれ、中華民族の美しい未来を夢見て、そのためならいつでも奮闘しようという、田玉鳴《ティエンユィミン》である。彼は大石頭鎮の県直属河北中学で教師をしていた。私たち二人は太平から大石頭まで一緒に自転車で往復し、朝晩の通勤時間帯もほぼ同じくらいであった。朝出勤は八時、急いでいるから話はしない。夜帰り道は、私たちの自由な時間である。自転車をこぎながらのんびりとおしゃべりする。時には自転車を押して歩きながら話をする。日中両国の関係や歴史文化などを討論する。田玉鳴の母親は私と同じく日本人、彼も日本が中国に残した孤児である。特に母親の願いは、息子たるもの最も理解している。当然彼は私の心も理解している。ともに戦争の被害者であり、自分の血肉を分けた親族を探している。田玉鳴はとても親孝行な人で、母親が幼少時代に親族と離散した苦しみ、その一生の孤独と不幸に対して、深い同情を示していた。中日両国友好の情勢のもと、何とかして、公共もプライベートもあらゆるルートを駆使して、母親のため親族を探そうとした。私たち両家の境遇や考え方がぴったり合うので、私たちはおしゃべり、追求、討論など、道で出会ったら、話がなかなか止まらなかった。後に彼の母親は、一九九七年十月七日に家族を連れて日本の京都に帰国して生活している。

一九八三年、林政業務に新しい任務が加わった。国家の林業「三定（私有山の区画、山権・林権の確定、林業生産責任制の確定）」政策実施の始まりである。各村の私有山を公社員に請け負わせ、各戸単位で実施する。この仕事は膨大で複雑で、当初はうまく進められず、実施も難しかった。まず宣伝に力を入れなければならない。国家の林業「三定」は長期間変わらない。永久に変わらない。私有山は公社員個人に請け負わせる。個人の使用権を長期的に保持する。私有山を経営して得た利益はすべて公社員個人のものであり、誰も干渉したり侵害はできない。私有山経営は、明らかに公社員個人にメリットがあり、利益あって損失なしである、と宣伝する。しかしどんなに宣伝しても、やはり政策の永久性を疑う者がいる。これは「文革」の後遺症である。農民たちは資本主義のしっぽを切られるのかとまだ恐れている。村によって具体的状況も違う。ある村の私有山は面積が小さく、数戸の積極的に請け負いに応じる専業者に分割するくらいしかない。村と、友誼村、新立村などの相互契約を結んだ。一部は村で管理した。大多数は、幹部と民衆が同意して、村の私有山を均等に公社員各戸に分割し、農民が自身で管理した。それにより林業署に大量の作業が発生した。山を各戸に分けるという作業である。大石頭林業署はよりよく早くこの作業を終え、最速で国家の林業「三定」政策を普及させるため、二つの作業チームに分かれた。第一チームは方さんと薛さんを中心とし、さらに北側林保護員から成る作業チームで、第二チームは人民公社経営企業から選出された薫さんと林業署の私を中心とした南側林保護員からなる作業チームである。政策を宣伝、実施普及させるための指導業務を行った。このように、南北二つのチームは各地域で林業「三定」政策の実施普及業務を行った。

二つのチームが同時進行で業務を行い、各村の奥まで普及し、各村の指導者および民衆の協力も得られ、すぐに山に入り実地調査測定を行った。毎日実施作業を行い、最後に私たちが作図した各村の私有山の区画面積がしっかり各家庭各戸の地図に落とし込まれ、各村各家各戸すべて、自分の私有山の位置と境界がわかるようになった。私たちは真の意味で国家の林業三定政策を遂行した。大石頭鎮の林業三定の具体的作業は、鎮党委員会の懇切な指導のもと、崔鎮長が林業の具体的指導を担当し、李署長は全鎮二十六個の村で大量の宣伝業務に奔走した。そのため作業チームが向かう場所どこでも、当地の村の幹部や群衆の歓迎と協力を得ることができ、業務推進も比較的順調であり、なにより全鎮の林業「三定」政策の実施徹底が申し分なく完了した。大石頭鎮林業「三定」作業は順調に進み、迅速に実行され、全県のトップクラスとなった。

以上の努力作業と業績が認められ、県林業局より大石頭林業署に、一名の技術員を派遣するよう要請が来た。県の「林業三定作業チーム」に参加し、他の町村の林業三定作業をサポートする。当時署内では、方さんだけが訓練を受け専門講習を受けたことがある技術員だった。しかし方さんは奥さんが病気で、援助に参加できなかった。署長は仕方なく私を援助活動に派遣した。皆は私が農民出身であることを知っていたが、林業署の仕事に参加してから、時に方さんと林地を調査測量し、林木の村の計画伐採あるいは専業の林地区画に参与する機会があり、多少の製図技術も覚えた。今回大石頭鎮で林業三定政策作業を実践しながら、羅針盤の測量と実際の製図をより深く学んだ。私が県の林業三定作業チームに派遣されるにあたり、実は少し不安があった。でも署長の信頼と励ましがあったから、私は県林業局林政課に申し込んで、県の作業チームに参加した。

県局が組織する林業「三定」作業チームは、局林政課の于偉民《ユィウェイミン》副課長が率い、林政課の人だけでなく、林業局の社隊管理課、企画財政課の各課人員からなり、私たちはすぐに県の北側、つまり沙河沿、沙河橋、額穆、黒石、林勝、官地 などの郷鎮まで入り込んだ。主として各林業署に作業チームを立ち上げ、実際に指導し、様々な準備作業をした。郷鎮によっては準備作業が整っていない所もあり、各郷鎮の作業はアンバランスのようであった。作業が始まったばかりの所、半分ほど進んでいる所などあり、私は県局のメンバーと一緒に現場にとどまり調査研究をした。沙河橋と林勝の二か所の作業を片づけることが重点だった。その他の郷鎮の面的なことは、私たち県作業チームの人員も赴いてひとつひとつ指導した。沙河橋と林勝の作業がだいたい完了してから、私たちは撤収した。私が大石頭に戻ってから聞いてみると、林勝の林業「三定」作業はだいたい完了したとはいえ、一部の村は、民衆の意見により、再度二回目の作業をした。

一九八五年三月、大石頭林業署の指導者が、おそらく私が専門技術訓練を受けていないが、仕事の中で懸命に学び、ある程度の林業管理技術を覚え、本署県局の林業「三定」政策の普及に果たした一定の業績を評価したのだろう。ちょうど吉林省林学院が短期育苗訓練研修生を募集していたので、林業署が私の名前で応募した。私は喜んで一か月の学習に参加した。四月末に学習が終わり署に戻り勤務すると、今度は県局林政課に出向を命じられ、引き続き全県の林業三定作業を行った。以下は当時林政課で勤務して、記録した業務の断片である。私は心の中を打ち明ける。中国が私を育ててくれた。中国の優秀な伝統文化が私を教育した。私は死ぬまで、中国の父母の私を愛し育ててくれたことを忘れない。もし来世があったら、私はずっと偉大なる中華人民共和国という祖国がいい。特に愛する敦化の大地、私が生活し、仕事した故郷を慕う。

一九八五年春、干ばつで風が強く、山火事が頻繁に起きた。実際この春、林政課の人員はただひたすら森林保護と防火作業に明け暮れた。林政課と県防火指揮部は一つの事務所の中にあり、山火事のことはこの事務所の緊急命令であった。各地で火事が多く、事務所全員は、ひたすら消火と被害救済に明け暮れた。消火は一番重要な仕事であった。当時の張子祥《チャンツーシァン》県長（林業の主管）が、緊急電話会議で講話をした。「四月二十三日、全県が春になってから、森林保護と防火作業を各地の指導者が重視し、本部門の業務は強化された。我が県では大きな火災はなかったと言える。しかし、目下の問題を無視できない。これまで発生した火災が九件、そのうち江東、黒石で二件、火災の発生原因は、一つ目は農業で収穫後の残り株やわらを、荒地を焼くのだが、だいたい夜間に焼くが郷鎮によっては昼間に焼く。今とある村の指導者は、現在の業務を重視せず、荒地への対策をせず、火の取り扱い管理が厳しくない。二つ目は郷鎮の指導者が株・わら焼きを認可しており、問題の深刻性を認識しておらず、火の元について真面目に考えず、根本から問題を解決しようとしていない。今このわら焼きや荒地焼きが、火災を起こす重要な原因であることを、十分認識しなければならない。昨日は一日で三件の火災があった。場所は黒石、官地、賢儒。深刻な問題でないと言えるか?」張県長の講話はもっと続くが、省略する。ただ、一九八五年の火災の発生頻度は大変深刻であった。

張県長は後半で責任強化問題に言及し、各地の指導者・責任者を、各層ごとに追跡調査し、ひどいものは処分を下すと言った。特に具体的に地区、各エリア、各ポイントにおける責任についてふれ、職責をおろそかにした森林保護員には罰金も課すなど、私たち林政管理人員の職務責任を、非常に厳しく強調した。

その電話会議以後、私の所属する林政課の森林保護・防火指揮部が、毎日どれほど忙しかったかは想像できるであろう。あらゆる車両を駆使した。宣伝車一台、大解放トラック一台、ジープ一台、三輪バイク二台、これらの機動車両が、毎日全県二十か所の郷鎮、十か所の林を管轄する行政区域内で活躍した。時には県内の省林業管理局直属の三大林業局、および国家森林保護防火航空署とも連携を取り、敦化全区の森林保護防火業務を推進した。緊張ムードは五月末まで続いた。

六月からは、費永克《フェイヨンク》局長、于偉民課長に加え、田保明《ティエンバオミン》、私の合計四人は、戴《タイ》運転手の運転で、しばしば村へ、各郷鎮の林業三定作業の検査に行った。検査に行く前、于課長が私に言った。効率よく検査する、つまり林業三定作業を推進するため、私たちは四人で一緒に検査するとはいえ、君と私二人がリードして立ち回らねばならない。実際君と私の二人だけが業務に詳しいのだから。各種の表、データ、図面にある問題をすばやく見つける。例えば表と表の間の問題、図表がそれぞれ合っているか、各種データに矛盾はないか、各種表やデータは一致しているかなど、しっかり見て検査する。問題が見つかったら、厳しい顔で、問題のある箇所を指摘する。とにかく素早く問題を発見して、それを是正する。素早く各署の問題を発見してそれが作業ミスなのか漏れなのか、起きる可能性のある問題を克服し、できるだけ早く全県の林業三定作業を完了させる。費局長は私の上司で、ただ要点に集中し、具体的な作業についてては、多くは述べなかった。一方田保明は、吉林農業大学を卒業してすぐ私たちの局に就職した新人である。当然彼も業務の流れを熟知しなければならないが、林業三定作業にはまだ詳しくなかった。そこで私たち二人だけが数年このような業務をしてきており、私たちの栄誉と熱情、自らの長所を発揮し、この業務の早期完了のために力を注がなければならなかった。私は于課長の話を聞いて、しっかり自分の態度を表明した。于課長、私は決してあなたの期待に背きません。必ずあなたを手本として現場の各林業署にしっかり入りこんで、自分の職責を尽くし、適切にサポート・指導します。しっかり各種資料、表、図面データ、各種関連物が一致しているか、統一され一貫性があるか、各事項が適切に配置されているか、特にデータ関係は、取り違えが起こりやすく、しっかり調べます。しっかり細かく検査すれば、次の作業の成功に役立ちます。于課長、ご安心ください。私はきっと自発的に、協力して、一緒になって、問題を見つけたらそれをつぶします。それは一つの目標つまり敦化全県範囲の今回の任務を遂行し、一刻も早く全県の林業三定作業を完了させます。

六月初めより、局長一人、課長一人に私たち二名の事務員が加わり、合計四人、全県の二十か所の郷鎮をかけめぐった。重点的な郷鎮は、問題解決するのに何度も繰り返し通い、検査を経て、全県の作業を後押しした。六月末、全県の各郷鎮が次々作業を完了し、最後に業務資料を製本して保管した。

七月初め、各郷鎮の林業署に通知を出した。「三定」完成目前の資料、図表を県局に持ち込み、最後審査合格したら製本して保管する。林政課が照合、製本して資料ができる。林権許可証、使用証書は、県政府に持ち込み捺印されてから、民衆に配布される。下記は全県の林業「三定」政策実施のエピローグである。各郷鎮林業署の技術人員あるいは署長が自らチームを率いて県林業局に行き、資料を照合し、製本し、農民群衆の林権許可証を受け取り、最後に林業「三定」実施が完了した。下記に私の業務日記の一部を紹介する。ここから多少なりとも、当時の業務の各役割画面および背景が見て取れるだろう。断片、一コマにすぎないが、私にとってはやはり記念になるものである。

七月六日　晴れ

今日は各郷鎮林業署から、三定資料を製本に来る来訪を待った。

十一時、秋梨溝《チウリーコウ》鎮から人が来た。私は彼らの表や図面を調べた。集計表と私有山明細表が各一部足りなかった。私が二枚の図を調べると、一枚が表と合わなかった。私は彼らの問題点を指摘してから、比較検査するよう言った。各材料がそろい間違いがなくて、初めて正式に製本して資料化ができる。午後私は江東の資料を見た。だいたい合格であった。私は彼らの資料整理を手伝って、ようやくに製本が完了した。

七月七日　晴れ

今日は黄泥河《ホァンニーホー》鎮の林業「三定」資料がすべてそろった。私は集計表を見て、各表のデータを確認し、図と表を照らし合わせてから、製本を開始させた。今日で黄泥河鎮の製本はすべて完了した。

七月八日　曇り

私と田は後院招待所へ行き、林勝と大山の二つの郷の林業三定資料と製本状況を見てきた。問題はないが、彼らは資料整理にもう少し時間がかかる。私たちは次に郵便局招待所へ行き、黒石郷の「三定」内部業務状況を見た。私は彼らの図面に面積が記されていないのを見つけ、すぐに彼らに、各図面に総面積と各戸の単位面積を追記させた。

七月十日　雨

今日は主に賢儒郷の手伝いをした。私有山使用許可証を書き写して、登記簿に入れた。合計四つの村のものを書いた。

七月十三日　曇り

今日午前、大橋と沙河橋両郷の製本状況を見た。午後は黄泥河鎮林業署の技術員を連れて市政府（七月に敦化県は敦化市に改まった）へ行った。私たちの就業証、林業検査証、森林保護員証、農村私有山使用証、林権許可証上に、市政府の公印が押された。

七月十四日　　晴れ

今日は日曜日で、機関は休みであるが、私は帰宅しなかった。まだいくつかの郷鎮が林業三定業務ファイルを製本中である。私と田《テン》二人が招待所の各部屋へ行くと、彼らは懸命に仕事をしており、私たちも少し手伝った。各部屋を見に行ったのは、ミスや問題が起きないようにである。

七月十五日　　晴れのち曇り

月曜日は特に忙しい。まず沙河橋鎮の手伝いをし、三定業務のまとめを印刷した。それから劉徳玉署長と市政府に行き、林権許可証、私有山使用証書にすべて捺印をもらった。午後は他の郷鎮の宿舎や事務所のある場所へ行き、製本状況を見てきた。

七月十六日　　雨

招待所へ行き、馬号郷と沙河沿郷の製本状況を見てきた。すでに完了しており、田が沙河沿の人を連れて市政府に行き捺印をもらった。私は大橋郷で記入や製本を手伝った。終わると大橋郷の人と一緒に市政府へ行き捺印をもらった。午後は馬号郷へ行き、証書記入を手伝い、終わると一緒に市政府へ行き捺印をもらった。

七月十七日　曇り

朝七時半に局職員大会が開かれた。王書記が主に目下の党の組織と思想の整理や、現段階で明らかになっている問題について話をした。党内での思想整理は、党外民衆の問題もただちに解決すべきことにも言及した。一、公金の返済は、期限を決めて速やかに返済すること。二、飲食問題も比較的深刻である。一九八五年一月から現在までを、早急に計算して支払わねばならない（主に地方での飲食、また部署での接待など）。地方の飲食問題は深刻である。李広義課長は、私に代金や食糧配給切符を回収するよう指示した。課内の全職員から、自主的に具体的数字が挙がった。

七月十八日　曇り／雨

今日、私と田は青溝子郷、額穆鎮および太平嶺郷の林業ファイルの製本状況を見て来た。一部の表と表の照らし合わせた数字が不正確で、図表が合わなかった。このような状況は時に免れがたく、解決の手助けをするしかない。午後は賢儒の趙と市政府に行き、彼らの郷の林権許可証に捺印をもらった。彼らの郷の作成した資料は三千余部もあった。

七月十九日　曇り／雨

私は朝七時半に市政府の事務室へ行き、大石頭鎮区画地の資料を提出した。その後資料部で、各郷鎮の林権許可証の控えを製本するための製本カバーを買った。しかし党の組織と思想の整理はまだ始動していなかった。私は課内の十二人が納付した現金つまり地方出張時の食費と配給切符を計算して、企画財政課に納付した。現金四十三元八角、配給切符四十斤二両であった。

七月二十日　曇り／雨

林勝の于海東、太平嶺の姜は、県に来たばかりだが、彼らは作業を完了して、あとは製本を待つばかりである。私は製本用具を彼らに渡した。彼らは頑張って製本している。

七月二十二日　雨のち曇り

于課長が、今日は官地に行くと言った。官地の三定業務はまったく報告がない、上司は心配しているのだとわかった。今日は費局長、于課長と私の三人で行った。人事秘書課の魏《ウェイ》も別の用事で、同じ車で官地へ行った。

七月二十三日　晴れ

午前に翰章《ハンチャン》に行こうとしていたら、費局長が、午前自分は報告の仕事があるので、午後に行こうと言った。午後費局長、于課長と私の三人で一緒に翰章へ行き、また六つの郷鎮の林権許可証と使用控えを翰章印刷工場へ持って行き、切り離した。

七月二十四日　曇り

官地林業署の人が、「三定」作業資料を持って来た。私が彼らの各状況を一通りチェックすると、多くの図表が合わず、数字が不正確だった。私は再度細かく最初から最後まで検査照合してから製本するように、このまま製本するのはだめだと言った。彼らが全面的な検査照合をするのを手伝った。

七月二十六日　曇り、雨

午前私は太平嶺の姜と一緒に市政府へ行き、彼らの林権許可証と私有山使用証に市政府の公印をもらった。午後私は区画地材料未報告と報告が不完全だった十二個の郷鎮に電話し、報告の催促をした。月末には統計して州に報告する。

七月二十七日　晴れ

今日は土曜日、私は急いで区画地を統計した。今日は報告の遅れている六つの郷鎮に電話し、必ず月曜日には報告表を提出すること、さもないと三十日後に受理されないことを伝えた。私は三十一日に州に報告するつもりである。

七月二十九日　晴れ後曇り

午前また数か所の郷鎮に電話する。午後に四か所に郷鎮の区画地の報告表を受け取った。

七月三十日　晴れ

今日はいつもより忙しかった。全市の区画地の区画地退耕還林の調査のまとめと報告表統計を急いだ。州からは月末に終わらせるようとのことだが、まだ官地と大山の両地からの報告が来ない。電話で再度督促した。今時点では概算しかできない。

七月三十一日　雨

今日は私の誕生日だが、いつも以上に忙しかった。私は中国で頑張って働きたい。なすことなくふらふらしてては、後に恥ずかしいと思う。私が中国のために少しでも多く働けるのは、自分の慰めでもある。特に全市の歴史的意義のある仕事、今日私は全市の区画地の退耕還林調査のまとめと統計報告を完了した。市局課各位上司が私を充分に信頼してくれたから、四十五歳の誕生日を迎えたこの日、これは秘密で、誰にも言っていないが、こんな光栄な任務を完了して、この上なくうれしかった。十年後、全市二十個の郷鎮、傾斜四十度を超える区画地に緑色の林が育つのを見られる。

八月一日　晴れ

今日は完了した報告原稿、二つの統計表を持って、まず財政局と食糧局の二つの部門の捺印をもらった。両局の捺印をもらい、今度は張市長に会い、読んでもらい、市政府事務所に行き照合修正した。それから局でプリントアウトし、終わったらもう午後五時であった。

八月二日　曇り／雨

朝出勤して、昨日プリントした材料を市政府に持って行き捺印をもらった。それからバス停へ行った。バス停から二便のバスが延吉方面へ行く。一つは東風、もう一つは黄海である。私は東風のバスに十時四十分に乗り、延吉へ向かった。延吉へ着いたのは午後二時半であった。私はそのまま林業局林財課へ行った。張という人が応対し、私を、敦化市林業局林政課の鄧さんが報告に来たのだと、同課全室の人に紹介した。私は二つの統計表と報告書を張さんに渡し、我が市の区画地調査業務の状況を簡単に説明した。終了したとはいえ、私たちの仕事はまだあれこれ問題があるだろうから、州局にどんどん批評と叱正をいただきたいと言った。彼はそれに対し、敦化市林業局は区画整理調査を時間も質も量も問題なく任務を遂行した。他の業務でも全州のトップをいく。林業「三定」業務は進度も早く、州では今月中旬、全州が敦化で林業「三定」現場会を開くので、ぜひ多くの協力と指導をもらいたいと言った。彼は敦化市の業務に高い評価と称賛をくれた。

八月五日　曇りのち雨

出勤すると、まず食糧局へ行き、区画地の表類コピーを彼らに渡した。それから紅石郷林業署の人を連れて市政府へ行き林権許可に捺印をもらった。午後于課長に提出した。明日は額穆へ行き区画地の補充手続をする。于課長の同意をもらった。

八月六日　雨

朝七時半にバスに乗り額穆へ行く。林業署へ行き訪問の主旨を伝え、早く表や報告を書きあげてほしい、私が明日持ち帰るからと伝えた。私は彼らが仕事を終わるのを待った。

八月七日　晴れ

昨夜大雨で、溝もあふれかえるほどであった。川の水位が上昇した。朝額穆林業署へ行くと、署長一人だけで、他の人は北京に旅行に出てしまった。資料は完成したが、報告の書き方が間違っていた。孫所長が私にかわりに書くよう頼んだので、仕方なく書いた。

八月八日　晴れ
大雨で道路が冠水して、私は昨日敦化へ戻れなかった。今日歩いて光復屯へ行き、そこから車で敦化に帰った。

八月十二日　晴れ
今日出勤すると、上司に全市の林業「三定」各表を照合するよう言われた。私は指示に従い、まとめているところである。

八月十三日　曇り
私が出勤するや、于課長が、今月十六日全州が我が局で林業「三定」現場会を開くから、その会の前にすべての各表をまとめ終わらねばならない、と言った。私は作業のピッチを上げた。夜十時まで仕事をした。

八月十四日　雨
午前五時に起床し、また自分の任務を始めた。早く完成させたかった。一日中忙しく、夜もまた残業した。

八月十五日　　雨／曇り

昨夜大雨だった。天気予報によると、大雨、暴風雨であるらしい。市委市政府の上層部は、一晩眠らず、機関で増水防止業務を組織指揮した。課内の李世有と李景彦が宿直だった。私と一緒にトウモロコシを焼いて食べた。私は全市の「三定」のまとめをしていた。昨夜は十一時まで仕事をした。今朝四時、賢儒の趙さんも手伝いに来た。今日午前やっと全市のまとめを完成した。午後にプリントして、明日の全州の現場会の用意をした。

八月十六日　　晴れ

今日我が市で全州林業「三定」業務現場会が開かれた。この会は州林業局上層部が主宰して開いたもので、参加者は各市県で林業を管理する市長、県長、および各林業局で林業「三定」業務を管理する局長と林政課長である。会議に参加した全員は、まず賢儒と紅石郷両地を見学した。私たちが賢儒に到着したのは十時過ぎであった。午後一時半に紅石に行き、両地の経験紹介をインタビューし、会議に参加した全員がその両地の林業「三定」案件を実地調査し、見本となる製本の形態と内容を見学した。

州指導者は敦化市が林業三定業務で卓越した業績をあげ、全州のトップにあることを高く評価した。全州各市県すべて敦化市の先進的経験を学び、敦化の経験と方法にならい行動し、一刻も早くスピーディに、全州の林業「三定」業務を完成させようと呼びかけた。

八月十七日　曇りのち晴れ

今日私と田二人が朝四時に招待所に到着し、昨日の会議後残っている人を起こし、食堂で食事をしてから、四時半に出発した。鏡泊湖山庄に行き、モーターボートに乗り、二時間の観光をした。昼は駐車場の樹林の中にあるレストランで食事をし、滝見物をして、午後一時半に帰途についた。途中休憩しながら、敦化市に戻ったのは六時十五分だった。

以上は、私が敦化市林業局機関で、林業「三定」業務に携わった記録である。林業局の指導者と林政課指導者が面倒見てくれ、私の仕事を具体的に指導し、おかげで私は安心してやるべき仕事ができた。今思い返しても当時の張市長、趙局長、林局長、費局長、さらに私が当時在職した林政課の李広義課長、于偉民課長、王建国課長、あと林政課のすべての従業員に感謝する。彼らが私を熱心に具体的に助力・指導してくれた。私の林政課での仕事は一九八五年末の十二月終わりまで、つまり私たち家族が日本に帰国するまで続いた。

筆者プロフィールと本書関連年表

一九三一年	満州事変
一九三二年（昭和七）	「満州国」建国。日本からの移民始まる。
一九四〇年（昭和一五）	筆者、旧満州牡丹江市で出生。
一九四一年	太平洋戦争始まる。
一九四五年（昭和二〇）	終戦。八月、母、三人の子を連れ避難を開始。十月、下の弟栄養失調にて死亡。
一九四六年	二月、吉林省難民収容所で母死亡（餓死）。筆者と上の弟、孤児となる。 筆者、中国の養父母に引き取られる。上の弟は現在も行方不明。
一九四七年	土地改革運動始まる。筆者小学校入学するも三か月で退学。
一九四九年	中華人民共和国成立。筆者小学一年に再入学。
一九五二年	小学四年生卒業。
一九五三年	農業労働者となる（十三歳）
一九五六年	農業集団生産高級合作化運動始まる。
一九五八年	人民公社化と大躍進運動始まる。筆者、生産隊の工分記録係りとなる。
一九六四年	人民公社で社会主義教育（社教）運動始まる。

一九六五年	筆者と養父は富農階級出身であることが非難され、筆者は生産隊組長と記録係りを解任される。
一九六六年	文化大革命始まる。
一九七二年	日中国交回復。筆者、日本駐中国大使館へ手紙を送り、肉親探しの活動を始める。
一九七五年	残留婦人より「山本慈昭氏、残留孤児調査」の情報を得て、手紙を送る。
一九七六年	社員の推薦により、生産隊長となる。
一九八〇年（昭和五五）	日中友好手をつなぐ会、訪中し、筆者、山本慈昭氏他と面会する。
	筆者、大隊林業保護員となる。
一九八〇年	第一次訪日肉親調査、四十七人の孤児来日。
一九八二年	筆者、国家林業保護員となる。
一九八二年	第二次訪日肉親調査、六十人の孤児来日。
一九八三年	第三、四次訪日肉親調査、計百五人の孤児来日。筆者、肉親と面会。
一九八四年	筆者、次女と一時帰国。
一九八五年	養母、死亡。

一九八六年（昭和六一）	家族六人で永住帰国。所沢中国帰国者定着促進センターに入所、四か月、日本語学習。
一九八七年	故郷鹿児島に転居。「太陽の里」で二か月アルバイト。その後、職業訓練校に入所。
二〇〇〇年（平成一二）	「ニシムタ」入社。
二〇〇一年	定年退職。
	年金が少額のため、再就職を考える。妻、乳癌が見つかり、手術、治療を受ける。
二〇〇二年	年金問題解決を、市、県、国に要望するも、解決策は示されず。
	年金問題解決のため、東京在住残留孤児、原告団を結成し、国を提訴。
二〇〇三年	鹿児島県在住残留孤児、原告団を結成。筆者、原告団長となる。
	九月、妻乳癌のため、死亡。
二〇〇七年	国会衆参両院で、残留孤児新支援法通過成立。しかしいつの間にか「新支援法」のなかに「生活保護基準」の文字が入る。このため、後あと、生活の中に様々な制約を受けることになる。

後記

私の三番目の伯父鬼塚正憲が、『雲と水と』と印刷されたノートをくれた。「覚えていることをここに書きなさい。簡単な短い文章でもいい。日本語が難しいなら中国語でもいいから、君の中国での生涯を記すのだ」と、何度も私に言った。伯父が生前に言ってくれたこの言葉は、この回顧録を書こうと思った最初のきっかけである。彼がくれたハードカバーのノートの表に、草書体で『雲と水と』と書いてある。私が書きたい回顧録のタイトルを『雲と水と』とするのもふさわしい。だが、雲はもともと水であり、地上の水が太陽光を浴びて蒸発し、空中で冷やされて雲または雨になる。結局実際は、雲も水である。だから私はこの本のタイトルを『和一水』とした。このほうがよりしっくりくると思った。

私は覚えていることを書きだした。ただの生活の記録、文学作品ではない。私は作家ではないから、風景事物の芸術的描写や、人の心の動きや芸術的な色合いを描き出すのは難しい。ただ事実をありのまま書いて述べ、私の中国での実際の生活、体験を書き、自分の記憶から再現することしかできない。中国の大地が私を助け育んでくれたことに特に感謝する。私が中国の文字で中国での実際の生活を再現することは、私の日本の親族皆の望みでもあり、それ以上に中国の親族皆の望みでもある。

私はいつも中国と日本の二人の母親を思っている。この二つの国の母親がなかったら、今の私はない。

二人の母親は偉大であったし、二人の母親の祖国もとても偉大であったと常に思う。私は日本の母親の息子であり、中国の母親の息子でもある。だから、日本、中国それぞれに親族友人がいる。両国の親族友人がずっと仲良く、その子孫までも仲良くあってほしい。誰かがそこに水を差し、両国の友好を壊したり、挑発して、戦争を起こすなら、私は自分の子孫と両国の平和を愛する親族友人で手を組み、徹底的に抗戦する。日中両国の人々の平和を愛する心に背かぬよう、永遠の平和のために奮闘する。

私が書いたこの自己経歴は、私の記憶、生活、私がいた環境のなかで起きた中国の抗日戦争、国内民主革命解放戦争、新中国の誕生、抗米援朝戦争、土地改革運動、反革命鎮圧運動、互助組合作社化運動、反右闘争運動、人民公社化、大躍進、「社教」四清運動、無産階級文化大革命運動、「四人組」粉砕、混乱を鎮めて正常に戻す 、解放思想実行、改革開放、市場経済新政策実現、中国が現代化隆盛を迎えたその人や事についてである。一九八六年に、私は日本に帰国定住した。私の実際の記憶、体験、学び取った中国の悠久の歴史と優秀な文化、特別だった新中国革命の歴史、貴重な経験や曲折ある教訓、私の実際の生活や記憶の中から出てきたこれらは適切か、社会政治の原則的問題にかかわりはしないか、各界の指導者に審査、批評、指導をいただけたら、私はさらに勉強と体験を積みたいと思う。多くの中国の指導者、文化教育界や出版発行界の仁徳ある方々や専門家や学者の皆様から、多数の貴重な意見をいただきたい。私はここに心から深く感謝する。私も命あるかぎり、さらに日中両国の民間文化交流や、両国の後世までの友好のために、何かしたいと思っている。

皆様ご存じのとおり、本世紀初に、私たち中国残留日本人孤児が、日本国の裁判所で訴訟中に、私のいる鹿児島の原告団の孤児二十六人が共同で一冊の本を発刊した。本の名前は「二つの祖国に生きて～落葉帰根の願い～」という。それぞれが自分の経歴を簡単に記した、「証言集」ともいう。私たちは、もう一つの祖国にとどまらず、自然に自分らの経歴から二つの祖国をつくり所有している。だから私たち残留孤児やその子、孫に、私は自信を持って言いたい。私たちには二つの祖国がある。両国の母親が身を切る思いで私たちを育ててくれたから、生きてこられた。私たちが生きているのは両国の母親の血が自分の中で循環し湧き上がっていることだ。私たちは二つの祖国で生き、二つの祖国で生活し、二つの祖国で仕事し、二つの祖国で奮闘して一生を全うする。私たちは二つの祖国の子供である。私たちは永遠に二つの祖国を愛する。私たちにはたしかに両国の母親の愛を持っている。私たちは二つの祖国から見守られたい。私たちの心は二つの祖国に属する。私は中国にいたとき、実母の祖国日本、親戚たち、行方のわからない実父を思っていた。中日両国が国交をはじめてから、十数年かけてやっと日本の親族を見つけ、日本帰国後、幸運にして存命の実父も見つかった。日本で仕事、生活するようになっても、私の命を救い、慈しみ育ててくれた中国の父母やその親族たち、あとたくさんの自分の親しい友人を忘れられるわけがない。中国の父母はもうこの世にいないが、私たちはこの養父母の墓参りに行き、自分の心に持ち続ける感謝と思いを託す。日本に住みながら、ますます中国への思いがつのる。年を重ねるごとに、偉大な中華人民共和国への思いもつのり、中国という故郷、少年青春時代に、勉強や仕事をした場所を思い返す。私は中国に何も貢献はしていないが、私は中国で人民としてできるだけのことはして、自分のささやかな責任を果たした。私はいつも中国の改革発展、繁盛隆盛をうれしく思う。息子として、二人の母親と二つの祖国を永遠に慕い続ける。

最後に、私の日中二つの祖国、二つの家庭が、平和で環境にやさしい地球村をつくるためにより貢献してほしいと心から願う。

この本を出版に際して、于徳水、田玉鳴さんなど多くの方に本書の出版にあたりご協力をいただき、ここに深く感謝申し上げる。

二〇〇九年十月一日

作者　鹿児島市にて

■著者紹介

和睦《わもく》（鬼塚建一郎）

1940年旧満州・牡丹江に生まれる。1945年ソ連軍の侵攻により逃避生活に入り、その最中、母と死別、孤児となり、中国人家庭に引き取られる。1983年に初めて日本の土を踏み、父と38年ぶりの再会。1986年妻とともに永住帰国を果たす。「中国人養父母感謝之碑」建立に尽力。

■監訳者紹介

康上《こうじょう》 賢淑《しおん》

鹿児島国際大学経済学研究科准教授。名古屋大学経済学研究科博士後期卒業。京都大学経済学研究科東アジア研究センター & 東レ経営研究所客員研究員、鹿児島県日中友好協会顧問、日本華僑華人婦人連合会理事、国際アジア共同体学会理事。

■訳者紹介

山下《やました》 千尋《ちひろ》

九州大学文学部中国文学科卒。高校教員、中国帰国者自立指導員、鹿児島県中国帰国者自立研修センター職員等を経て、現在、中国残留孤児支援団体「ソラソの会」事務局長。

濵川《はまかわ》 郁子《いくこ》

鹿児島市在住。東京外国語大学中国語学科卒業。中国広東省広州市中山大学に留学後、広東省の日系企業に就職。その後鹿児島市の貿易会社へ転職し、2005年からフリーランスで主に日本語と中国語および広東語の通訳、産業翻訳に従事。

和一水《ワイッスイ》 — 生き抜いた戦争孤児の直筆の記録 —

2015年12月17日　初版第1刷発行

著　者　和睦《わもく》

監訳者　康上賢淑《こうじょうしおん》

訳　者　山下千尋《やましたちひろ》

濵川郁子《はまかわいくこ》

発　行　段景子

発売所　株式会社 日本僑報社

〒171-0021 東京都豊島区西池袋3-17-15

TEL03-5956-2808　FAX03-5956-2809

info@duan.jp

http://jp.duan.jp

中国研究書店 http://duan.jp

2015 Printed in Japan.　ISBN 978-4-86185-199-5　C0036